김아직 박하익 송시우 정명섭 최혁곤

클리셰

확장자들

북*

차례

/ 길로 길로 가다가

김아직

미스 마플과 브라운 신부 시리즈를 좋아하며 움베르토 에코의 《장미의 이름》을 연례행사처럼 재독한다. 〈라젠카가 우리를 구원한다 했지〉로 제5회 황금가지 타임리프공모전 우수상을, 〈바닥 없는 샘물을 한 홉만 내어주시면〉으로 제5회 황금드래곤문학상을 수상했다. 《노비스 탐정 길은목》, 《녹슬지 않는 세계》, 《먼지가 되어》 등을 출간했고, SF 미스터리 장편과 호러 단편을 쓰고 있다.

"할머니, 이거 상한 거 아니에요?"

여자아이는 방금 냉장고에서 꺼낸 막대 아이스크림을 은담상회 사장에게 내밀었다. 사장은 아이스크림을 건성건성 만져보고는 대꾸했다.

"스크류바는 원래부텀 울퉁불퉁한 기 정상이다."

"그건 저도 아는데요, 좀 심하게 틀어진 것 같아서요. 끝부분도 뭉툭하고요. 혹시 녹았다가 다시 언 거 아니에요?"

"거 참, 살라믄 사고 안 살라믄 쪼물닥기리지 말고. 멀쩡하던 아이스크림도 다 녹겠구마는."

사장과 여자아이가 실랑이를 벌이고 있는데 체구가 자그마한 노인이 가게로 들어왔다. 몇 년 전까지 마을 이장을 지낸 정삼만이었다. 은담 마을에선 딸을 대학교수로 키워낸 홀아비로 유명한 노인이었다.

"아재, 무슨 일 있십니까?"

"그건 와 묻소?"

"평소 같으믄 청하지도 않은 딸 자랑이 늘어졌을 텐데 오늘은 가만 계신께 그라지요."

아이스크림 봉지를 들고 있던 아이도 정삼만에게 인사를 건넸다.

"안녕하세요, 할아버지."

"가만, 니가 뉘더라? 아, 이장 할매네 손녀 맞재? 고등학교 댕긴다드마는, 방학이라 할매 보러 내리왔는갑네."

아이는 여름방학까지는 아직 몇 주가 남았으며 이번에는 할머니 칠순 때문에 내려왔다고 정정하려다가 관두었다. 아이의 할머니 홍 씨는 칠순이 다가온다는 사실을 주변에 알리고 싶어 하지 않았다. 열에 아홉이 노인인 은담마을에서 일흔은 '한창때'에 속하는 나이였다. 그래서 당일 아침에 미역국이나 한 그릇씩 돌리고 끝낼 거라고 딸과 손녀에게 못을 박아둔 터였다.

정삼만은 땅이 꺼져라 한숨을 쉬며 술 냉장고를 가리켰다.

"소주나 대여섯 벵 담아 주이소. 이놈으 세상, 고마 술이나 왕창 마시고 죽어삐리야지."

"무슨 일 있습니까?"

"내가 뒤져뿌야 끝날 일이 있십니다. 고마 죽어야지. 죽자, 죽어."

"죽는다 죽는다 노래를 하믄 더 오래 산다드마는 아재는 얼매나 장수할라꼬 그랍니까."

노인들의 대화를 듣고 있던 아이는 문득 손이 허전한 걸 느꼈다. 잠시 방심한 틈에 사장이 돈을 낚아채어 현금등록기에 넣어버린 것이었다. 아이는 어이가 없다는 듯 눈알을 굴렸지만 노인들은 이미 아이를 잊은 듯했다. 사장은 검정 봉지에 소주와 새우깡을 담고 있었고, 정삼만은 "죽자, 죽어"를 반복하며 주먹으로 가슴을 치고 있었다.

그리고 다음 날, 정삼만은 간밤의 '죽자' 타령이 빈말이 아니었음을 증명하듯 마을 안쪽의 조립형 창고에서 목을 맨 채 발견되었다. 이장 홍 씨의 신고를 받고 한 순경이 달려왔을 때는 이미 시신이 내려지고 흰 천이 씌워진 뒤였다. 마을 사람들이 몰려와 창고 안팎이 붐볐다. 사망자가 딛고 섰다던 플라스틱 스툴은 다른 스툴들과 뒤섞여 찾을 수도 없게 되었다. 한 순경은 똑단발을 쓸어 넘기고는 한숨을 쉬었다. 복장이 터질 때면 저도 모르게 나오는 버릇이었다.

"현장을 봐야 하니까 시신을 그대로 두라고 했잖아요, 이장님."

"나도 그러고 싶었는데 할배들이 말을 들어 묵어야제. 혼자 죽은 것도 불쌍한데 이리 매달아 둬서야 되겠냐믄서."

한숨이 나오긴 이장 홍 씨도 마찬가지였다. 뭔 일이 있을 때마다 고집불통 동네 노인들과 공무원들 사이에서 쩔쩔매는 것도 신물이 났다.

"자살은 확실해요? 사망자분 댁에서 유서 같은 게 나온 거예요?"

"그건 아이고, 엊저녁에 은담상회에 술을 사러 와서는 죽을 기라고 노래를 부르고 갔다대. 정 씨 할배가 생전 그런 사람이 아니거등. 딸자식 넘부럽지 않게 키워 놓고 오며 가며 그 자랑으로 사는 양반이었는데 뭔 일이 있었는지 엊저녁엔 술이나 퍼마시고 죽어삐리겠다고 했다는 기라."

한 순경은 이장 홍 씨의 말을 받아 적고는 시신 쪽으로 눈길을 주었다.

"일단 알았습니다."

사실 처음 있는 일도 아니었다. 시골 노인들은 유서를 남기고 자살하는 경우가 드물었다. 홧김에 농약을 마시고 죽기도 하고, 아침나절에 이웃 사람 붙잡고 신세 한탄을 하다가 오후에 목을 맨 채로 발견되기도 했다.

"그럼 유가족은 대학교수라는 따님뿐인가요?"

"정 씨 할배가 이야기를 잘 안 해 그렇지 아들도 하나 있다. 독일에 사는 모양인데 부자지간 인연을 끊었능가 즈 아부지 팔순 때도 안 오드라고. 장례식도 서울 사는 딸을 불러 내리서 치러야 할 기구마."

"그럼 어르신들이 따님에게 연락 좀 해주세요. 오후부터 폭우가 온다니까 비 단속도 잘들 하시고요."

한 순경은 시신과 창고 사진을 찍은 뒤 순찰차로 돌아갔다. 하지만 누군가 순찰차 문을 가로막아 섰다.

"자살이 아닐지도 몰라요."

10대 중반쯤 돼 보이는 여자아이였다.

"누구니, 넌?"

보나 마나 이 동네 어느 노인의 손자일 테니 한 순경도 궁금해서 물은 건 아니었다. 눈알까지 번뜩이며 어른들 일에 끼어드는 꼴이 같잖고 성가셔서 짜증을 낸 것이었다.

"오느릅이에요."

"오…느릅?"

"네. 우리 엄마 아빠가 느릅나무 밑에서 첫 키스를 했대요. 그래서 둘의 사랑을 기념하려고 내 이름을 느릅이라고 지었고요. 두 사람의 이혼으로 그 의미가 상당히 퇴색

되긴 했지만. 아무튼 내 이름은 오느릅, 고양시 낙석고등학교 1학년이며, 은담 마을 이장 홍영자 할머니의 딸의 딸이에요."

"할머니 댁에 놀러 온 모양인데 그러면 얌전히 놀다 돌아가."

"어떻게 그래요? 타살일지도 모르는 사건이 벌어졌는데."

"타살? 증거 있어? 혹시 뭘 목격한 거니?"

"증거라기보다 의혹이라고 해두죠. 어젯밤 8시 30분쯤 정삼만 할아버지가 은담상회에 술을 사러 왔을 때 나도 그 자리에 있었어요. 아이스크림을 고르던 중이었죠. 할아버지가 죽겠다고 한 건 사실이지만 그게 꼭 자살을 암시하는 것으로 들리진 않았어요. 뭔가 고민이 있는 것 같긴 했지만요. 자기가 죽어야 끝나는 일이 있다고 했거든요."

"그게 네가 타살을 들먹이는 이유니?"

"일단 할아버지가 말한 그 일이 뭔지 알아봐야 한다는 거죠. 자살의 동기가 될 만큼 심각한 일인지 말이에요. 그리고 내가 타살을 의심하는 건 할아버지 목에 걸려 있던 밧줄 때문이에요."

"밧줄? 그냥 시골에서 쓰는 흔한 밧줄이던데?"

"시신의 목 앞쪽 매듭에 낚싯바늘이 여러 개 꽂혀 있었어요. 바늘 끝이 앞쪽을 향하도록 말이에요."

"낚시하는 분들이 썼던 밧줄을 사용했을 수도 있지. 은담천 낚시터가 이 근처잖아."

"그랬으면 할아버지 손에 찔린 상처가 있어야 하잖아요. 자살자라도 숨이 막히면 본능적으로 목줄을 잡고 몸부림을 치게 돼 있으니까. 시신의 손바닥은 멀쩡했어요. 그리고 어제 정삼만 할아버지의 마지막 목격자는 은담상회 사장 할머니나 내가 아닐 수도 있어요."

"정삼만 씨가 죽기 전에 다른 사람을 만났다는 거야?"

"어젯밤에 9시 30분쯤 동네 골목에서 사람들을 봤어요. 저도 집에 있다가 다시 나왔었거든요. 아이스크림을 하나 더 사서 그것도 상한 거면 은담상회 사장 할머니한테 따지려고요. 그런데 아이스크림 사러 왔다니까 사장 할머니가 가게 불을 꺼버리는 거예요. 녹았니 뭐니 트집 잡는 놈한테는 안 판다면서요. 그래서 빡쳐서, 아니 화가 나서 놀이터에 가서 앉아 있었어요. 엄마랑 친구들한테 톡으로 은담상회 욕을 한참 하다가 배터리가 간당간당해서 폰 끄고 집에 가려는데 사람 둘이 정삼만 할아버지네 집 골목으로 들어가는 게 보였어요. 그리고 10분쯤 뒤에 또 한 사람이 그쪽으로 가는 것도 봤고요."

"그 골목에 사는 사람들일 수도 있잖아."

"그 골목에는 집이 두 채밖에 없는데 하나는 폐가예요. 결국 그 골목에는 정삼만 할아버지밖에 안 산다는 뜻이에요. 어젯밤에 내가 본 사람들은 그쪽 골목이 아닌 반대쪽, 그러니까 우리 할머니 집이 있는 윗마을 사람들이에요. 그 셋 중 하나는 저기 있어요. 창고 출입구 쪽에 서 있는 키 큰 여자요."

오느릅이 가리킨 여자는 창고 안을 들여다보고 있었다. 그 자리에 얼어붙은 것처럼 뻣뻣하게 굳어 있는 것으로 보아 꽤나 충격을 받은 모양이었다.

"최연화 씨예요."

한 순경이 여자에게서 시선을 떼고 다시 오느릅을 보았다.

"나머지 둘은?"

"저 여자 남편 이택교 씨, 블루베리 농원을 하는 고창민 씨인데, 여긴 안 왔어요. 세 사람 반응을 관찰하려고 계속 살피고 있었는데 최연화 씨 혼자만 왔어요."

한 순경은 시간 낭비라 생각하면서도 오느릅의 이야기를 수첩에 받아 적고 있었다.

"그 셋을 본 게 확실해? 이 동네 밤에 꽤 어두울 텐데."

"최연화 씨 남편은 다리를 못 써서 의자처럼 생긴 전동 스쿠터를 타고 다녀요. 그래서 두 사람이 같이 다니면 멀리서 봐도 알 수 있어요. 그리고 블루베리 농원의 고창민 씨는 이 동네 남자들 중에 키가 가장 커요. 대부분 170대 초반이 안 되는데 아저씨는 170대 후반쯤 되거든요. 그리고 결정적인 한 가지!"

"뭐가 또 있어?"

눈두덩이 두툼한 한 순경이 걱정 많은 개구리 같은 표정으로 오느릅을 보았다.

"내가 탐정이라는 사실이에요. 지금까지 손댄 사건만 해도 미제사건 두 건을 포함해서 열 건이 넘고요. 아무튼 탐정은 원래 사건을 몰고 다니는 법이잖아요. 탐정 주변에서 자살사건이 발생했다면 자살이 아닐 확률이 높다고 봐야죠."

한 순경은 오느릅을 쫓아버린 뒤 다시 창고로 들어갔다.

정삼만의 목에 감았던 밧줄부터 다시 확인했다. 실을 꽈배기 형태로 짠 밧줄이 아니라 코어에 외피실을 덮어 짠 형태의 밧줄로, 시골에서 천막을 고정하거나 트럭의 짐을 고정하는 용도로 흔히 쓰이는 것이었다. 오느릅의 말대로 밧줄에는 낚싯바늘이 꽂혀 있었다. 낚싯바늘 이야기를 왜 안

했느냐는 말에 이장 홍 씨는 낡은 밧줄이라 대수롭게 여기지 않았다고 했다. 한 순경은 낚싯바늘을 촬영한 뒤 정삼만이 매달려 있던 가로대를 확인했다. 가로대 윗면은 처음부터 끝까지 먼지 한 톨 없었다. 먼지라도 쌓여 있었으면 밧줄에 쓸린 자국으로 자살인지 타살인지 추측이라도 해볼 텐데 별 도움이 되지 않았다. 창고 천장에는 시래기를 걸어 말리는 가로대가 스무 개 정도 설치되어 있는데, 가로대마다 도르래가 설치되어 있어서 누구든 올리고 내릴 수 있는 구조였다. 그건 곧 누구든 도르래를 이용해서 시신을 자살로 위장시킬 수도 있다는 뜻이었다. 한 순경은 천을 들추고 시신의 상태를 확인했다. 밧줄에 목이 졸린 흔적 외에 겉으로 드러난 외상은 보이지 않았다.

정삼만이 사용한 밧줄을 수거하여 경찰차에 실은 뒤, 낚싯바늘에 대해 파출소장에게 보고했다. 하지만 정삼만의 죽음은 변사사건으로 전환되지 않았다. 정삼만의 유족에게서 중요한 증언이 나왔기 때문이다. 정삼만의 딸 정지은에 따르면 독일에 거주하는 동생 정기채가 수년째 아버지에게 돈을 뜯어내고 있다고 했다. 돈을 보내지 않으면 영원히 귀국하지 않겠다는 아들의 으름장에 정삼만은 딸과 사위에게 돈을 빌려서 보내기도 했다. 최근 정기채가 다시 돈을 요구했고, 그 일로 정삼만이 딸에게 전화를 걸어 울면서 하소연을 한 게 어제저녁 6시경이었다. 정삼만의 '죽어야 끝나는 일'이란 아들과의 갈등으로 밝혀졌고, 이번 사건은 자식 문제로 처지를 비관한 노인의 자살로 잠정 결론이 났다.

일기예보대로 10시쯤부터 폭우가 쏟아지기 시작했다. 한 순경은 강가나 계곡에 행락객들이 없는지 순찰을 다니느라 점심도 건너뛰었다. 이태 전에 강가에서 텐트를 치고 놀던 일가족이 폭우로 불어난 강물에 휩쓸려 사망한 뒤로 호우주의보만 내렸다 하면 파출소에도 비상이 걸렸다. 하지만 이번에는 강과 계곡이 아닌 시골 마을에서 익사 사고가 발생했다.

오후 3시경, 은담 마을 저수지에 동네 노인이 빠져 죽었다는 신고가 접수되었다.

/

우비도 소용이 없는 빗줄기였다. 현장에 도착한 한 순경은 이장 홍 씨부터 찾았다. 홍 씨에 따르면 사망자는 읍내 오일장에서 약재상을 하면서 농사를 짓는 79세 황시근이었다.

“비에 논이 걱정돼서 나왔다가 발을 헛디딘 모양이라. 저수지 옆쪽 논들이 다 약방 황 씨 할배 땅이거등.”

시신은 저수지 둑에 있었다. 마을 사람들이 은박 돗자리를 깔아 시신을 누이고 주변에 우산을 꽂아 비에 젖지 않도록 조처를 해놓은 상태였다. 시신 옆에는 유가족으로 추정되는 노인이 땅을 치며 울고 있었다.

“최초 발견자는 누굽니까?”

“누구긴, 즈기 할매가 찾았지.”

이장은 시신 곁에서 울고 있는 노인을 가리켰다.

“논을 둘러보러 나간 사람이 이 비에 멫 시간이 지나도 안 오니까 걱정이 돼서 와본 모양이라.”

한 순경은 저수지를 둘러보았다. 작은 밭 크기의 웅덩이에 불과하지만 수심은 꽤 깊은 듯했다. 저수지 동쪽 비탈에 폭 1미터 정도 흙이 뭉그러진 부분이 있었다. 이장 말에 따르면 노인들이 사망자를 저수지 밖으로 끌어내는 과정에서 생긴 흔적이었다. 한 순경이 시신을 확인하러 가는데 누군가 한 순경의 팔을 잡아당겼다. 노란 우비 차림의 오느릅이었다.

“시신의 발목에 낚싯줄이 감겨 있었어요. 지금은 벗겨내고 없지만요. 어른들은 물에서 허우적거릴 때 저수지 바닥에 있던 낚싯줄이 감긴 것 같다는데 내가 보기엔 누가 일부러 감은 것 같아요. 낚싯줄이 발목에 엉켜 있는 게 아니라 실패에 실을 감은 것처럼 감겨 있었거든요."

"그 낚싯줄 누가 가지고 있어?"

"황 씨 할아버지네 할머니가 한 순경님 오기 직전에 낚싯줄을 풀었어요."

한 순경은 죽은 황시근의 아내에게 부탁하여 낚싯줄을 확보했다. 그런 다음 시신의 발목을 확인했다. 낚싯줄이 양말 위로 감겨 있었는지 발목에는 이렇다 할 흔적이 남아 있지 않았다. 낚싯줄이 왜 감겨 있었는지는 모르지만 사인과는 관계가 없는 듯했다. 잠시 후 구급대가 도착해서 황 씨의 사망을 확인하고 가자 여기저기서 곡소리가 울렸다.

오느릅이 아직 할 말이 산더미라는 얼굴로 저만치 버티고 있었다. 한 순경도 뭔가 찜찜한 구석이 있는데 지금으로선 의논할 상대가 오느릅밖에 없었다. 한 순경은 너석을 순찰차로 데려갔다. 낚싯줄을 보여주자 오느릅은 검지로 제 이마를 긁으며 말했다.

"이 낚싯줄을 황 씨 할아버지 발목에 감은 사람과 정삼만 할아버지의 밧줄에 낚싯바늘을 꽂은 사람이 동일인물이라는 데 탐정으로서 내 명예를 걸겠어요."

너한테 명예랄 게 어디 있느냐고 반문하려는데 오느릅이 다급히 어깨를 두드렸다.

"한 순경님, 뭔가 좀 이상해요. 음… 한 가지는 확실히 알겠는데 다른 하나는 이상하다기보다 묘하게 거슬려요."

"네 눈에 거슬리는 것까지 내가 알아야 할 이유는 없고, 이상한 건 뭔데?"

"저기 의자형 전동스쿠터를 타고 온 할아버지요."

오느릅은 순찰차 조수석 창 너머로 저수지 아래쪽 농로를 가리켰다.

"저 사람이 네가 말한 최연화 씨의 남편 이택교 씨야? 나이 차가 상당해 보이는데."

"최연화 씨는 47세, 이택교 씨는 72세니까 스무 살 넘게 차이가 나죠."

"너는 이 동네 애도 아니면서 사람들 나이를 어떻게 알아?"

"우리 할머니한테 여쭤봤죠. 정삼만 변사사건의 주요 참고인들이라."

누구 맘대로 변사사건이냐고 따질 타이밍도 주지 않고 오느릅이 말을 이었다.

"지금 문제는 그게 아니에요. 정삼만 씨의 시신이 발견

됐을 때는 저 할아버지가 안 보였거든요. 최연화 씨 혼자 창고 앞을 서성이고 있었고요. 그런데 황시근 씨의 시신이 발견됐다니까 보러 왔잖아요. 날이 맑을 때는 안 보이던 사람이 장대비가 오는데 전동스쿠터를 타고 나온다는 게 이상하지 않아요? 스쿠터에 우산이 달려 있긴 하지만 비가 들이칠 텐데요."

"돌아가신 분과 각별한 사이였을 수도 있지."

"전혀요. 우리 할머니가 그러는데 두 사람 원수지간이래요."

전동스쿠터를 타고 다니는 노인은 이택교였다. 수년 전에 교통사고로 하반신을 못 쓰게 된 뒤로 외출 시에는 전동스쿠터를 타고 다녔다. 이택교는 은담 마을 땅 절반을 소유한 땅 부자이자 동네 유지였다. 골목길 몇 개도 이택교의 사유지여서 이택교의 허락 없이는 동네 사람들도 지나다닐 수 없다고 했다. 그 일로 죽은 황시근과 이택교 사이에 몇 차례 고성이 오갔고 그 과정에서 황시근이 이택교를 돈밖에 모르는 놈, 마누라도 돈으로 사 온 놈이라고 욕한 것으로 알려졌다.

오느릅이 황시근과 이택교에 대한 설명을 마치자 한 순경이 물었다.

"그럼 너는 이택교가 황시근을 죽였을 거라고 의심하는 거야?"

"용의자 가운데 하나라고 해두죠. 사실 이택교는 창고에서 발견된 정삼만과도 원수처럼 지냈대요."

"아침에는 그런 얘기 없었잖아."

"나도 점심 먹다가 할머니한테 들은 거거든요. 정삼만이 죽었는데 이택교 그 영감은 와보지도 않는다고 할머니가 욕을 하더라고요. 아무리 원수처럼 지냈어도 한동네 사람이 죽었는데 그러는 거 아니라면서요."

오느릅은 이장 홍 씨에게 들은 이야기를 한 순경에 들려주었다. 언젠가 정삼만이 이택교 아내 최연화를 모욕한 적이 있었다. 화냥년이 필시 돈을 보고 결혼한 것이며, 말은 안 해도 영감 죽을 날만 기다리고 있을 거라고, 이택교의 면전에서 지껄였던 것이다. 그날 이후로 이택교는 정삼만이 자기 소유의 골목을 지나가기만 해도 사유지 불법침입으로 신고를 하고 명절 선물도 정삼만만 빼고 돌리는 식으로 차별을 했다.

"그러니까 네 말은 하루 만에 이택교와 원한 관계에 있는 사람이 둘이나 죽었다는 거네. 참, 나! 오늘 무슨 날이야?"

심란하긴 오느릅도 마찬가지였다. 할머니 칠순 전날인 거 말고는 그저 그런 평범한 날에 지나지 않았는데 갑자기 마을에 줄초상이 난 것이었다. 물론 오느릅은 줄초상이 단순 자살과 실족사는 아닐 거라 확신했다.

"제가 아침에 말한 세 사람 기억해요? 어젯밤 9시 30분쯤 정삼만 할아버지네 집 쪽으로 갔다는 사람들 말이에요. 방금 생각난 건데 그 셋이 다 오늘 죽은 할아버지들과 원한 관계에 있어요."

"이택교의 부인과 농원을 한다는 남자도?"

"일단 최연화는 오늘 죽은 할아버지들한테 모욕을 당한 거잖아요. 아줌마를 돈에 팔려 온 사람 취급을 했으니까요. 그리고 블루베리 농원의 고창민도 오늘 죽은 할아버지들을 엄청 싫어했거든요."

지난 겨울방학 때였다. 아이스크림을 사러 가던 오느릅은 블루베리 농원이 전에 없던 철제 울타리로 둘러싸여 있는 것을 발견했다. 할머니에게 이유를 물었더니, 농막 마당에 살던 길고양이들이 쥐약을 먹고 죽은 뒤로 고창민이 울타리를 두른 것이라 했다. 당시 그 집 마당에 쥐약을 놓은 사람이 정삼만과 황시근이었다. 두 사람이 모의를 한 것은 아니었고 둘 다 고양이를 싫어하는 노인들이라 각자 쥐약을 가져다 놓은 것이었다. 고창민은 노인들을 찾아가 항의했고 그 뒤로는 길에서 마주치기만 해도 언성을 높인다고 했다.

"하지만 지난겨울에 있었던 일로 한여름에 갑자기 복수를 한다는 게 이상하지 않니?"

"쥐약 사건을 계기로 감정의 골이 점점 깊어졌을 수도 있죠. 아무튼 이택교 최연화 부부, 블루베리 농원의 고창민을 지켜볼 필요가 있어요. 뭔가 알아낼 방법이 있긴 한데…."

오느릅이 한 순경의 눈치를 살피며 말을 이었다.

"시신이 한 구 더 발견되는 거예요. 세 번째 시신에서 뭔가를 찾아낸다면…."

"그만!"

한 순경은 어이가 없었다. 어린애가 탐정놀이에 너무 심취한 것 같아 걱정이었다. 그래서 앞으로는 현장에 얼쩡거리지 않겠다는 다짐을 받은 뒤 집으로 돌려보냈다. 아마도 사건은 자살과 실족사로 결론이 날 터였다. 고령 노인들의 동네에서 하루에 두 사람이 죽어 나가는 게 아주 불가능한 일은 아니었다. 한 사람은 자살의 징후가 있었고 다른 사람은 장대비가 퍼붓는 날에 자기 논 옆의 저수지에 빠졌다.

오느릅, 그 애가 말한 것처럼 살인마가 저지른 짓이라면 두 사건 사이에 공통점이 있어야 하는데…. 한 순경은 속으로 중얼거리다 말고 뒷좌석을 보았다. 황시근의 발목에서 풀어낸 낚싯줄과 정삼만의 목에서 풀어낸 밧줄이 나란히 놓여 있었다.

낚싯바늘과 낚싯줄….

한 순경이 운전대에 머리를 박고서 생각에 잠겨 있는데 휴대전화가 울렸다. 파출소장이었다. 폭우 때문에 은담 마을로 지원을 나갈 수 없는 상황이니 일단 시신을 마을로 옮기라는 것이었다. 다행히 마을 노인들이 차를 끌고 와서 시신을 황시근의 집으로 옮겨주었다. 시신이 자택에 안치되는 걸 확인한 뒤 한 순경은 이장 홍 씨를 따라 마을회관으로 갔다. 점심을 걸렀다는 말에 홍 씨가 컵라면이라도 먹고 가라며 데려온 것이었다. 한 순경은 컵라면과 회관 냉장고에 있던 김치로 늦은 점심을 해결하며, 홍 씨에게 이택교, 최연화 부부와 고창민, 사망한 노인들의 관계를 물었다.

최근의 일들은 오느릅에게 전해 들은 것들과 크게 다르지 않았다. 하지만 몇 년 전으로 거슬러 올라가자 전혀 다른 이야기가 나왔다. 원래 그 다섯이 절친이었다는 것이다. 서울에서 장사를 하다가 낙향한 이택교와 그의 젊은 아내 최연화, 은행에 다니다가 희망퇴직을 하고 귀농한 고창민, 당시 이장이자 대학교수 딸을 둔 정삼만, 읍내 오일장에서 약재상을 하며 농사까지 야무지게 지어서 이택교가 오기 전까지 은담 마을 최고 갑부였던 황시근. 다섯 사람은 술자리 회동도 자주 할 정도로 가깝게 지냈다. 이장인 정삼만과 이택교의 주도로 '은담 마을 발전위원회'라는 자치조직을 만든 후에는, 무청 시래기와 블루베리 특산품을 개발하고 대학 강사인 민속학자를 초청하여 '은담의 노래'라는 민속자료집 발간까지 추진했다. 그러다가 모종의 이유로 다섯이 갈라서더니 서로 원수처럼 지내더라는 것이었다. 불화의 이유는 홍 씨도 알지 못하며, 당시 추진 중이던 특산품 개발 사업과 민속자료집 발간 사업도 중단되었다고 했다.

"그때 은담 마을에 왔다던 민속학자가 누구인지 아세요? 그분이라면 뭘 좀 알고 있을 것 같은데요."

한 순경의 말에 이장 홍 씨의 표정이 심각해졌다.

"혹시 오늘 줄초상에 내가 모리는 게 있는 기가?"

"아… 아닙니다."

한 순경은 손을 내저었다. 확실하지도 않은 이야기로 주민들을 불안하게 만들 수는 없었다.

"그라믄 갑자기 그때 얘기는 왜 캘라 그라노? 아까 우리 손녀도 똑같은 걸 묻드마는. 깡촌 일에는 관심도 없던 젊은 것들이."

오느릅도 다섯 명의 관계와 민속학자에 대해 조사하고 다니는 모양이었다.

"같은 날에 두 번이나 출동하고 이렇게 회관에서 컵라면까지 얻어먹으니까 절로 관심이 생기네요."

"그런 맴이믄 우리야 고맙지. 민속학자를 다들 종규 선생이라 불렀다. 종규가 진짜 이름이 아이고 호(號)라 하드라. 원래 귀신을 쫓는 신의 이름인데, 이 마을 저 마을 다니다 보믄 잡귀가 들러붙을 때도 있담시로 호를 그리 지었다 하대. 아무튼 종규 선생이 노인들 앉혀 놓고 이야기를 해봐라, 노래를 불러봐라 함시로 녹음기 들이밀 때는 참 우습고 재미있었다. 천지사방 댕김시로 노인들을 상대해 봐서 그런가 그 양반이 참 싹싹했거등. 나이는 그때 마흔 중반이나 됐을 성싶었고, 키가 자그마하고, 인물은 없지마는 옷을 참말로 맵시 있게 입고 다녔다. 삼복더위에도 꽃분홍색 스카프를 목에 칭칭 감고 다녀서 우리가 땀띠 안 나냐고 놀려 묵고 그랬다. 아, 저기 액자가 있네."

이장 홍 씨가 벽면의 액자를 가리키며 말을 이었다.

"종규 선생이 선물한 액자다. 세 번짼가 네 번짼가 왔을

적에 이 동네 노인들이 갈차준 노래를 액자로 만들어서 선물로 들고 왔드만."

이장은 황시근의 유가족을 만나러 가고 한 순경은 서둘러 식사를 마치고 액자를 보러 갔다. 28인치쯤 돼 보이는 액자가 걸려 있고 그 앞에는 꽤 익숙한 뒷모습의 여자아이가 있었다.

"한 순경님도 종규 선생에 대해 들으신 모양이네요."

오느릅이었다.

/

은담 마을 정경을 흐린 배경으로 처리한 뒤 동요의 노랫말을 고딕체로 프린트한 액자였다. 제목 옆쪽에 작은 글씨로, 지역마다 조금씩 다른 버전으로 전해지는 전래동요라는 설명 글이 있었다. 한 순경은 동요의 가사를 읽어 내려갔다.

길로 길로 가다가

질로 질로 가다가 엽전 하나 주웠네.

주운 엽전 뭐 하꼬 고리나 맹글지.

맹근 고리 뭐 하꼬 눈치나 낚지.

낚은 눈치 뭐 하꼬 탕이나 고았지.

고은 탕을 뭐 하꼬 잔치나 열지.

할매 할배 불러다가 그릇그릇 믹이지.

한 순경이 노랫말을 다 읽었을 때쯤 오느릅이 손으로 글자를 짚었다.

"고리, 눈치나 낚지…. 뭐 생각나는 거 없어요?"

"혹시 이 노랫말과 낚싯바늘, 낚싯줄이 관계가 있다고 생각하는 거니?"

"낚싯바늘은 이 노래에서 말하는 고리가 맞는 것 같아요. 그런데 황 씨 할아버지 사건에서 중요한 건 낚싯줄이 아니라 낚시라는 행위예요. 찾아봤더니 눈치는 송사리의 경상도 방언이래요. 그러니까 눈치를 낚는 것처럼 사람을 낚은 거죠."

오느릅은 한 순경의 눈을 똑바로 보면서 설명을 이어 갔다.

"추리소설에 자주 나오는 설정 있잖아요. 무슨 동요 같은 걸 던져주고 그 가사에 맞춰 연쇄살인이 일어나고, 결국 가

사대로 다 죽어야 끝나는 이야기요."

"이건 소설이 아니라 실제 사건이야. 사건은 추리가 아니라 증거로 설명하는 거야. 증거를 찾기 전이라면 최소한 논리를 갖춰야 하고. 네 말대로라면 엽전이 먼저 나와야지."

"맞아요. 그게 이 가설의 최대 허점이에요. 가설이 성립하려면 엽전과 관계된 시신이 한 구 필요한데 말이죠."

"너, 또!"

한 순경이 눈을 부라렸지만 오느릅은 제 할 말을 이어갔다.

"바늘 만들기, 낚시 다음에는 두 가지 행위가 있어요. 탕을 만들고, 잔치를 열어 노인들을 불러다가 먹여요. 한때 절친이었다가 무슨 이유에선가 원수처럼 지내던 다섯 사람 중에 둘이 죽고 셋이 남았어요. 그런데 이 노래의 키워드는 다섯 가지예요. 엽전, 낚싯바늘, 낚싯줄, 탕, 잔치. 노랫말 연쇄살인이 성립하려면 한 순경님 말대로 무조건 엽전과 관련된 살인이 있어야 해요.

만약 엽전 살인이 이미 벌어졌는데 시신이 발견되지 않은 상태라면, 그 시신은 은담 마을 발전위원회 멤버가 아닌 제3자일 수밖에 없어요. 연쇄살인의 첫 희생자이자 다섯 멤버와 긴밀한 관계에 있던 사람일 거예요. 이 경우는 노랫말의 순서가 중요해요. 엽전, 낚싯바늘, 낚싯줄 살인은 순서대로 이루어졌고, 탕과 잔치만 남은 겁니다. 생존자는 이택교, 최연화, 고창민 셋인데 남은 키워드가 둘이니까 셋 중 하나가 범인일 가능성이 커요.

그런데 엽전 살인의 희생자가 이택교, 최연화, 고창민 중 하나라면 이야기가 달라져요. 셋 중 하나가 엽전 살인의 피해자로 발견된다면, 이 연쇄살인에서 노랫말의 순서는 중요하지 않다는 뜻이 되거든요. 범인은 다섯 개의 키워드로 다섯 사람을 죽이는 게 목적이에요. 연쇄살인자의 뜻대로 일이 진행된다면 현재 생존한 세 사람은 엽전, 탕, 잔치와 관련된 방식으로 모두 살해될 거예요. 이 경우 범인은 마지막 희생자일 수도 있고 외부인일 수도 있어요. 은담 마을 발전위원회 멤버인 범인이 네 가지 키워드로 네 사람을 살해한 다음, 자신의 죽음으로 마지막 키워드를 완성하는 거죠. 또 외부인이 은담 마을 발전위원회 멤버 다섯을 모두 살해할 수도 있고요. 물론 이 외부인도 다섯 사람과 긴밀한 관계에 있던 사람일 겁니다. 결국 엽전 살인의 희생자가 누구냐에 따라….”

한 순경은 더 듣고 있을 수가 없어서 오느릅의 말을 끊었다.

"연쇄살인이라는 증거도 없는데 가설이 너무 앞서 나가는 거 아니야? 여전히 정삼만은 자살, 황시근은 실족사일 가능성이 높아."

"조사를 해봐야…."

오느릅이 말을 이으려는데 갑자기 쩌렁쩌렁한 소음이 울렸다. 이장 홍 씨의 목소리가 확성기를 타고 은담 마을 곳곳으로 울려 퍼지고 있었다.

"아, 아, 한 개, 두 개, 아, 아! 이장입니다. 금일 기록적인 폭우로 불어난 강물에 지리산 상류 계곡물까지 보태지믄서 우리 은담 마을의 유일한 진입로인 은담교가 떠내려가 삐릿습니다. 그라니까 마을 주민들은 마을 밖으로 나가시믄 안 됩니다. 괜히 장을 볼란다, 아들네 가볼란다 함시로 강 건너다가 떠내리가지 마시고 은담교가 복구될 때까지 안전하게 동네에 계시기 바랍니다. 물론 산비탈을 타고 가믄 갈 수도 있지만서도 지금 산골짜기마다 계곡물도 불어났다 합니다. 그라니까 가만들 계시이소. 생필품은 은담상회를 이용하시고, 혹시 라멘 필요하시믄 회관에서 나눠디리겠습니다."

한 순경은 급히 휴대전화를 꺼내 들었다. 파출소장은 안 그래도 은담교 소식을 방금 접했다고 했다. 임시 교각 설치도 강물이 좀 빠진 뒤에야 가능할 테니 일단은 은담 마을에 머물면서 정삼만, 황시근과 관련한 민원들을 해결하라 했다.

"미치겠네!"

한 순경이 통화를 끝내자 씩 웃고 있는 오느릅이 보였다.

"폭우로 다리가 끊어졌다는데 넌 웃음이 나와?"

"원래 탐정들은 폭설로 산장에 고립되고, 태풍으로 섬에 고립되고 그러는 법이에요. 아, 나도 여기서 한 순경님이랑 같이 지낼 거예요."

"멀쩡한 할머니 집 놔두고 왜?"

"오늘 밤 안으로 범인을 잡아야 하니까요. 내일 되면 우리가 지는 거예요."

"그게 무슨 말이야? 내일이 무슨 날인데?"

"우리 할머니 칠순 잔치요."

"노랫말에 있는 잔치와 너희 할머니 칠순 잔치를 연결 짓는 건 억지 아니야? 일단 노인들의 죽음이 연쇄살인이라는 증거가 있어야 노랫말 살인마를 걱정하든 말든 하지."

"지금부터 같이 증거를 찾아야죠. 나는 은담상회 사장 할머니를 만나볼 테니까 한 순경님은 이택교 집과 블루베리 농원 근처 집들을 돌면서 어젯밤 8시 30분에서 9시

30분 사이에 무슨 이상한 소리를 들은 사람이 없는지 알아봐 주세요. 이택교와 최연화, 고창민한테도 똑같은 질문을 해주시고요."

"내가 왜 그래야 하지?"

"일종의 민원이죠. 연쇄살인이 의심되니까 조사해 달라는 민원 말이에요."

어린애한테 끌려다닐 마음은 눈곱만큼도 없었지만 한순경은 일단 마을회관을 나섰다. 사실 한 순경도 낚싯바늘과 낚싯줄의 찜찜함을 짚고 넘어가고 싶었다.

가장 먼저 도착한 곳은 고창민의 농원이었다. 은담 마을은 은담상회를 중심으로 윗마을과 아랫마을로 나뉘는데 정삼만의 집이 있는 쪽이 아랫마을이었다. 고창민의 농원은 윗마을로 꺾어져 들어가는 진입로 쪽에 있었다. 윗마을은 상대적으로 골목이 넓었고 농원 앞에는 도로반사경까지 설치되어 있었다. 울타리에 '블루베리 농원'이라는 현수막이 걸려 있고 그 너머로 블루베리 화분들이 줄줄이 놓여 있었다. 여전히 길고양이를 돌보는지 농막 마당에는 작은 고양이 집이 놓여 있었다. 사료통과 물그릇에 비가 튀지 않도록 차양까지 설치해 놓은 집이었다. 농막은 무성한 포도 넝쿨로 휘감겨 있어서 어딘가 비밀스런 느낌을 주었다.

빗소리 때문인지 한참을 불러도 나오지 않던 고창민은 한 순경이 단념하고 돌아설 즈음 주방의 쪽창을 열고 모습을 드러냈다.

"고창민 씨?"

"제가 고창민입니다만 경찰분이 무슨 일로…."

이마를 뒤덮은 곱슬머리에 뿔테 안경 때문인지 40대치고 젊어 보였다. 쪽창을 내다보는 자세가 어정쩡한 것으로 보아 오느릅 말대로 키가 170 후반은 될 듯하다.

"어젯밤 8시 30분에서 9시 30분 사이에 무슨 이상한 소리 들은 거 없습니까?"

"글쎄요. 어젯밤엔 비가 안 와서 무슨 소리가 났다면 들었을 텐데, 특별히 기억나는 게 없네요."

"그럼 어젯밤에 정삼만 씨 집이나 그 근처에 가신 적이 있습니까?"

"아뇨."

"어젯밤 8시 30분에서 9시 30분 사이에 어디 계셨죠?"

"집에 있었습니다만."

"집에 계신 걸 본 사람은 없고요?"

"당연하죠. 1인 가구니까."

협조해 주어 감사하다는 인사에 고창민은 쓴웃음을 지

으며 쪽창 문을 닫았다. 그 순간 고창민의 오른손 손바닥에 붙어 있는 밴드들이 보였다. 한 순경은 다시 고창민을 불렀다.

"손을 다치셨나 봐요."

"깨진 화분에 베였습니다, 그럼…."

한 순경은 꽉 닫힌 쪽창을 일별하고는 자리를 떴다. 농원 주변 집들은 인기척이 없었다. 1인 가구 비중이 높은 데다 줄초상으로 상갓집 두 곳에 모여 있을 확률이 컸다. '홍영자'라는 명패가 있는 파란 대문 집을 지나 완만한 경사로를 따라 올라가자 이택교, 최연화 부부의 집이 나왔다. 하단부의 대리석과 상단부의 원목이 묘한 대비를 이루는 매력적인 단층집이었다. 마당도 꽤 넓었다. 나무 재질의 현관문 옆에 이택교의 전동스쿠터가 세워져 있었다. 초인종을 누르자 한참 만에 이택교의 음성이 들려왔다. 한 순경이 잠시 이야기를 나눌 수 있는지 묻자 이택교는 난색을 표했다.

"제가 거동이 좀 불편해서 빗속에 나가기가 좀 그렇습니다. 전동의자가 고장 났거든요. 오늘 비를 좀 맞았더니 브레이크가 제대로 작동하지 않더라고요."

한 순경은 전동스쿠터의 방수기능이 그렇게 허술한지 의문이었지만 일단 넘어가기로 했다.

"그럼 결례가 안 된다면 제가 잠깐 들어가도 될까요?"

한 순경이 얼굴의 빗물을 훔치며 물었다.

"어쩌죠? 집사람이 몸살 기운이 있어서 이제 막 약을 먹고 잠이 들었어요. 예민한 사람이라 손님을 들이는 기척이 나면 금방 깰 겁니다."

그 순간 이택교의 집 거실 창 너머로 사람 그림자가 어른거렸다. 커튼이 드리워져 있어서 누군지는 확인할 수 없었지만 그림자의 높이로 보아 다리가 불편한 이택교는 아닌 듯했다.

"그럼 인터폰으로 말씀해 주시면 됩니다. 혹시 어젯밤 8시 30분에서 9시 30분 사이에 무슨 수상한 소리 못 들으셨습니까?"

"무슨 일로 그러시죠?"

"어젯밤 수상한 사람이 마을에 돌아다니는 걸 봤다는 제보가 있어서요."

"8시 30분에서 9시 30분? 그 시간엔 바깥에서 무슨 일이 벌어져도 나는 모릅니다. 음악을 들으며 재활운동을 하고 9시부터는 반신욕을 하거든요. 최근 몇 년간 어긴 적 없는 루틴입니다."

"그럼 그 시각에 아내분은 뭘 하셨을까요?"

"제 재활운동을 돕다가 9시쯤 반신욕 준비를 해준 다음 쉬고 있었을 겁니다."

"반신욕을 하시면서 아내분이 집에 계시는 걸 확인하셨나요? 잠깐이라도 얼굴을 봤다거나."

"보통 9시 50분에 저한테 음료수를 가져다주고, 10시에 제가 반신욕을 끝내는 걸 도와야 하기 때문에 어디 가지는 않았을 겁니다. 어제도 평소처럼 9시 50분에 식힌 뱅쇼를 가져다주었고요. 사실 낮이고 밤이고 집사람은 이 동네에서 잘 안 돌아다녀요. 이장님 빼고는 교류도 없고요. 바람을 쐬고 싶을 때는 차를 몰고 나가는데 우리 집 차가 수리센터에 가 있어서 집사람도 요새 갑갑해 죽을 겁니다."

"차가 고장이 났나 봅니다."

"며칠 전에 아내가 사고를 냈어요. 술도 안 마셨는데 한눈을 팔았는지, 뭐, 시골 밤길이 깜깜하기도 하고요. 동네 전봇대를 들이받았지 뭡니까."

"아내분은 괜찮으시고요?"

"일단 응급실로 보냈는데 새벽에 택시 타고 왔더라고요. 전봇대를 들이받아서 동네는 정전이 됐는데 운전자는 멀쩡한가 보더라고요. 요즘 차들이 워낙 잘 나오지 않습니까."

이택교와 이야기를 나눈 뒤 마을회관으로 복귀하자 오느릅이 비에 젖은 생쥐 꼴을 하고 앉아 있었다. 은담상회 사장을 만난다더니 별 소득이 없었던 모양이었다. 한 순경은 '민원 해결' 차원에서 고창민과 이택교에게 얻은 정보들을 오느릅과 공유했다. 오느릅은 잠자코 듣고 있다가도 가끔씩 거짓말이라며 성을 내곤 했다.

"나도 그 사람들 말을 다 신뢰하진 않아. 고창민은 오른손의 상처가 화분에 베인 거라 했는데 그런 것치고는 밴드들의 크기가 너무 작았거든. 보통 베인 상처에는 표준형 밴드나 그보다 큰 걸 쓰는데 고창민이 붙이고 있던 건 소형 밴드들이었어."

"베인 게 아니라 어디 찔린 상처일 거예요. 예를 들면 낚싯바늘이라거나."

오느릅은 수건으로 머리를 닦다 말고 손가락을 구부려 보였다.

한 순경은 이택교에게 들은 재활운동과 반신욕 루틴에 대해 이야기했다. 그러자 오느릅이 눈을 동그랗게 떴다.

"그거였어요! 최대 50분이 비어요. 이택교가 반신욕을 시작해서 최연화가 음료수를 갖다주기까지, 최연화가 남편 모르게 움직일 수 있는 시간."

"최연화가 이택교 모르게 움직여야 할 이유가 없잖아. 너도 어젯밤에 그 부부가 같이 가는 걸 봤다며."

"그 모순도 곧 해결될 거예요. 뭐 하나만 찾아내면요. 그것만 있으면 고창민의 손에 소형 밴드가 붙어 있는 이유도 설명할 수 있을 거예요."

"대체 뭘 찾아야 한다는 건데?"

"어젯밤에 정삼만이 산 소주랑 새우깡이 든 봉지요. 그게 정삼만의 집이 아닌 다른 곳에서 발견된다면 어젯밤에 그 세 사람이 왜 정삼만 집으로 갔는지 설명할 수 있어요."

"혹시 그 봉지를 찾는 것도 민원이니?"

"아뇨. 그건 이 동네 지리를 잘 아는 어른들한테 부탁할 거예요."

/

"비도 비도 징그럽게도 내린다, 참말로."

저녁 8시쯤 이장 홍 씨는 오느릅과 똑같은 노란 우비 차림으로 마을회관에 도착했다.

"그래, 물어볼 게 있담서."

홍 씨는 방석을 가져와서 한 순경과 마주 앉았다.

"혹시 정삼만 씨 댁에서 소주병하고 새우깡 봉지 보셨어요?"

한 순경이 오느릅 대신 질문했다.

"시신을 모시기 전에 내하고 저짝 배 씨 할매하고 둘이서 집을 치웠는데 그건 못 봤다. 방에 그날 잡수신 밥상이 그대로 있었는데 술병은 없었구마."

"마당이나 다른 곳에서도요?"

"수돗가에 술병들이 줄줄이 있긴 했는데 한참 전에 마신 기더라."

"그걸 어떻게 알아요?"

"우찌 알긴. 술병들이 흙먼지가 잔뜩 들어차 있으니까 알지."

이번에는 오느릅이 슬그머니 홍 씨 곁으로 다가앉으며 물었다.

"내일이 할머니 칠순인 거 이 동네 사람들한테 말한 적 있어요?"

"요새는 칠순 잔치 한다 하믄 욕 묵는다. 그래도 니 옴마가 소고기를 짝으로 사 보내고 하도 지랄을 해싸서 즈기 위에 새댁네하고 농장 고 씨한테만 살짝 귀띔해 놨다. 당일 아침 일찍 미역국하고 육전이나 쪼맨쓱 집집마다 돌리고 싶은데 내 혼자서는 택도 없으니까, 좀 도와달라 했지. 그런데 마을에 줄초상이 났으니 다 없던 일로 해야지 싶어서 새댁이랑 고 씨한테도 그리 일러뒀다."

"새댁이 누구죠?"

한 순경이 물었다.

"이택교 씨 안사람 말이다. 촌에서는 오십 전에는 다 새댁이다."

한 순경은 홍 씨의 칠순을 알고 있는 사람이 하필 최연화, 이택교 부부와 고창민이라는 사실에 골치가 아파왔다. 오느릅의 허무맹랑한 가설에 세상이 장단을 맞추는 느낌이었다. 한 순경은 똑단발을 쓸어 넘기고는 말했다.

"이장님, 정삼만 씨의 죽음에 석연치 않은 구석이 있어서 그러는데 혹시 믿을 만한 어르신들 두세 분 정도 더 모실 수 있을까요?"

홍 씨는 선뜻 답을 하지 않는데 휴대전화가 요란하게 울렸다. 황시근의 유가족이 이장에게 연락을 해온 것이었다. 상대의 이야기를 한참이나 듣고 있던 홍 씨가 말했다.

"…안 그래도 날이 푹푹 찌는데 에어컨도 없는 집에 우짜긋네 싶었던 참입니다. …예, 에어컨 온도를 최대로 낮추믄 그래도 집보다는 나을 깁니다."

황시근의 유가족이 시신을 회관으로 옮기고 싶어 하는 모양이었다. 통화를 마친 홍 씨는 한 순경을 바라보며 깊은 한숨을 쉬었다.

"우리 동네서 살인이 벌어진다는 생각은 꿈에도 해본 적 읎다. 하지만 정삼만 씨한테 변고가 있었다믄 밝혀내야제. 홀아비 혼자 남매 키우고 공부시키느라고 고생 많이 한 사람이다. 마지막 밥상에도 반찬이라곤 짠지밖에 읎더라. 그런 사람한테 누가 몹쓸 짓을 했다믄 잡아야지. 그래, 사람들 모아다가 뭘 하믄 되는데?"

"소주병과 새우깡이 든 검정 봉지를 찾아봐 주시면 좋겠어요. 블루베리 농장 주변과 이택교, 최연화 씨 부부의 집 부근을 중점적으로 수색해 주세요."

홍 씨는 궁금한 게 많은 얼굴이었지만 자리를 털고 일어났다. 오느릅이 슬리퍼를 꿰신는 홍 씨를 붙잡고 말했다.

"할머니, 블루베리 농장 주인이랑 이택교 씨 부부한테는 비밀로 해야 돼요."

그러자 홍 씨가 오느릅의 등짝을 후려쳤다.

"니 또 쥐 냄새 맡은 개마냥 빨빨거리고 다니제? 니는 자슥아, 그 정성으로 공부를 해라. 느 옴마가 니 7등급 나왔다고 탄식을 하더라."

마을회관을 나선 홍 씨는 30분쯤 뒤에, 봉지를 찾았다고 한 순경에게 연락을 해왔다. 블루베리 농장과 이택교의 집 중간쯤에 있는 동네 폐기장에 소주 다섯 병과 새우깡이 든 봉지가 있더라는 것이었다. 전화를 끊은 뒤 한 순경이 오느릅에게 말했다.

"자, 네 뜻대로 봉지를 찾았으니까 이제 다 설명해 봐."

"어젯밤에 나는 이택교 최연화 부부를 본 게 아니었어요. 전동의자를 밀면서 걷던 사람은 최연화가 맞아요. 하지만 의자에 앉아 있던 사람은 이택교가 아니라 정삼만이었어요. 은담상회에서 나온 정삼만은 곧장 집에 갈 수 없었어요. 누군가의 연락을 받고 만나러 갔다가 모종의 변고를 당했거든요. 그다음에 이택교의 전동의자에 실려 집으로 옮겨졌고요."

"그래서 제3의 장소에서 발견된 봉지가 그 증거라는 거니? 봉지로는 정삼만이 봉지를 들고 윗마을로 갔다는 사실밖에 증명할 수 없어."

한 순경이 혀를 찼지만 오느릅은 전혀 당황하는 기색이 없었다.

"낮에 황시근이 죽은 연못 근처에서 이택교를 봤을 때 묘하게 거슬리는 게 있었어요. 그 위화감이 결정적인 힌트였어요. 낮에 본 이택교의 앉은키가 간밤에 봤던 이택교의 앉은키와 확연히 달랐거든요. 하룻밤 사이에 노인의 앉은키가 쑥 커졌을 리 없잖아요. 간밤에 제가 본 건 키가 160대 초중반인 정삼만이었던 거예요."

"그럼 최연화가 범인일 가능성이 가장 높다는 건데…. 고창민은 왜 또 거기로 간 거지?"

"전동의자에 실려 갈 때 정삼만이 사망한 상태였는지, 정신만 잃은 상태였는지는 몰라요. 하지만 살인의 시작은 최연화가 하고 자살로 위장하여 매듭짓는 일은 고창민이 했다는 것만큼은 확실해요. 그게 고창민의 손바닥에 소형 밴드로 가려질 만큼 자잘한 상처들이 남아야 했던 이유예요."

한 순경은 대회합실 벽면의 노래 액자를 보다 말고 신경질적으로 머리를 쓸어 넘겼다. 여전히 살인사건이 벌어졌다는 확실한 증거는 없지만 여러 정황들이 오느릅의 가설을 뒷받침하기 시작했다. 녀석 말대로 정삼만과 황시근의 죽음이 노랫말 연쇄살인의 일부라면 앞으로 최소 두 건의 살인이 더 벌어진다는 뜻이었다. 만에 하나 오느릅의 가설과 목격담이 맞다면 최연화, 고창민, 이택교 중에 가장 위험에 처한 인물은 이택교였다.

한 순경은 이장 홍 씨에게 전화를 걸었다. 통화연결음이 이어지는 사이, 한 순경은 속으로 되뇌었다. 저 너석의 허무맹랑한 가설을 믿어서가 아니야. 예방 차원의 조치지. 홍 씨는 한참 만에야 전화를 받았다. 한 순경은 홍 씨에게 이택교의 안부를 수시로 확인해 달라고 부탁했다.

오느릅은 눈을 내리깐 채 검지로 이마를 끝도 없이 긁적이고 있었다.

"야, 이마에 구멍 나겠다. 정신 사나우니까 그만 좀 긁어."

한 순경이 짜증을 내자 오느릅이 볼멘소리를 했다.

"긁는 거 아니에요. 전두엽에서 실마리를 잡아내는 나만의 탐정 예식 같은 거라고요."

"누누이 말하지만 사건에서 가장 중요한 건 추리로 기승전결을 재구성하는 게 아니야. 확실한 증거들로 범인을 찾아내야 해. 그런데 정삼만 씨의 집이나 창고는 이 동네 사람들의 지문과 DNA로 오염된 상태야. 최연화가 정삼만을 윗마을로 호출한 통신 기록이 남아 있다 쳐도 일이 있어서 잠깐 만나고 헤어졌다고 주장하면 그만이고. 유족이 자살을 받아들인 상태라 경찰도 일개 고딩 탐정의 목격담과 전동의자 앉은키 이야기보다는 자살 동기에 집중할 거야. 참고로 경찰은 '길로 길로 가다가' 같은 노랫말 따위는 들어보려고도 하지 않을 거다."

한 순경은 시무룩해진 오느릅을 두고 창가로 갔다. 빗줄기가 조금 가늘어져 있었다. 홍 씨에게선 이택교는 잘 있으니 걱정 말라는 연락이 왔다. 한 순경은 마을 노인들만 너무 고생시키는 것 같아서 마음이 쓰였다. 그런 속내를 읽은 건지 오느릅이 회관을 나섰다.

"어디 가?"

"은담상회 사장님 만나러요."

"사장님은 또 왜?"

"몰라도 돼요. 일개 고딩 탐정의 새로운 가설 따위 알아서 뭐 하게요."

한 순경은 뚱한 뒤통수로 멀어져 가는 오느릅을 보다 말고 정삼만의 집으로 향했다. 여전히 연쇄살인을 확신하는 건 아니었지만 정삼만의 죽음에 의문이 드는 건 사실이었다. 자식 문제로 처지를 비관한 노인이 집을 놔두고 마을 창고에서 목을 맨다는 게 부자연스러웠다. 물론 살인사건이라는 측면에서 본다 해도 창고에서 시신이 발견된 건 어딘가 이상했다.

정삼만의 집은 80대로 보이는 마을 노인 둘이 지키고 있었다. 마을 사람들이 음식을 해다 놓았는지 거실에는 육개장이 가득 든 들통과 과일 바구니가 놓여 있었다. 시신을 모신 방에는 술과 포, 과일을 올린 제사상이 있었다. 마을에서 구할 수 있는 것들로 간단히 차린 듯했다. 한 순경은 절과 분향을 마친 뒤 밖으로 나왔다. 정삼만의 집으로 올 때는 몰랐는데 집을 등지고 서니 세상이 참으로 적막한 느낌이었다. 옆집은 없고 저 멀리 앞집의 뒷담만 보였다. 하지만 그마저도 폐가였다. 그 순간 한 순경은 시신이 창고에서 발견되어야 했던 이유를 알아차렸다. 이런 곳에서 목을 맨다면 발견되기까지 며칠이 소요될지 모를 일이었다. 시신이 창고에서 발견된 건 사람들에게 빨리 혹은 제때 발견되어야 했기 때문이었다.

상갓집을 나선 한 순경은 마을 창고로 향했다.

창고의 상태는 정삼만의 시신을 확인하느라 들렀을 때와 별반 다르지 않았다. 플라스틱 스툴은 채광창이 있는 벽 쪽에 쌓여 있었고 가로대들은 2.5미터 정도 높이에 고정된 채였다. 창고 안쪽에는 정삼만이 목을 맸던 것과 같은 형태의 밧줄과 방수포가 무더기를 이루고 있었다. 생의 마지막 순간을 맞이하기에는 삭막하고 무심한 공간이었다. 한 순경의 감상을 깨운 건 오느릅의 전화였다. 통화 버튼을 누르기 무섭게 오느릅의 긴장된 목소리가 울려 퍼졌다.

"한 순경님, 우리 할머니한테 연락 왔어요?"

그제야 한 순경은 휴대전화를 확인했다. 부재중전화가 두 통, 새 메시지가 하나 있었다. 한 순경이 전화를 받지 않자 홍 씨가 문자를 보낸 것이었다.

이택교 잘 있음.

"8시 55분에 이택교 잘 있다고 문자 보내셨네."

"우리 할머니가 전화를 안 받아요."

"뭐? 이장님한테 무슨 일이라도 생긴 거야?"

"그게 아니라요, 할머니가 지금 다른 일을 하느라 전화를 못 받는 것 같아요. 아무래도 황시근 할아버지네 집에 간 것 같아요. 비가 조금 잦아들었잖아요."

아닌 게 아니라 마을회관을 나설 때보다 빗줄기가 가늘었다. 한 순경은 황시근의 유족이 시신을 에어컨이 있는 회관으로 옮기려 한다는 사실을 복기했다. 마을 공공시설을 사용하는 일이다 보니 이장을 부를 수밖에 없었을 것이다.

"그럼 다른 어르신들이 이택교 집 근처에 계신 거야?"

"할머니랑 같이 갔겠죠. 그분들은 순경님 연락처도 모를 테고요. 그리고 우리 할머니 책임감 없이 한 순경님과의 약속을 어길 사람 아니거든요. 이택교 잘 있다는 문자를 끝으로 연락이 안 된다는 건 그럴 이유가 있다는 거예요."

"반신욕!"

"맞아요. 이택교가 우리 할머니한테 지금부터 반신욕을 할 거니까 더는 연락하지 말라고 했을 가능성이 커요. 할머니도 자기 집에서 반신욕 하는 게 위험할 거란 생각은 안 했을 거고요. 나는 이택교 집으로 가볼게요. 한 순경님은 농원 아저씨 좀 확인해 주세요."

"고창민은 왜…."

한 순경이 뭘 더 묻기도 전에 오느릅은 전화를 끊었다. 창고를 빠져나온 한 순경은 윗마을로 내처 뛰었다. 마을 공용주차장에 세워둔 순찰차를 끌고 갈까도 생각했지만 타고 내리는 시간이 더 걸릴 듯했다. 한 순경은 9시 25분쯤 블루베리 농원 앞에 도착했다. 고창민의 농막은 불이 꺼져 있었다. 농막 주인이 일찌감치 잠자리에 든 건지 여태 돌아오지 않은 건지는 알 수 없었다. 하지만 기분 나쁜 침묵이 한 순경을 농막으로 불러들이고 있었다.

/

창문을 넘어 들어간 한 순경을 맞이한 건 더운 열기와 비릿하고 짙은 음식 냄새 그리고 불길한 정적이었다.

"고창민 씨! 경찰입니다. 안에 계세요?"

한 순경은 손전등으로 실내를 비추었다. 6평쯤 되는 조립식 농막이라 숨겨진 공간이 있을 것 같진 않았다. 2인용 소파가 있는 작은 거실이 있고 그 너머로 슈퍼싱글 사이즈의 매트리스를 깔아놓은 개방형 침실이 보였다. 손전등의 불빛이 거실을 지나 주방에 가 닿았다. 개수대 앞쪽 바닥에 고창민이 기묘한 자세로 엎드려 있었다.

"고창민 씨!"

한 순경은 급히 출입문 근처의 벽을 더듬어 불을 켰다.

고창민은 20리터들이 들통에 머리를 처박고 쓰러져 있었다. 들통에는 아직 식지 않은 매운탕이 들어 있었고 고창민의 머리는 정수리부터 아랫입술까지 매운탕에 잠겨 있었다.

"고창민 씨!"

한 순경은 고창민의 머리를 들통에서 빼낸 다음 바닥에 눕혔다. 하지만 농막 주인은 이미 숨을 거둔 상태였다. 붉고 기름진 양념 때문에 피부의 열화상 정도를 가늠하기 어려웠다. 한 순경은 떨리는 손으로 머리를 쓸어 넘겼다. 고창민의 시선은 '낚은 눈치 뭐 하끄 탕이나 고았지'라는 노랫말대로 세팅된 상태였다. 좀 전까지만 해도 한 순경에게 노랫말 연쇄살인은 이장님네 고딩 탐정의 가설에 지나지 않았다. 하지만 지금부터는 하늘이 두 쪽 나도 범인을 잡아야 하는 사건이자 혹시 모를 네 번째 살인에 대비해야 하는 사건이 되었다.

고창민의 시신을 처음 발견했을 당시 들통 주변은 깨끗했다. 매운탕이 넘치거나 튄 자국이 없다는 건 고창민의 자살 의지가 아주 확고했거나 누군가 고창민을 저항이 불가능한 상태로 만든 뒤 매운탕에 머리를 집어넣었다는 뜻이었다. 한 순경은 휴대전화로 현장을 꼼꼼하게 촬영했다. 이어서 농막 내부를 수색하던 한 순경은 싱크대 밑에서 고창민의 것으로 추정되는 휴대전화를 발견했다. 비밀번호가 걸려 있지 않은 휴대전화에는 유서로 보이는 메모가 남아 있었다.

정삼만, 황시근의 죽음을 보고 나도 떠나야 할 때가 왔다는 걸 알았다. 이렇게라도 죄를 씻을 수 있다면….

이게 가짜 유서라는 데 경찰로서 내 명예를 걸 수도 있어. 한 순경은 속으로 중얼거리다가 흠칫했다. 자기도 모르게 오느릅의 말투를 따라하고 있었던 것이다. 싱크대 서랍에 있던 지퍼백에 고창민의 휴대전화를 담은 다음 매트리스 주변을 수색했다. 소형 좌식 테이블에 최신기종 노트북이 놓여 있었다. 노트북에 핀이 설정되어 있어서 자료에는 접근할 수 없었다. 한 순경은 고창민의 시신을 포함한 농막의 내부 정경을 동영상으로 기록한 다음 출입문으로 빠져나왔다.

고양이들이 울었다. 배가 고픈 건지, 낯선 사람이 들어와서 그런지는 알 수 없었다. 고양이 집은 현관과 마주 보는 위치에 자리하고 있었다. 한 순경은 고양이 집을 내려다보며 본청 형사과에 신고를 했다. 본청에서는 형사들이 최대한 은담 마을에 빨리 진입할 수 있도록 군청 재난안전대책본부에 임시교각 설치를 서둘러 달라고 요청하겠노라 했다. 이어서 한 순경은 파출소장에게 전화를 걸었다. 은담 마을 주민 하나가 매운탕 통에 머리를 박은 채 죽어 있더라고 보고하자 파출소장은 혀를 차며 술이 원수라 했다. 당연히 취중에 사고가 난 줄 아는 모양이었다. 또한 인근 계곡에서 실종신고가 접수되어 다들 비상이 걸렸으니 은담 마을과 관련된 일들은 웬만하면 한 순경이 알아서 하라고도 했다.

고양이 집을 지나쳐 울타리를 넘어 나오려는 순간 오느릅이 보였다. 울타리 너머 도로반사경에 오느릅이 비쳤던 것이다.

오느릅도 한 순경을 발견하고는 달려왔다. 한 순경은 뭘 두고 나왔는지 농막 현관 쪽으로 다시 갔다가 한참 만에 돌아왔다. 오느릅은 한 순경이 뭘 하는지 물어볼 여유가 없었다.

"한 순경님, 최연화가 집에 없어요."

그제야 한 순경도 농막 울타리를 넘어 길 쪽으로 나왔다.

"이택교 집에 들어가 본 거야?"

"아뇨. 돌을 던져서 유리창을 몇 번이나 맞혔는데도 내다보는 사람이 없었어요. 이택교는 음악을 틀어놓고 반신욕을 하느라 소리를 못 들었을 수도 있고요. 고창민은요?"

한 순경은 천천히 고개를 저었다.

"죽었군요. 혹시 노랫말대로였어요?"

"그래, 매운탕에 머리를 박고 죽어 있었어."

"낚싯바늘, 낚싯줄, 탕. 연쇄살인마는 노랫말 순서에 집착하고 있어요. 그렇다면 엽전 살인의 피해자가 이 마을 어딘가에 있을 거예요."

하지만 한 순경은 가설 속의 피해자보다 범인의 정체를 알아내는 게 더 중요했다.

"그런데 최연화랑 고창민, 공범이라 그러지 않았니?"

"노랫말 살인 가설에서 가장 헷갈렸던 부분이 그거였어요. 노랫말 살인을 완성하려면 최소 5인의 희생자가 필요해요. 엽전 살인의 희생자가 외부인이라 해도 마을 발전위원회 멤버 중 넷은 살해된다는 뜻이에요. 그러려면 마을 발전위원회 5인 중에 공범은 존재할 수 없어요. 한시적 공범 관계라면 모를까."

"진범이 공범을 특정 사건에만 끌어들였다가 결국엔 배반하고 살해한다는 거지? 그럼 고창민은 정삼만 살해 유기에만 참여하고 나머지는 최연화의 단독 범행이었단 거야?"

"그건 황시근 사건을 더 조사해 봐야 알 수 있을 거예요."

"그럼 최연화와 이택교부터 분리해야겠네. 마지막 살인은 잔칫날이 배경이니까 자정까진 더 이상의 희생자는 나오지 않을 거 아니야."

"흩어져서 최연화부터 찾아보죠."

오느릅의 말에 한 순경이 단호하게 말했다.

"안 돼. 무조건 같이 다녀."

한 순경은 발견 당시 고창민의 상태를 떠올리며 몸을 떨었다. 사람을 살해하고 그토록 끔찍하게 세팅까지 하는 인간이라면 10대 여자아이에게도 무슨 짓을 할지 몰랐다. 한 순경과 오느릅은 마을회관으로 갔다. 에어컨 온도를 17도로 낮춰 놓아서 회관 안은 서늘하다 못해 추웠다. 이장 홍 씨는 황시근의 시신을 옮겨 오기 전에 회합실 바닥을 닦는 중이었다. 정삼만 딸과도 통화가 됐다며 정삼만의 시신도 일단 회관으로 옮겨 오기로 했다고 했다.

"이장님, 이택교 씨에게 반신욕 끝나는 대로 연락을 해달라고 기별을 좀 넣어주세요."

한 순경의 부탁에 홍 씨가 짜증을 냈다.

"또 와? 참말로 바빠 죽겠그마는. 그리 할 일이 없으믄 둘이 걸레질이라도 거들등가!"

"고창민 씨가 죽었습니다. 좀 전에 확인하고 오는 길이에요. 휴대폰에 유서를 남기긴 했는데 자살 같지가 않아서요."

세 번째 초상이 났다는 소식에 홍 씨는 망연한 얼굴이 되었다. 정말이냐고 되묻는 홍 씨에게 한 순경의 고창민의 휴대전화를 보여주었다.

"도대체 누고? 어떤 무작한 인간이 이런 짓을 한단 말이고?"

"그게… 확실한 건 아니지만…."

한 순경이 말을 맺기 전에 최연화가 병풍을 들고 들어왔다. 오느릅과 한 순경은 누가 먼저랄 것도 없이 화들짝 놀라며 물러나 앉았다. 하얀 병풍 덮개와 최연화의 짙은 초록색 원피스가 기묘한 대조를 이루었다. 오느릅은 병풍 덮개를 벗기는 최연화를 훔쳐보았다. 올백에 포니테일, 구릿빛 피부에 짙은 눈시울, 살짝 각진 턱이 도드라져 세련된 느낌을 풍기지만 이렇다 할 감정은 읽히지 않았다. 돌연 최연화의 눈길이 오느릅을 향했다. 오느릅은 뭘 몰래 먹다 들킨 것처럼 딸꾹질이 터져 나왔다. 다행히 이장 홍 씨가 최연화의 시선을 끌어주었다.

"숫기라곤 없는 사람이 마을에 일이 생겼다고 한달음에 와서 도와주고, 참말로 고맙다."

최연화는 병풍을 회합실 벽에 기대놓은 뒤 식기와 수저들 좀 미리 준비해 놓겠다며 주방이 있는 소회합실로 갔다. 홍 씨는 최연화가 대회합실을 나가기 무섭게 방문을 닫고, 고창민의 일을 경찰에 알렸는지 물었다.

"본청에 바로 신고는 했는데 길이 없어서 당장 경찰들이 출동하진 못할 것 같아요."

잠시 후 최연화가 손의 물기를 닦으며 소회합실에서 나왔다.

"전 그만 돌아가 봐야 할 것 같아요. 그 사람이 찾을 때가 다 돼서요."

한 순경은 휴대전화로 시간을 확인했다. 9시 47분이었다. 이택교가 반신욕을 끝내기 전까지 돌아가기는 불가능한 시간이었다. 한 순경이 그 점을 지적하자 최연화가 여틈하게 웃었다.

"남편이 순경님한테 별 이야기를 다 했네요. 오늘은 이장님 좀 도와드려야 하니 10분만 더 욕조에 있으라고 말해두고 왔어요."

현관을 나서던 최연화는 홍 씨를 돌아보았다.

"금방 다녀올게요. 오늘은 저도 이장님이랑 같이 회관에서 밤새려고요."

최연화가 회관을 나서자 오느릅이 한 순경에게 귀엣말을 했다.

"할머니가 아니라 한 순경님 들으라고 하는 소리 같아요. 자기를 의심하고 있단 걸 알아차린 것 같아요."

청소를 마친 홍 씨가 한 순경과 오느릅에게 말했다.

"느그 혹시 새댁을 범인이라 생각하는 기가? 새댁 그럴 사람 아니다. 젊은 여자가 돈 하나 보고 반신불수 노인이랑 산다고 오만 인간들이 손가락질해도 자기는 모진 말 한번 할 줄 모리는 사람이다. 내한테 하는 것도 1년에 두어 번 올까 말까 하는 자식새끼들보다 낫고."

오느릅은 입술을 삐죽 내밀었다. 할머니의 자식은 엄마뿐인데 굳이 자식새끼들이라고 복수형을 사용한 것은 손녀까지 싸잡아서 나무라는 게 틀림없었다.

"이택교 씨는 내가 자주 연락을 해볼그마. 좀 있으믄 돌아가신 양반들 모셔야 하니까 느릅이 니는 집에 가고, 한순경은 농원 사람 일이나 더 알아봐라."

회관에서 쫓겨나다시피 한 한 순경과 오느릅은 놀이터로 갔다.

"한 가지 걸리는 게 있어요. 낮에 이택교는 미동도 없이 5분 가까이 같은 자리에서 연못 쪽을 바라보다 갔어요. 그런데 황시근의 죽음에 충격을 받은 건지 반대로 그 죽음을 감상하는 것이었는지 모르겠어요. 확실한 건 은담 마을 발전위원회 5인만 아는 어떤 비밀이 이 연쇄살인의 시발점이란 거예요."

"그 비밀이란 게 종규라는 민속학자와 관련된 거야?"

오느릅이 고개를 끄덕였다. 한 순경은 휴대전화에 메모해 둔 고창민의 유서를 보여주었다.

“이렇게라도 죄를 씻을 수 있다면, 이 부분이 계속 머릿속에 맴돌았어.”

“얼핏 속죄의 의미로 보이지만 이게 범인이 조작한 유서라면 단죄의 의미가 되겠네요.”

밤 10시 20분.

황시근과 정삼만의 시신이 회관으로 옮겨지고 10분쯤 지나자 기다렸다는 듯 빗줄기가 다시 거세졌다. 그사이에도 이장 홍 씨는 10분 간격으로 문자가 보내왔다.

이택교 씨 잘 있단다. 통화도 했다. 멀쩡하더라.

오느릅은 놀이터 건너편에 있는 폐가로 한 순경을 데려갔다.

“은담상회 사장 할머니에 따르면 5년 전에 이택교가 매입한 폐가예요. 은담 마을 박물관을 만들 계획으로 매입했다나 봐요. 실제로 저기 안채 마루에서 마을발전위원회 다섯 멤버와 민속학자가 수차례 술자리를 갖기도 했고요. 은담상회 사장 할머니가 술과 안주를 여러 번 배달했기 때문에 안대요. 그래서 은담상회 사장 할머니와 같이 뭘 좀 찾으려고요."

오느릅의 말이 끝나기 무섭게 은담상회 사장이 "내가 몬 산다"를 연발하며 폐가로 들어섰다. 사장은 삽 세 자루를 오느릅 앞에 내던지고는 한 순경을 붙잡고 하소연을 했다.

"잠깐 녹았다가 다시 언 하드 하나 판 거 가지고 이장님 댁 저 손녀딸이 내를 식약처에 신고하니 마니 하는데, 이거 엄밀히 말하면 협박 아닙니까? 사진까지 다각도로 찍어놓고 사람을 들들 볶는데 몬 살겠습니다."

그사이에 이장의 문자메시지가 새로 도착했다.

이택교 잘 있다. 그만 좀 하라고 성을 내는 걸 간신히 통화했다.

한 순경은 이장에게 최연화에 대해 물었다. 그러자 곧장 전화가 왔다.

"새댁도 여 잘 있다. 집에 가서 자라 해도, 자기가 할 일이 있을 기라믄서 고집을 피우네."

한 순경은 최연화가 자리를 5분 이상 비우면 바로 알려

달라고 부탁한 뒤 전화를 끊었다. 최연화가 마을회관에 도착한 뒤에도 이장이 이택교와 전화 통화를 했으니 일단 두 사람은 안전하게 분리된 상태였다.

말 그대로 삽질이었다. 오느릅 말로는 폐가 어딘가에 엽전 살인과 관계된 증거가 묻혀 있을 거라 했다. 한 순경은 그게 오느릅의 가설 속에 등장하는 첫 번째 희생자라는 걸 직감했다. 몇 시간 전의 한 순경이라면 오느릅을 뜯어말렸을 터였다. 하지만 고창민의 시신을 통해 '길로 길로 가다가'라는 노래를 향한 살인마의 집착과 광기를 한 순경도 체감한 상태였다.

세 사람이 땀을 뻘뻘 흘리며 폐가를 파헤치는 사이, 자정이 되었다. 이장은 11시 50분에 이택교와 마지막 통화를 했다고 알려왔다. 이택교가 잠 좀 자자며 역정을 내어 더는 전화하기 어려울 것 같다고 했다. 한편 최연화는 두어 번 화장실을 가느라 2, 3분씩 자리를 비운 것 외에는 이장의 시야에서 벗어난 적이 없다고 했다. 이장의 협조에 한 순경과 오느릅은 안심하고 수색에 몰두했다.

새벽 2시가 넘어가자 은담상회 사장이 삽을 내팽개쳤다.

"뭘 찾는지라도 알아야 할 거 아니가. 내 더는 몬 하겠다. 식약처에 신고를 하든지 말든지 니 알아서 해라. 니가 신고

하믄 나는 이택교 씨한테 오늘 일을 알릴 기다. 그 양반이 사유지 무단침입에 얼매나 예민한 줄 아나?"

은담상회 사장은 자기가 쓰던 삽만 챙겨서 떠났고, 오느릅과 한 순경은 마룻장 밑으로 기어들어 가다시피 하여 흙을 파냈다. 하지만 2시간 가까이 삽질을 하고도 쓰레기와 벌레들 말고는 아무것도 찾아내지 못했다.

새벽 5시. 비구름 너머로 하늘이 밝아지고 있었다. 한 순경은 맥없이 마루에 걸터앉아 습관처럼 휴대전화를 꺼내 들었다. 이장 홍 씨는 정확히 10분 간격으로 문자를 보내오고 있었다. 다행히 지금까지 최연화가 5분 이상 자리를 비운 적은 한 번도 없었다.

찾아볼 만한 데는 다 찾아본 것 같다며 체념하려는 순간 마당 가장자리에 어수선하게 세워져 있는 널빤지들이 보였다. 한 순경이 다급히 널빤지를 걷어내자 아궁이 터가 나왔다. 오느릅과 한 순경이 여태 수색한 안채에는 아궁이가 없었지만 거의 다 허물어진 별채에 아궁이가 있었던 것이다. 아궁이의 흙을 퍼내기 시작한 지 5분쯤 지났을 때 뭔가가 한 순경의 삽날에 닿았다. 한 순경은 삽을 던지고 두 손으로 흙을 걷어냈다.

잠시 후 하얀 손목이 드러났다.

/

백골화된 시신이었다. 우측 두개골이 부서져 있었지만 그게 결정적 사인인지는 한 순경도 알 수 없었다. 시신의 옷 어디에도 신원을 파악할 만한 물건이 없었다.

"누군 것 같냐? 목에 진분홍색 스카프라도 있었으면 민속학자라고 특정할 텐데. 이장님이 민속학자에 대해 이야기해 주신 것들 중에 스카프의 이미지가 가장 강렬했거든."

그 순간 오느릅이 시신의 입에서 뭔가를 끄집어냈다.

"한 순경님, 이거요!"

5백 원짜리 동전을 세 배 정도 확대한 크기의 얇은 금속제품이었다. 도금인지 진짜 금인지는 알 수 없으나 금빛이었고, 음각으로 고풍스런 차림의 사람 형상이 새겨져 있었다. 오느릅은 금속제품을 시신의 옷에 올려놓고 촬영한 다음 이미지 검색을 했다.

"예상대로 엽전의 대체품이에요."

오느릅은 휴대전화 화면을 한 순경 쪽으로 돌려주었다. 화면에는 시신에게서 나온 것과 거의 유사해 보이는 금속제품의 이미지와 제품 설명이 있었다.

14K 원형 종규 부적. #불교굿즈

"종규…. 이 사람 민속학자구나."

"네, 노랫말 살인의 첫 번째 희생자이자 은담 마을 발전 위원회 5인의 비밀."

한 순경은 휴대전화로 종규라는 호를 쓰는 민속학자의 실종에 대해 검색했다. 하지만 이렇다 할 기사나 자료는 찾을 수 없었다. 5분쯤 뒤 노인들이 방수포와 천막을 가지고 폐가에 도착했다. 본청 형사과에서 백골 시신을 건드리지 말고 그대로 두라는 지시가 내려온 터라 일단 비를 막는 조처만 해두기로 한 것이다.

마을회관으로 돌아가는 길에 오느릅이 갑자기 걸음을 멈추었다.

"불안해요. 지금까지 탐정이 노랫말 살인마를 이기는 소설을 본 적이 없어요. 모든 살인이 다 벌어진 뒤 범인을 찾아낼 뿐이죠."

"이번엔 다를 거야. 이택교와 최연화는 어젯밤부터 안전하게 분리된 상태야. 안 되면 오늘 밤 자정까지도 두 사람을 떼어놓으면 돼. 잔칫날이 지나가면 노랫말 살인은 실패하는 거니까."

한 순경은 오느릅의 손을 끌고 회관으로 들어갔다.

정삼만과 황시근의 시신이 있는 대회합실은 황시근의 아내와 먼 친척지간이라는 노인들 서넛이 지키고 있었다. 이장 홍 씨와 최연화를 비롯한 다섯 명의 주민들은 하나같이 퀭한 얼굴로 소회합실에 모여 있었다. 한 순경은 소회합실 문을 닫은 뒤 은담 마을 주민들을 상대로 첫 브리핑을 시작했다.

"주민 여러분이 아셔야 할 게 있습니다."

한 순경은 폐가에서 발견된 시신, 정삼만과 황시근의 죽음과 관련한 의심스러운 정황들, 그리고 고창민의 사망 소식까지 차근차근 설명했다. 오느릅의 부탁으로 폐가에서 발견된 시신의 신원과 노랫말 살인에 관한 부분은 언급하지 않았다. 한 순경의 브리핑이 끝나자 오느릅이 주민들에게 물었다.

"혹시 오늘 3시부터 은담교가 떠내려가기 전까지, 외부인이 마을로 들어오는 걸 보신 분 있으세요?"

그러자 백발에 쪽머리를 한 노인이 손을 들었다.

"그라고 본께 그 사람을 본 것 같구나. 그 민속학자 말이다. 황 씨 할배 시신이 마을로 들어오고 나서였을 기다. 키가 자그마하고 종종거리는 걸음걸이도 그렇고 딱 민속학자 같았구마."

다른 노인 하나도 거들고 나섰다.

"내도 봤다. 목에 분홍색 스카프를 둘둘 감은 사람이 저짝 황 씨 할배네 연못 쪽에서 마을로 건너오는 걸 내 똑띡이 봤다. 그때는 경황이 없어서 닮은 사람인가 보다 하고 넘어갔는데 이 더위에 스카프를 매고 다니는 사람이 어디 흔하나?"

그러자 오느릅이 노인들에게 되물었다.

"두 분 다 얼굴은 못 보셨단 거네요. 키, 걸음걸이, 분홍색 스카프 같은 특징들로 미루어 그자가 민속학자일 거라 추정하신 거죠. 사실 그 사람도 그걸 노리고 변장을 했던 겁니다."

"누가 뭐 할라꼬 그런 짓을 한단 말이고?"

이장이 물었다.

"두 가지 목적이 있었거든요. 하나는 황시근 씨를 그 연못에 빠트려 죽이기 위해서입니다. 아마도 황시근 씨는 범인을 진짜 민속학자로 착각하고 충격을 받았을 겁니다. 그 틈에 어떤 공격이 이루어졌을 거예요. 황시근 씨는 키가 170 중반에 체격도 상당히 큰 노인이었습니다. 범인이 일대일로 상대하기엔 부담스러운 체격이었죠. 그래서 범인은 충격요법을 써야 했던 겁니다. 두 번째 목적은 황시근을 살해한 후 마을로 돌아와야 했기 때문입니다. 목격자가 있을 수 있으니 외부인이자 이 동네 주민들이 알 만한 누군가로 변장한 겁니다. 은담 마을 사람들은 키가 작고, 목에 분홍색 스카프를 두른 남자를 보면 자동적으로 민속학자를 떠올리기 때문에 역으로 그 고정관념을 이용해 자신을 감춘 것이죠."

그러자 이장이 다시 물었다.

"황시근 할배가 민속학자를 보고 충격받을 일이 뭐가 있는데?"

"사실 폐가에서 발견된 시신은 민속학자일 가능성이 큽니다. 5년 전 갑자기 발길을 끊었던 게 아니라 이 마을에서 살해, 암매장되었던 것이죠. 그 죽음에 관한 진실은 은담 마을 발전위원회 5인의 비밀로 남아 있었고요. 오늘 주민분들이 목격한 사람은 키가 자그마한 남자가 아니라 160대 중후반의 키를 가진 여자였습니다. 정확히는 민속학자로 변장한 최연화 씨였죠. 안 그런가요?"

오느릅이 최연화를 보았다. 최연화는 흥미롭다는 얼굴로 머리를 고쳐 묶을 뿐 대꾸가 없었다. 외려 흥분한 사람은 이장 홍 씨였다. 홍 씨는 오느릅의 등을 후려치며 일갈

했다.

"내가 고만하랬재!"

하지만 오느릅은 한 순경 등 뒤로 몸을 숨기며 말을 이었다.

"한 순경님, 이제 노랫말 살인에 대해 알려야 할 때가 온 것 같아요."

한 순경이 고개를 끄덕이고는 종규 부적을 꺼내 들었다. '길로 길로 가다가'의 노랫말과 종규 부적, 정삼만의 밧줄에서 발견된 낚싯바늘, 황시근의 발목에 감겨 있던 낚싯줄, 매운탕에 머리를 박고 죽어 있던 고창민까지 차근차근 설명했다.

"노랫말 살인이 사실이라면 이제 남은 건 잔칫날 노인에게 탕을 대접하는 겁니다."

말을 매조지은 한 순경은 발언권을 오느릅에게 넘겼다. 경찰 신분으로 확실하지 않은 이야기는 입에 올릴 수가 없었기 때문이다. 한 순경의 의중을 헤아린 오느릅은 최연화와 눈을 맞추며 말을 이어갔다.

"오늘은 우리 할머니의 칠순 잔치가 열리기로 돼 있던 날이에요. 최연화 씨도 그 사실을 알고 있었죠. 그래서 오늘 할머니의 칠순 잔치 음식으로 이택교 씨를 살해하려 했고요. 아닌가요?"

최연화가 실소했다.

"이장님께 칠순 잔치 음식을 해드릴 계획을 세운 건 사실이지만 내가 남편을 왜 죽여요? 이 동네분들은 남편이 죽으면 그 돈이 제게 상속되는 줄 알지만 전혀요. 남편과 나는 혼인신고를 하지 않은 사실혼 관계에 지나지 않아요. 남편은 몇 해 전에 이미 상속과 관련한 유언장 공증까지 받아둔 상태예요. 제게 돌아오는 건 지금 사는 집 하나예요. 남편이 없으면 당장 살아갈 길이 막막한데 내가 왜 그 사람을 죽여요? 전에 이장님이 그러셨죠? 하나뿐인 손녀가 탐정놀이에 빠져서 도대체 공부를 안 한다고. 안 그래도 흉흉한 날에 어린애 탐정놀이까지 장단을 맞춰줘야 하나요?"

"저도 이게 제 탐정놀이면 좋겠네요. 하지만 사람이 넷이나 죽었다고요. 사실 이택교 씨와 최연화 씨 중에 누가 노랫말 살인을 기획한 진범인지 백 퍼센트 확신은 없었어요. 이택교, 최연화, 고창민이 사건마다 다른 공범관계를 형성했을 가능성도 있으니까요. 그래서 황시근 씨의 죽음에 주목했던 겁니다. 고창민 씨가 범인이었다면 황시근 씨의 몸에 물리적 공격의 흔적이 남아 있었을 거예요. 하지만 황시근 씨는 겉으로 봐선 실족하여 못에 빠진 걸로만 보였어요. 그래서 정신적인 충격을 받았을 가능성을 떠올린 겁니다. 이를테면 자기 손으로 죽인 민속학자가 빗속에서 눈앞에 등장한다거나."

오느릅은 최연화와 눈을 맞추고는 말을 매조지었다.

"그래서 주민분들께 외부인을 보았는지 물었던 겁니다. 황시근 씨를 죽인 뒤 최연화 씨가 마을로 가장 안전하게 돌아오는 방법은 마을 사람들의 고정관념을 역이용하는 것이었을 테니까요."

이어서 한 순경이 말을 받았다.

"오느릅은 탐정놀이를 하는 어린애가 아니라 이 사건의 최초 목격자입니다. 정삼만 씨가 죽던 날 밤, 놀이터 그네에 앉아 있다가 최연화 씨가 남편의 전동스쿠터에 다른 사람을 태우고 정삼만 씨의 집 골목으로 들어가는 걸 봤어요. 그리고 10분쯤 뒤 블루베리 농원의 고창민 씨도 그 골목으로 들어가는 걸 보았고요. 그날 밤, 정삼만 씨가 은담상회에서 샀다는 소주와 새우깡이 든 봉지는 정삼만 씨의 자택이 아닌 최연화 씨의 집 근처에서 발견되었습니다. 왜 정삼만 씨가 그곳으로 가야 했는지는 통신이력조회를 하면 금방 밝혀질 겁니다."

"맞아요, 그날 밤 잠깐 정삼만 씨를 우리 집 쪽으로 불렀어요. 하지만 근처 골목에서 잠깐 이야기를 나눈 게 다였어요."

최연화가 초록색 원피스에서 보푸라기를 떼어내며 답했다.

"그 밤에 정삼만 씨를 따로 만나야 할 사정이 뭐죠?"

"제 사생활까지 한 순경님께 오픈해야 하나요?"

오느릅은 최연화의 침착한 대응이 어딘지 모르게 불길했다. 엽전, 낚싯바늘, 낚싯줄, 탕으로 이어지는 집착을 드러내던 살인자라면 마지막 살인을 남겨두고 저렇듯 차분할 수가 없었다. 어떻게든 이 위기를 모면해야 마지막 살인을 완성할 기회를 얻을 테니까. 그런데도 최연화가 전혀 감정적 동요를 드러내지 않는다는 건 두 가지 가능성을 의미했다.

최연화가 진범이 아니거나… 마지막 살인을 이미 완성했거나.

오느릅은 다급히 소회합실 주방에 있는 냄비와 들통의 뚜껑을 열어 보았다.

"혹시 미역국이나 육전 보신 분 있어요? 혹시 마을회관에 여기 말고 주방이 더 있어요?"

"주방은 이게 다다."

홍 씨가 답했다.

"꼭 음식을 만들 만한 곳은 아니어도 상관없어요. 만들어 온 음식을 데우거나 퍼 담을 정도의 공간이면 돼요."

"뒤꼍에 아궁이랑 가마솥이 있긴 한데, 여름이라 쓸 일이 있어야제."

홍 씨의 말에 오느릅과 한 순경의 눈이 마주쳤다. 한 순경은 이장 홍 씨를 데리고 회관 뒤꼍으로 갔다. 회관의 뒤꼍은 긴 처마로 덮여 있어서 비가 들이치지 않았다. 가마솥 옆에 뭔가가 놓여 있었다. 2단으로 된 플라스틱 찬통이었다. 찬통은 덮개가 대충 덮여 있고 가장자리에 소형 국자가 꽂혀 있었다. 홍 씨가 덮개를 들추고 냄새를 맡아 보았다.

"내 보기엔 멀쩡한 음식이다."

"혹시 모르니 드시면 안 됩니다."

한 순경과 이장은 찬통을 들고 소회합실로 돌아왔다.

"이게 뭐죠, 최연화 씨?"

한 순경이 묻자 최연화의 눈길이 이장을 향했다.

"오늘이 이장님 칠순이라 없는 솜씨로 만들어 본 거예요. 줄초상 때문에 미역국도 못 챙겨 드실 게 뻔해서 날이 밝으면 몰래 밥이라도 차려드리려고 갖다 둔 겁니다. 그게 왜요, 뭐 문제될 게 있나요?"

그러자 오느릅이 찬통의 음식을 확인한 뒤 말했다.

"육전과 미역국이네요. 우리 할머니가 원래 칠순을 맞아 동네에 돌리려고 했던 메뉴죠. 찬통은 덮개만 잘 닫으면 한 손으로 들 수 있는 2단 구조고, 원래 최연화 씨 집에 있던 걸 겁니다. 그런데 이 작은 국자는 여기 소회합실 주방에 있는 것과 똑같은 국자네요. 아마도 최연화 씨에겐 저 뒤꼍에서 미역국을 조금 덜어내야 할 이유가 있었다는 뜻이겠죠."

오느릅은 이장 홍 씨와 한 순경을 갈마보며 말을 이었다.

"할머니, 이택교 씨를 찾아야 해요. 회관에서 이택교 씨 집으로 가는 길을 수색해 주세요. 그리고 한 순경님은 뒤꼍이나 그 주변에 국그릇 같은 게 떨어져 있는지 찾아봐 주세요. 비에 다 씻기지 않았다면 약을 탄 미역국이 묻어 있을 겁니다."

"새댁이 내 생일상 채리 준다꼬 음식을 해 온 긴데, 꼭 이리 몰아가야 되나? 만약에 벨일 없으믄 한 순경도 느릅이 니도 당분간 은담 마을에는 발도 들이지 마라."

홍 씨는 호통을 치고는 회관을 나섰고 한 순경도 그 뒤를 따라갔다.

창밖이 제법 환해졌는데 빗줄기는 가늘어질 줄 몰랐다.

"왜 이런 일을 벌인 거예요, 최연화 씨. 이택교 씨는 당신이 우리 할머니를 위해 준비한 이벤트를 위해 손수 찬통을 가져다 줄 정도로 협조적인 남편 아니었나요?"

"무슨 소릴 하는 거야? 전동스쿠터가 고장 나서 집에서 꼼짝도 못 하는 사람이 이 비에 무슨 수로 찬통을 가져온다는 거야?"

"어제 오후 6시경, 한 순경님은 이택교 씨와 인터폰으로 대화를 나누면서 거실 창문 커튼 너머로 누군가의 그림자를 봤다고 했어요. 그림자의 높이가 휠체어 높이는 아니라고 했고요. 우린 그게 최연화 씨의 그림자인 줄 알았는데 그게 아니라면 이택교 씨였겠죠. 이택교 씨가 걸을 수 있는지 없는지는 나중에 전문가들이 조사하면 확인할 수 있을 테고요."

듣고 있던 노인들이 웅성거렸다. 이택교 씨가 참말로 걷느냐고 최연화에게 묻기도 했다. 하지만 최연화는 팔짱을 낀 채 웃고만 있었다.

"이택교 씨는 우산을 쓰고 찬통을 들고 회관까지 걸어왔을 겁니다. 우리 할머니가 이택교 씨와 마지막으로 통화한 건 어젯밤 11시 50분경이었으니까, 그때까지 이택교 씨는 무사했어요. 하지만 은담상회도 문을 닫고 동네 골목이 조용해지자 이택교 씨는 아내와 미리 계획한 대로 우리 할머니의 칠순 잔치 음식을 회관 뒤꼍으로 몰래 배달했어요. 당신은 남편과 약속한 시각에 맞춰 뒤꼍으로 갔고, 거기서 남편에게 미역국의 시식을 권했어요. 아마도 회관에 있던 그릇에 떠서 줬을 거예요. 이택교 씨는 그 안에 독약이 든 줄도 모르고 미역국을 마셨고, 몸의 이상증세를 느끼며 집으로 향했을 겁니다. 우리 할머니를 비롯한 다른 사람들에게 도움을 청할 수도 없었을 거예요. 교통사고로 하반신을 쓸 수 없게 되었다고 알려진 상태에서 두 발로 걸어다닌다는 걸 알리긴 쉽지 않았을 테니까요. 상해보험금과 관련된 비밀이 있었을 수도 있고요. 이택교 씨는 최연화 씨에게 전화를 걸었을 겁니다. 최연화 씨의 휴대폰에 이택교 씨의 부재중전화 기록이 있는지 없는지는 나중에 조사해 보면 나올 것이고요."

5분쯤 뒤 한 순경이 스테인리스 대접과 숟가락, 뒤집어 벗은 면장갑, 초록색 액체가 조금 남아 있는 소형 플라스틱 약병을 가지고 돌아왔다. 회관 뒷담 너머로 누군가 던져놓은 것을 찾아냈다고 했다. 그리고 홍 씨도 블루베리 농원에 조금 못 미친 골목에서 이택교를 찾아냈다며 한 순경에게 전화를 걸어왔다. 119에 연락했으나 다리가 끊어진 데다 당장 띄울 수 있는 헬기도 없으니 기다려 달라는 답을 받았다고 했다.

한 순경과 홍 씨의 통화가 끝나기도 전에 최연화가 회관을 뛰쳐나갔다. 한 순경과 오느릅도 최연화를 쫓아갔다. 은담상회를 지나 곧장 윗마을로 달려가던 최연화는 이장 홍 씨네 집에 사람들이 모여 있는 걸 보고는 걸음을 멈추었다. 최연화를 발견한 홍 씨가 손짓을 했다.

"급한 대로 우리 집으로 옮겼다. 비를 맞게 둘 수도 읎고 새댁 느그 집까지는 멀고 해서."

이택교는 천막형 캐노피가 있는 데크에 반듯하게 누워 있었다. 온몸이 새파랗게 질린 게 청색증이 뚜렷했고 이미 의식이 없는 듯했다. 한 순경이 달려들어 응급처치로 흉부 압박을 시행했지만 소용이 없었다.

"돌아가신 것 같습니다."

한 순경의 허탈한 목소리에 오느릅도 그 자리에 주저앉았다. 모든 걸 쓸어버릴 기세로 퍼붓는 장대비를 뚫고 최연화의 웃음소리가 울려 퍼졌다. 원피스의 빛깔만큼이나 선명하고 쨍한 웃음이었다. 최연화는 남편을 얼굴을 내려다보며 웃고 있었다.

"최연화 씨! 회관 뒷담 너머에서 발견된 초록색 액체가

든 약병, 혹시 그라목손 같은 농약입니까? 그걸 미역국에 타서 이택교 씨한테 먹인 거예요?"

한 순경이 다그쳐 물었지만 최연화는 발작하듯 웃기만 했다.

/

오전 11시쯤, 비가 그치고 은담천의 수위도 조금씩 내려가기 시작했다.

이택교의 시신도 마을회관으로 옮겨졌다. 회관에서 밤을 샌 노인들은 각자 집으로 쉬러 갔다. 황시근의 유가족도 여기저기 부고를 해야 한다며 집으로 돌아가고, 마을회관에는 오느릅과 한 순경, 최연화와 이장 홍 씨만 남았다.

한 순경은 고창민의 집에서 가져온 노트북을 최연화에게 보여주었다.

"고창민 씨의 농막 출입문 위쪽에 CCTV가 있다는 거 알고 계셨습니까?"

한 순경의 물음에 최연화는 묵묵부답이었다.

"도로반사경이 있는 쪽을 비추고 있어서, 고창민 씨의 집으로 접근하는 사람들은 무조건 찍히게 되어 있는 구조였습니다. CCTV 영상을 분석하면 고창민 씨가 사망한 것으로 추정되는 시각 전후로 농막에 드나든 사람이 누군지 밝혀질 것입니다. 그러니까 자백하시죠. 대체 왜 이런 일을 벌인 겁니까?"

최연화의 침묵이 이어지는데 이장 홍 씨가 주방에서 젓가락을 꺼내 왔다. 홍 씨는 누가 말릴 틈도 없이 육전을 베어 물었다.

"아이고, 맛나다."

"할머니! 그걸 왜 먹어요! 농약이 들었을지도 모르는데!"

오느릅이 소리치자 홍 씨는 외려 손녀를 나무랐다.

"니는 좀 끼어들지 말고! 새댁이 음식을 해다 준 게 이번이 처음인 줄 아나? 코로나 걸리서 누워 있을 때 잣죽도 끓이다 주고, 저번에는 무화과를 박은 찜빵인지 카스테란지 모를 빵도 맨들어다 주고 했다. 다 맛만 좋았다. 이번이라고 다르긋나?"

그 순간 최연화가 울음을 터뜨렸다. 최연화는 홍 씨의 다리에 얼굴을 묻고서 한참을 흐느꼈다. 홍 씨는 말없이 최연화의 등을 쓸어주었다. 한 순경이 오느릅의 노트북을 빌려서 이번 사건을 정리하는 사이, 오느릅은 검지로 제 이마를 긁적이며 울상을 짓고 있었다. 최연화가 완전범죄를 꿈꿨다면 이택교는 살릴 수 있었을 것이다. 하지만 최연화는 처음부터 완전범죄가 아니라 살인의 완성에 초점을 두었다. 마지막 살인을 막지 못했다는 자책과 실망감에 이마가 아프도록 긁어대는데 한 순경이 손을 뻗어 오느릅의 검지를 떼어냈다.

"5년 전 민속학자가 우리 마을을 찾아오면서 시작된 일이에요."

마침내 최연화가 입을 열었다.

"마을 사람들이 종규 선생이라 부르던 사람의 본명은 안이석이에요. 대학 강사는 아니었어요. 어느 대학 평생교육원에서 두어 번 특강을 한 게 전부였거든요. 민속학 관련 특강도 아니었고 심리학 강연이었어요."

오느릅과 한 순경은 잠시 눈길을 주고받았다. 종규라는 민속학자 실종사건을 검색해도 정보를 찾을 수 없었던 이유가 있었던 것이다.

"전국을 돌며 설화를 채록하면서 설화와 민중심리에 관한 책을 쓰고 있다고 했어요. 물론 지금 말씀드린 건 이 마을에서 저만 아는 사실들이에요. 연인이 된 뒤에 안이석이 내게만 말해 준 것들이니까요. 당시 나는 안이석을 따라 이 마을을 떠날 생각이었어요. 모아둔 돈도 안이석에게 맡긴 상태였어요. 함께 살 오피스텔을 구하려고요. 하지만 그 사람에게 다른 여자가 있다는 걸 알게 됐어요. 그것도 둘이나. 심지어 나보다 먼저 만난 사람들이었죠. 헤어지는 건 어렵지 않았는데 문제는 돈이었어요. 안이석이 내 돈을 돌려주지 않았어요. 그 과정에 남편이 우리 사이를 알게 됐는데 우린 그것도 모르고 평소처럼 마을 발전위원회 모임에 나갔어요. 그런데 그날 술자리에서 다툼이 있었어요. 안이석과 정삼만 사이에 언쟁이 있었는데 남편은 정삼만 편을 들며 안이석을 공격했고, 안이석은 더 흥분해서 소리를 지르고… 나는 먼저 자릴 떴어요. 그게 안이석을 마지막으로 본 것이었어요.

처음엔 안이석이 정말로 발길을 끊은 줄 알았어요. 하지만 그날 이후로 나를 대하는 남편과 정삼만, 황시근, 고창민의 태도들이 바뀌었어요. 남편은 유언장을 나에게 불리하게 고치고, 내가 말을 듣지 않으면 내 동생 학비도 끊겠다고 했어요. 남편은 나와 안이석의 관계 때문에 그럴 거라 짐작했는데 이상한 건 나머지 세 사람도 나를 무슨 채무자 대하듯 한다는 사실이었어요. 정삼만은 자기가 자주 가는 낚시터로 나를 불러냈고, 황시근은 약제상이 문을 닫는 날마다 가게로 나를 불러냈고, 고창민은 남편의 반신욕 시간

마다 나를 자기 집으로 불렀어요. 남편과 약속된 일이라면서요. 남편에게 따졌더니 그 사람들 시키는 대로 하지 않으면 동생 학비는 꿈도 꾸지 말라고 했어요.

그 이유를 지난봄에야 알았어요. 네 사람은 5년 전 그 여름에 민속학자를 죽였던 겁니다. 그리고 그 비밀을 무덤까지 가져가겠다는 약속으로 나를 공유하기로 한 거죠. 그들이 원수처럼 지낸 건, 그 비밀에서 멀어지기 위한 일종의 쇼였어요. 사유지 침입으로 고소를 하니 마니 해도 실제 처벌로 이어진 적은 없어요. 고창민과 노인들 사이가 안 좋았던 것도 고양이 때문이 아니었어요. 나를 자기 여자로 생각한 고창민이 나한테서 정삼만과 황시근을 떼어내려 한 거예요. 실제로 고창민은 남편을 죽인 다음 나와 결혼할 생각까지 했어요. 내가 반대하니까 5년 전 그 일을 실토하더군요. 자기가 나를 위해 무슨 짓까지 했는지 아느냐면서요. 그때 술자리에서 남편은 안이석이 나를 성폭행했다고 거짓말을 했고, 나머지 세 사람과 함께 안이석을 때려죽였던 겁니다."

"그럼 신고를 하셨어야죠. 지금 최연화 씨가 한 말들 중에 연쇄살인의 이유가 될 만한 건 아무것도 없습니다!"

한 순경이 반박하자 최연화가 자기 머리를 움켜쥐며 소

리쳤다.

"내 아이도 죽었어요! 안이석이 사라지고 얼마 되지 않아 임신 사실을 알았어요. 눈치 빠른 남편은 나를 산부인과를 끌고 갔죠. 당신 아이면 어쩌냐고 매달렸지만 남편은 막무가내였어요. 엄마와 동생, 내가 아는 모든 사람에게 외도와 임신 사실을 폭로하겠다며 협박했어요. 아기만 지우면 아무 일도 없던 것처럼 마무리될 거라며. 그때만 해도 안이석이 살해당한 사실을 몰랐기 때문에 모든 게 내 탓 같았어요. 중절 수술을 받고 남편의 그림자 노릇에 만족하며 숨죽인 채 살았어요.

하지만 네 사람이 안이석을 살해했다는 걸 알고 나니까 내 탓만 하며 살았던 세월이 억울했어요. 살인마들 주제에 나를 짐승 다루듯 한 거잖아요. 남편한테 어떻게 이럴 수가 있냐고 했더니 안이석이 죽던 날, 네 사람에게 자기도 비밀을 들켰다고 하더군요. 수십 억의 상해보험 사기극이 탄로 난 거예요. 오느릅 학생 추측대로 남편은 다리를 쓸 수 있어요. 남편은 안이석의 죽음과 자신의 비밀을 묻기 위해 나를 제물로 내어준 거예요.

네 사람에게 복수할 방법을 찾고 있을 즈음 이장님의 칠순이 다가온다는 걸 알게 됐어요. 저한텐 하나밖에 없는 말벗이자 친구, 언니 같은 분이라 내 힘으로라도 파티를 열어주고 싶었어요. 그래서 회관에서 파티를 열면 어떨까 생각하고, 몇 년 만에 마을회관에 갔어요. 마을 발전위원회가 해체된 뒤로는 처음이었죠.

그때 안이석이 만든 노래 액자가 눈에 들어왔어요. 길로 길로 가다가 엽전을 하나 줍는 것으로 시작해서 마을 잔치를 여는 것으로 끝나는 노랫말이, 이 마을에서의 내 인생 같았어요. 안이석과 처음 대화를 나눈 게 엽전처럼 동그란 종규 부적에 대한 것이었거든요. 그래서 정삼만, 황시근, 고창민, 이택교 네 사람도, 엽전으로 시작하는 이야기 속으로 끌어들이기로 한 거예요. 다 죽이고, 마지막에 이장님께 잔치 음식을 대접하고… 내 이야기도 끝이 나는 거죠."

"정삼만을 살해하고 자살로 위장하는 과정에선 고창민 도움을 받았잖아요."

한 순경이 지적하자 최연화가 쓴웃음을 흘렸다.

"말했잖아요. 그 사람은 내가 자기 여자인 줄 알았다고. 정삼만이 추근거리는 게 괴로워서 죽여버리려고 수면마취제를 주사했다고 했더니 나머지는 자기가 알아서 한다고 했어요. 그렇게 창고에 매달아 놓을지는 몰랐지만."

"하지만 낚싯바늘이 고창민의 아이디어였을 것 같진 않

은데요?"

오느릅이 반문했다.

"내가 부탁한 거야. 은담천 낚시터로 끌고 가서 나를 추행한 영감이니까 밧줄에 꼭 낚싯바늘을 걸어달라고."

"그럼 고창민에게도 수면마취제를 주사했겠군요."

한 순경의 말에 최연화는 부정도 반박도 하지 않았다. 한 순경이 최연화의 진술을 마저 정리하는데 이장 홍 씨가 미역국을 떠먹으며 말했다.

"노래 마지막 줄은 아무도 안 죽고 잘 지나갔다고 꼭 써라. 새댁이 해 온 음식을 동네 할매가 그릇 그릇 맛나게도 묵었다꼬."

다음 날 오전이 되어서야 금속 합판을 이어 붙인 임시교각이 설치되고, 지역경찰서 강력팀 형사들과 과학수사대가 도착했다. 마을회관에 있던 시신들과 농막에 있던 고창민의 시신은 부검을 위해 이송되었고, 최연화도 경찰서로 연행되었다.

오느릅은 학교에 일주일간의 현장체험학습 신청서를 제출하고 할머니 곁에 남았다. 이번 일로 큰 충격을 받은 할머니를 혼자 둘 수도 없었고 기다리는 누군가가 있기도 했다. 한 순경이 다시 은담 마을을 찾은 건 최연화가 잡혀가고 나흘째 되던 날이었다. 오느릅과 한 순경은 마을회관 회합실에 나란히 앉아서 컵라면을 먹었다. '길로 길로 가다가' 노래 액자를 형사들이 떼어간 터라 회관의 벽이 휑했다.

면을 다 건져 먹은 뒤 오느릅이 먼저 궁금한 걸 물었다.

"농막 CCTV에 최연화가 찍힌 건 어떻게 알았어요? 난 농막에 CCTV가 있는 줄도 몰랐는데. CCTV 증거가 없었으면 최연화가 끝까지 범행을 인정 안 했을지도 몰라요."

"농막 마당에 길고양이 집이 있었어. 사료통이 젖지 않게 차양도 설치해 놓고, 측면에는 예쁘게 도색도 해놓은 근사한 집이었어. 그래서 이 정도로 고양이를 아끼는 사람이라면 CCTV로 농막 마당을 감시할지도 모른다고 생각했어. 고양이 일로 정삼만, 황시근과 실제 갈등이 있었다는 얘기도 들은 터였으니까. 농막을 살펴봤더니 출입문 위쪽에 가짜 포도 넝쿨로 감싸놓은 CCTV가 있었어. 진짜 포도 넝쿨과 뒤섞여 있어서 외부인들은 잘 볼 수 없는 구조였어. 그런데 CCTV 방향이 내 예상과 달랐어. 도로반사경 쪽을 비추고 있었거든. 그쪽을 촬영하면 농막으로 들어오는 사람들뿐만 아니라 양쪽 길에서 접근하는 사람들까지 포착할 수 있으니까. 고창민을 살해한 범인도 찍혔을지 모른다는 생각에, 다시 가서 고창민의 노트북을 챙겨 온 거야."

이어서 한 순경이 오느릅에게 내내 궁금했던 걸 물었다.

"그런데 너는 그 폐가에 민속학자의 시신이 있으리란 걸 어떻게 안 거야?"

"뭉그러진 스크류바 때문에요. 저는 은담상회의 아이스크림 냉동고가 꺼졌다가 한참 만에 다시 켜졌을 거라고 추측했어요. 그래서 은담상회 사장 할머니를 추궁했더니 최근에 이 마을에 한 차례 정전이 있었더라고요. 최연화가 전봇대를 들이받은 날 밤 말이에요. 그날 최연화에겐 마을이 정전되어야 할 이유가 있었을 거라 생각했어요. 정확히는 은담상회와 그 앞에 있는 가로등이 꺼져야만 했던 거죠. 민속학자의 시신이 발견된 폐가는 이택교 소유로, 은담상회의 불빛이 정면으로 닫는 곳이었어요. 오밤중이나 새벽에도 동네 노인들이 문을 두드리면 은담상회 사장 할머니는 불을 켜고 장사를 하거든요. 그래서 최연화는 아예 정전을 유발해야 했던 거예요. 은담상회 사장 할머니 말로 정전이 복구된 건 다음 날 아침 8시쯤이었어요. 그리고 한 순경님이 이택교에게 들은 바에 따르면 전봇대를 들이받고 응급실에 실려 갔던 최연화는 택시를 타고 새벽에 귀가했어요. 그 새벽 최연화는 곧장 집으로 가지 않고 폐가로 향했죠. 정전된 마을의 어둠 속에서, 목격자 없이 폐가에 암매장되어 있던 민속학자의 시신을 파내어 그 사람 입에다가 뭔가를 넣으려고요. 시신의 위치는 고창민에게 들어서 알고 있었을 것이고, 동그란 종규 부적은 최연화가 보관하고 있었을 가능성이 커요. 둘이 사귀기 시작했을 때 민속학자가 선물로 줬을 수도 있고요. 아무튼 그때 은담상회 사장 할머니가 스크류바 값을 환불해 줬다면 저는 이 연쇄살인을 알아차리지 못했을 거예요."

궁금증이 다 해결됐는데도 한 순경은 쉽사리 마을을 떠나지 못했다.

"오느릅, 우리가… 최연화한테 진 거지?"

"아마도요. 노랫말 연쇄살인의 법칙은 은담 마을에서도 깨지지 않았네요. 그래도 한 가지 바뀐 것도 있어요."

"뭔데?"

"보통은 탐정 혼자 사건을 풀어가는데, 우린 둘이서 같이 했잖아요. 추리 전문 탐정에겐 증거에 집착하는 경찰관 파트너가 필요하다는 걸 알았어요."

"고맙다. 사실 그 말이 듣고 싶어서 여길 다시 왔던 것 같아. 처음엔 진범을 알아내고 자백을 받아냈다고 칭찬들을 하더니 하루하루 지날수록 눈앞에서 벌어진 두 건의 살인을 막지 못했다는 질책이 커지더라. 그래서 요 며칠 좀 울고 싶었거든."

"저도 비슷해요. 탐정은 뒷북 해설자에 지나지 않는 게 아닐까 자책하고 있었거든요. 그런데 한 순경님 얼굴 보니까 다음에도 부딪쳐 보고 싶어졌어요. 그땐 나도 포도 넝쿨을 잘 뒤져보려고요."

순찰차에 오르기 전 한 순경은 오느릅을 안아주었다.

"우리 또 보진 말자."

"그건 모르죠. 사건이 우릴 또 불러 모을지."

/ You're the detective

박하익

2008년 계간 《미스터리》 가을호 신인상을 받으며 작품 활동을 시작했다. 2010년 동양일보 신인문학상, 2018년 제22회 창비 '좋은 어린이책' 창작 부문 대상을 받았다. 장편소설 《종료되었습니다》, 《선암여고 탐정단》, 동화 《도술글자》, 《도깨비폰을 개통하시겠습니까》 등을 출간했다.

※ 작품 속 사건, 장소, 인물, 단체는 가상으로 실재하는 사건, 장소, 인물, 단체와 아무런 관련이 없습니다.

청주를 가로질러 흐르는 무심천, 운천동과 봉명동 근방에는 충청 지역의 신문사들이 다수 위치해 있다. 올해 스물아홉인 윤소영은 그중 한 곳인 K 일보에 다녔다. K 일보는 충북과 충남, 대전, 세종의 중부권 소식을 전하는 신문사로 중도 폐간되었던 기간을 포함하면 80년에 가까운 긴 역사를 가졌다.

한 해가 저물어 가는 12월의 일요일 오후, 윤소영은 평상시처럼 라테 한 잔을 텀블러에 담아 사옥 계단을 올랐다. 계단 벽에는 백범 김구 선생이 써준 창간 축하 휘호부터 전 대통령들의 친필, 신문사가 주최한 각종 행사에 참여한 유명인들의 사진이 줄줄이 늘어서 있었다.

편집기자로 조간신문 짜다 보면, 일요일부터 목요일까지 근무하는 식으로 남들보다 하루 빠른 일주일을 살아야 했다. 휴일 전날에 쉬고, 당일에는 출근하는 식이다. 나이에 대한 우울감도 그만큼 빨리 찾아오는 기분이다. 이제 곧 변화할 나이의 앞자리 수는 윤을 초조하게 했다. 비슷한 나이대의 지인들은 청첩장을 보내오거나, 이혼하거나, 아이를 낳거나, 승진하거나, 회사를 옮기는 등 역동적인 삶의 변화를 보여주는데, 혼자서만 제자리걸음을 하는 것 같다.

삑삑.

이놈의 출퇴근 기록기는 오늘도 말썽이다. 소영은 관성적으로 다시 검지를 가져댔다. 지금까지 편집한 신문 면수가 많을까, 여기에 손가락을 갖다 댄 수가 많을까. 4년간 하루에 2~3면씩 편집했으니 대충 2천 6백 쪽, 1천 3백 장, 16면 조간 163묶음 분량을 엮어낸 셈이다. 머릿속에서 신문 지면이 크레페 케이크처럼 쌓이는 동안 삑삑 소리는 열 번을 넘겼다. 출퇴근 기록기의 승리다.

"안녕하세요?"

사무실에 들어서며 윤은 오전 출근인 취재부 기자들에게 인사를 하고, 입구 수납장 위에 놓인 오늘 신문을 집어 들었다.

신문 속 세상은 언제나 비슷하다. 오늘 발행인데도 언젠가 보았던 내용만 가득했다. 연말이라 기부 관련 소식들, 지자체 각종 기관의 수상 소식이 많아서 그런 걸 수도 있었다. 하지만 정초면 정초대로 인사 변동, 지자체장들의 연두 방문, 석전대제가 이어지고, 늦여름부터는 지역 축제 소식, 가을 국감, 행감, 수능…. 특별한 소식이라야 무슨 기관 유치, 얼마얼마 투자 유치일 뿐. 세상은 분명 변화하고 있었지만 그 양태는 비슷하다.

'앗, 오타다.'

신입이 편집한 지역면 사이드 부제에 식품안전관리인증기준 'HACCP'가 'HACPP'로 인쇄되어 있었다.

"정민 씨, 이거 잘못 나왔네. 부장님 오시기 전에 얼른 PDF 수정해요. 앞으로는 이런 일 없도록 하고…."

일찍 출근해 보도사진과 이미지를 트리밍하던 신입의 눈썹이 처졌다. 그가 판의 오자를 수정하고 뉴스 모니터링 사이트에 파일 교체를 부탁하는 통화를 하는 걸 들으며 윤은 칙칙한 신문사 사무실을 둘러보았다. 빈 책상 하나가 눈에 들어왔다.

'한 달인가?'

지방 신문사는 인력풀이 한정되어 있어서 기자들이 몇 개의 신문사를 두고 메뚜기처럼 조건에 따라, 사람을 따라 이직했다. 이주나 기자도 더 높은 연봉과 직책에 끌려 다른 신문사로 떠났다. 편집부와 취재부는 자리도 떨어져 있고 회식이나 체육대회 외에는 마주 보고 대화할 만한 일이 없었다. 그런데도 윤은 싱그러운 화분이 잃은 듯 마음이 허했다.

넘치던 활기, 화사하고 밝은 옷차림, 당당한 태도. 전화로 취재 대상을 몰아붙일 때면 편집하던 걸 멈추고 통화 내용에 귀를 기울이곤 했다. 가끔 탕비실에서 취재 뒷이야기, 유명인들에 관한 소문도 짚어줘서 즐거웠다.

"소영아, 왔으면 잠깐 얼굴 좀 보자."

오정혁 편집국장이 사무실에 들어서며 윤을 찾았다.

"생각해 봤는데 말이다."

국장실 소파에 앉기 무섭게 윤이 지난 목요일 제출했던 '부서 이동 청원서'에 관한 얘기가 나왔다. 취재하다 편집하는 기자도 있고, 편집하다가 취재하는 이도 있으니 신청 자체는 별스럽지 않다. 그러나 국장의 표정은 다분히 부정적인 답변을 예상케 했다. 이럴 줄 알았지, 윤은 준비해 온 답안을 읊었다.

"요즘 해가 갈수록 신입 뽑기 어렵잖아요. 기껏 키워놓으면 도망가고요. 이참에 저를 취재부 기자로 쓰세요. 전 회사 논조나 편집 매뉴얼, 선배들 성격까지 잘 안다고요. 수습기간도 짧을 텐데….”

국장은 회식 때마다 불평했다. 요즘 것들은 문해력도 문장력도 떨어지고, 인간관계에도 약하다. 기자라면 말로 미끼를 던지고, 한마디 단어에 담긴 어감의 차이를 간파해서 기삿거리를 뽑아내야 하건만, 선배가 혼을 내는 의도조차 파악하지 못하는 이가 태반이랬다. 하지만 위계질서가 강한 회사 분위기, 취재처 인맥을 만드느라 밤낮으로 고생해도 통장에 꽂히는 건 하찮은 액수, 광고를 위해 글 잘 쓰는 세일즈맨 노릇까지 해야 하는 곳에 머물고픈 젊음이 몇이나 될까. 예나 지금이나 인재는 미래에 대한 불안을 없애주는 곳이나, 신바람 나게 일하게 해주는 곳에 몰리는 법이다.

“뭐 그래, 너는 여기 돌아가는 상황도 잘 알고 있고, 읽은 기사도 많아서 큰 문제가 없을 것 같아. 근데 기자가 기사만 잘 쓴다고 기자니? 문장이야 혼나다 보면 언젠가는 늘지. 하지만 너 면접 보던 날, 나랑 이 부장이랑 눈도 제대로 못 마주쳤잖아. 그때 성진영이가 갑자기 관두는 바람에 너 뽑은 거야. 제대로 된 상황이었으면 절대 안 뽑았다.”

면전에서 채용 비화를 읊어주시는 다정함에 눈물이 글

썽여졌다.

"아니, 그때는 제가 계속 취업에 실패해서 그랬던 거예요. 원래 좀 사람을 가리는 면도 있지만 경험이 쌓이면 저도 얼마든지…."

"소영아, 소영아. 쉬는 날마다 너 뭐 하니? 맨날 홈트하고, 자산관리 책 읽고 주식한다며? 정해진 시간에 일어나서 정해진 시간에 먹고 싸고 자지? 내가 너 근무하는 동안 어디 여행 한번 갔다 왔단 얘길 못 들었다. 취재하려면 술도 먹어야 하고, 별 소득도 없는 전화를 수십 통 해야 해. 낯선 사람한테도 살갑게 굴어야 하고. 넌 못 해."

"요즘은 커피 마시면서도 중요한 이야기는 다 하는 분위기죠."

"어디가? 있어도 서울의 그 어딘가지, 여긴 아니야. 네가 재능을 발휘할 곳은 편집부야. 손도 빠르고, 판도 세련되게 짜고, 매뉴얼에 어긋난 것, 오탈자, 비문, 폰트, 한 번에 다 보잖니. 남들보다 섬세하니까 가능한 일이라고. 그런 네가 취재를 한다? 차라리 온실 속 화초한테 사자를 잡으라고 그래."

이건 칭찬인가, 욕인가. 사람을 많이 겪은 국장이 하는 말이니, 금과옥조로 여겨 수용해야 하나. 윤소영이 주춤하자 국장은 얼른 휴대전화를 내밀었다. 황연정 편집부장이 주말 내내 그에게 보낸 메시지가 끝도 없이 나왔다.

"이거 봐라. 에이스 나간단 얘기에 부장이 이렇게 애달아 하잖니. 연봉 때문이니? 그래… 까짓거 내가, 응? 올려 달라고 해볼게. 다음 협상 때. 많이는 안 되고."

"자꾸 이러시면 어쩔 수 없어요. 이직하겠습니다. 이주나 기자 옮긴 데로요."

요즘 모 건설사는 지역 언론사들을 마구 사들이고 유력 주주가 되어 충청권 거대 언론기업을 형성하고 있었다. 이주나가 이직한 D 매일이 그 계열이었다. 혹시 윤도 연락을 받았나 싶어, 국장의 눈동자가 떨렸다.

"알았어. 알았어. 기회를 줄게. 지금 연말이고, 송년호랑 신년호 준비로 다들 바빠. 사수 없이 일단 내가 주는 기삿거리를 취재해. 싹수가 보인다 싶으면 옮겨 줄게. 그때까지는 편집부 일은 제대로 하고. 그러려면 먼 데는 안 되겠고, 요 주변이어야겠는데, 아, 그래."

국장은 명함첩에서 쿠폰 한 장을 내밀었다.

8시쯤 퇴근한 윤소영은 오정혁이 넘겨준 쿠폰 속 장소를 찾았다. '죽이는 커피 & 책'은 회사 주변 직지대로 안쪽

윤리단길에 있었다. 전국의 수많은 '리단'길이 그러하듯 윤리단길에도 이색 가게들이 많았다. 유기 고양이들을 보호하고, 분양하는 목적으로 꾸며진 캣 카페부터 민화를 배우며 즐기는 갤러리 카페, 홍차 전문점, 한과나 핫케이크, 마카롱을 파는 디저트 전문 가게까지…. 주택가에 위치해 주차가 불편하다는 점만 빼면 놀기 좋았다.

'맨날 출퇴근하면서 지나치기만 하고 직접 오기는 처음이네.'

윤은 가방을 한번 고쳐 메고 안으로 들어섰다.

가게는 밖에서 보는 것보다 배는 넓었다. 다양한 추리소설이 벽면 책장에 테마별, 작가별로 진열되어 있고 큰 매대도 통유리창 앞과 카페 중앙, 두 곳 있었다. 오른편에는 목책 난간과 나무 단으로 분할된 공간을 두어 세미나실과 포토존으로 만들었다. 포토존은 양각된 나무 벽을 배경으로 디어스토커(Deer stalker) 모자와 케이프코트, 담배 파이프 등등의 소품이 놓여 SNS에 사진을 올리기 좋았다. 세미나실 입구와 포토존 사이에는 체리 나무 계단이 놓여 화장실 복도로 연결되었다. 암녹색 벽지가 발려 조명등이 은은하게 빛나는 복도에는 카페에서 판매하는 미스터리 관련 잡화들이 진열되어 있었다. 다잉 메시지를 남기고 쓰러진 피해자 실루엣이 담긴 머그잔, 폴리스라인 마스킹테이프, 경찰차 문진, 차가운 음료를 담으면 교도소 창살이 드러나는 유리컵 등…. 복도는 포토존 계단과 화장실, 카운터로 통했다. 벽에 걸린 이용수칙에는 음료값에는 2시간 기준 도서 이용금액이 포함되어 있고, 매장 외 대여는 하지 않는다고 나와 있었다. 카페 밖으로 책을 가지고 가려면 매대에 놓인 판매용 도서를 사야 했다. 희귀도서·절판도서의 경우 프리미엄이 붙었다.

내부를 구경하며 어느 정도 긴장감을 해소한 윤은 취재 대상에게 향했다. 칵테일바처럼 1인용 좌석이 늘어선 카운터에는 정희연 사장이 있었다.

—그 사장 한번 취재해 봐. 경찰한테 들었는데 그 여자가 해결한 사건만 벌써 세 건이래. 스토킹, 존속살인, 유괴사건도 있다니까. 자기가 무슨 셜록 홈스도 아니고 가는 곳마다 사건을 몰고 다닌다는 게 말이 돼? 어떻게 그런 일이 가능했는지 한번 파헤쳐 봐. 내가 판은 깔아뒀거든.

"K 일보 윤소영입니다. 국장님께 얘기 들으셨지요?"

윤이 명함을 카운터 위에 올리며 음료를 주문했다. 내근직이라 입사 이래 쓸 일이 없었던 명함을 받은 정희연이 윤을 보았다. 웨이브 진 갈색 머리칼 사이로 반짝이는 이지적인 눈, 가죽 앞치마를 걸친 깡마른 몸과 도드라진 매부리 코는 한국인 여자로 현신한 셜록 홈스 같았다.

"편한 자리에 앉아 계시면 가져다 드릴게요."

정은 곧 펄이 추가된 그린티 라테를 가져왔다. 쟁반 위에는 미리 써놓은 첫 회분 원고와 기획서도 함께 놓여 있었다. 정 사장은 인근 대학에서 강의를 한 경력이 있는 문학 박사였고, 특색 있는 카페도 운영해서 내년도 K 일보 오피니언 필진으로 손색이 없었다. 일회성 취재를 위해서 깔아둔 미끼라기에 과했다.

"뒷면에는 1년치 원고 계획을 적어놨어요. 가안이에요."

희연의 기획서에는 '봄꽃과 어울리는 추리도서', '탐정들의 취미생활', '디저트와 즐기는 살인소설', '등산과 함께 추리를' 등등 매달 주제에 맞춰 책들을 소개하고, 장르 지식을 전달한다고 적혀 있었다. 첫 원고는 추리 팬들에게 사랑받은 다양한 탐정상 중 안락의자 탐정에 주목해 그 매력과 계보를 설명하는 글이었다.

윤은 음료를 홀짝이며 종이를 넘겼다. 국장의 이야기에 따르면 정희연이 가게를 연 건 올해 2월이지만 해결한 사건은 세 건이다. 스토커를 잡고, 장례식장에서 부모를 죽인 상주의 범행을 드러냈다. 유괴사건이 일어났을 때는 아이가 숨겨진 장소까지 밝혀냈단다. 보통 그런 일들이 생기면 가게 홍보를 위해서라도 공개하기 마련인데, 정은 모든 취재를 거절하고 침묵했다. 참으로 매력적인 취재 대상이 아닐 수 없었다.

원고를 읽은 윤은 슬슬 준비해 놓은 질문을 시작했다. 하지만 사장은 도통 흥미가 없는지 옆 테이블만 보고 있었다.

옆자리에는 독서에 골몰하는 50대 초반의 여성이 있었다. 필기용 노트 옆에는 마카롱과 조각 케이크가 한가득 놓인 디저트 접시가 있었다.

"단골인가요?"

윤의 질문에 정도 질문으로 답했다.

"기자님, 저 사람 누군지 모르시겠어요?"

이제 윤의 시야는 여성을 둘러싼 배경에서 사람 자체로 좁혀졌다. 지면에 종종 올라오는 수많은 충청권 저명인사 중 비슷한 외모를 가진 사람이 있었던가. 매일 신문사로 전송되는 사진들은 주로 정치인이나, 공기관의 행보 홍보나 관공서나 기업의 문화·체육·자선 행사가 끝나고 찍은 단체 사진들이다. 그 속에서 어느 특정한 인물을 기억하기란 지금 마시는 음료 속에 든 펄을 알알이 식별하는 것만큼이나 어려운 일이었다. 그러나 섬세한 윤의 두뇌는 그동안 보아온 수천 장의 사진 속에서 꼭 맞는 인물을 찾아냈다. 자원봉사자의 날, 시에서 표창을 받은 봉사자들 틈에 서 있던 한 사람. 진줏빛 피부에 훤칠한 키, 우아한 이목구비는 예술계에 몸담은 인물임을 짐작하게 했었지. 기억이 났다. 최문주 소프라노였다. 가출 청소년들을 위한 재능기부는 물론 식사와 임시 거처를 제공해 성모라 칭송받았다. 작년 가을 보호했던 아이 중 몇몇이 종적을 감춘 일이 알려지고, A 군과의 성추행 의혹에 휩싸이면서 경찰 수사를 받기 전까지…. 사라진 아이들의 행방이 대부분 확인되고, 가출 청소년에게 주사했던 약제도 성병 치료제 세프트리악손으로 밝혀지면서 풀려났지만 여전히 성모, 아니 마녀를 의심하는 사람들이 많았다. 그들은 경찰이 찾지 못한 세 명의 아이들이 마녀의 손에 죽었을 거라 믿었다.

무슨 책을 읽는 걸까.

실물을 보니 피부에 핏기가 너무 없어서 다른 의미로 마녀 같았다. 최문주는 윤의 시선을 인식하지 못하고 프로파일러 권일용이 쓴 범죄 에세이를 읽고 있었다. 책장을 넘기는 손가락이 가냘프고 길어서 누군가를 추행하고 죽이고 시체를 유기할 만한 위력이 조금도 느껴지지 않았다.

"저 사람 여기 있어도 괜찮아요?"

윤소영은 물었다. 몇 달 전 최문주의 단독주택에 사람들이 찾아가 항의 포스트잇을 붙이고 계란 세례를 퍼부었다는 기사를 편집했던 기억이 났다. 마녀가 범죄소설 카페에 다닌다는 게 알려지면 또 난리가 날 것이다.

"모르겠어요. 저 사람을 왜 받아주냐고 화를 내는 손님도 있고, 카페 SNS 계정에 악플이 매일 달리지만… 손님은 늘었거든요. 범죄소설도 읽고, 범죄혐의자도 구경할 카페가 세상에 흔하겠어요?"

농담을 듣고 윤이 웃자 정은 본심을 흘렸다.

"어차피 여기 못 오게 해도 자기가 하고픈 일은 뭐든 할걸요. 경제적으로 부족할 게 없는 사람이니까. 미성년 성추행 의혹을 받은 사람을 어린아이, 청소년이 다니는 도서관에 어슬렁거리게 놔두고 싶지도 않고요. 그럴 바에야 우리 카페에 묶어두는 편이 낫죠. 감시도 편하고."

한 무리의 사람들이 카페 안으로 들어왔다. 눈이 내리기 시작했는지 머리와 코트 자락에 작은 물방울이 맺혀 있었다. 그중 한 사람이 윤소영과 함께 앉은 정희연을 발견하고 귀엣말했다.

"사장님, 이번 주 픽은 뭔가요?"

정희연은 자리에서 일어나 카운터 서랍 안에 있던 포스트잇을 꺼내 넘겨주었다. 종이를 받아 든 남자는 뒤이어 들어온 일행에게 보여주었고, 그들은 카페 이곳저곳으로 흩어져 책을 고르고는 세미나실 안으로 사라졌다.

'감시라는 게, 마녀가 읽는 책들을 단골 팬들과 함께 살피며 앞으로 발생할지 모르는 사건을 예방한다는 의미인가….'

윤소영은 다시 마녀를 보았다. 디저트 진열장 옆 방석 위에서 자고 있던 래가퍼 고양이가 최문주의 옆에 있었다. 사람들이 일으킨 소란함에 잠이 깼는지, 고양이는 마녀의 까만 스웨이드 부츠에 볼을 비볐다. 마녀는 여전히 시선은 책에서 떼지 않은 채 긴 손가락을 테이블 아래로 뻗어 고양이를 쓰다듬었다. 노련한 손놀림에 넋이 나간 고양이는 마녀의 무릎에 올라가기 위해 다리를 바동거렸다. 그 모습이 못마땅했는지, 포토존에서 사진을 찍고 있던 커플이 수군댔다. 창가에 앉아 있던 레드와 그린 크리스마스 아가일 스웨터를 입은 쌍둥이 자매는 아예 책장 쪽으로 다가왔다. 두 사람은 머플러에 달린 폼폼을 흔들며 고양이를 유혹했다. 그러나 고양이는 최문주에게서 떨어질 생각을 하지 않았다. 초록색 스웨터를 입은 쌍둥이 쪽이 손을 뻗어 고양이의 엉덩이를 두드렸다. 고양이는 하악질을 하곤 책장 위로 폴짝폴짝 뛰어올랐다. 선반 맨 위에 있던 석고상이 균형을 잃고 아래로 떨어졌다. 음료를 제조하다 부서지는 소리를 듣고 정 사장이 나왔다.

"괜찮으신가요?"

최문주는 자기가 앉은 의자 바로 옆으로 떨어진 석고상 조각에 다리를 맞았는지 발목을 어루만지고 있었다. 쌍둥이 중 붉은 스웨터를 입은 쪽이 항의했다.

"고양이가 있는데 저런 걸 위에 두시면 위험하죠."

아르바이트생도 사과하며 빗자루로 주변을 치웠다. 쓰레받기 안으로 사라지는 파편 중에는 접착제 자국이 남은 받침대도 있었다. 고양이를 키우는 사람으로서 당연한 상식을 카페 주인도 알고 있었다는 의미였다. 고양이가 같은 장식물을 여러 번 밀어 헐겁게 만든 게 아니라면 누군가 일부러 접착제를 떼고 장식물을 다시 원위치에 올려놓았다는 뜻이 된다. 카페에는 높은 곳에 놓인 책을 꺼낼 수 있도록 이동형 원목 계단이 비치되어 있었다.

"아깝네. 맞을 수도 있었는데."

사람들의 수군거림에 최문주의 얼굴이 붉어지는 게 보였다. 정 사장은 아르바이트생과 정리를 마치고 다시 윤의 앞에 앉았다.

"분위기가 원래 이런가요?"

"네. 서로 연관도 없는 사람들이 최문주 씨를 골탕 먹일 요량으로 저 사람 주위에 계속 사고 가능성, 불운을 깔아놔요. 매번 CCTV를 확인하는 것도 일이라니까요."

의자에 압정이 박혔던 적도 있었고, 화장실을 다녀온 마녀의 커피잔에서 유리 조각이 나온 적도 있었다고 했다. 그동안 화를 피한 것이 행운처럼 느껴졌다. 이런 식이라면 사고가 일어나는 것도 시간문제였다.

"필진 제의도 그래서 받아들인 거예요. 제 소중한 카페가 범죄 현장이 되면 저도 참지 못할 것 같았거든요. 언론에 한 분쯤 가게 상황을 이해하는 분이 있었으면 했어요."

그간의 마음고생을 대변이라도 하듯 어조가 높아졌다. 자연스럽게 취재 상황이 만들어지다니 운이 좋았다. 윤은 정희연의 허락하에 녹음기를 켰다.

마녀가 카페에 온 것은 무혐의 처분을 받고 한 달쯤 뒤였다. 구석 자리에 앉아 종일 책을 읽고 먹지도 않는 디저트를 잔뜩 주문하는 이상한 손님이었다. 손님들이 넘어지는 척 그가 앉은 테이블에 부딪히거나, 읽던 책을 뺏는 등 소동이 생기면서 정희연은 마녀와 그가 얽힌 사건을 알게 되었다. 이전 사건들로 알게 된 형사에게 상담을 했더니, 그도 염려가 된다며 종종 소식을 전해 달라고 했다. 그때부터 정은 마녀가 읽는 책들을 기록했다. 혹시나 최문주가 추리소설을 참고해 완전범죄를 저지른다고 해도 그 트릭의 깰 수 있게. 단골들도 마녀를 감시하자는 데 뜻을 같이 했다. 알음알음 '마녀의 픽'은 퍼져나가, 카페 판매고를 높여 줬다. 마녀가 고르는 책들은 주로 범죄 심리와 트릭에 관한 것들, 청소년 범죄, 타살로 위장된 자살이나, 그 반대의 사건에 관한 내용들이었다. 최문주는 상황을 아는지 모르는지, 매일 카페를 찾아왔다.

"혹시 과거의 사건도 이렇게 해결하셨을까요?"

"지난 사건 얘기는 하고 싶지 않아요. 피해를 입은 분들은 아직도 괴로워하실 텐데 제가 떠드는 건 예의가 아니죠."

단호한 거절에 무안해진 윤소영이 질문의 방향을 틀었다.

"근데 뭘 저렇게 노트하는 거래요?"

"수기를 쓴대요. 자기가 겪었던 일을 알리고 싶다나. 자기는 절대 살인범이 아니라고, 억울하다고 했어요. 저한테만 보여주겠다고 원고를 가져왔는데…. 정말."

정희연의 입꼬리가 살짝 움직였다. 찰나였지만 부정적인 감정이라는 걸 분간하기에는 충분했다.

"어떤 내용이었어요?"

수기에는 마녀의 영혼이 고스란히 전사되어 있을 게 분명했다. 단어와 문장은 쓰는 사람의 욕망과 사고를 은연중 드러내고 마니까.

"의혹만 잔뜩 불러일으키는 글이었어요. 그동안 만났던 소년 소녀들에 관한 추억을 풀어놓으면서 문제가 될 만한 부분에는 교묘히 거짓을 덧대놨어요. 아이들을 불안정한 존재로 묘사했는데, 정작 제일 불안해 보이는 건 마녀 자신이고요. 애들을 도운 걸 후회하지 않는다, 언젠가는 A 군도 용서하고 싶다면서 자꾸 선량한 피해자 행세를 하려 드는 것도 불편하죠."

A 군. 언론에서 익명의 사람들을 지칭할 때나 사용되는 알파벳이 무색하게 A의 정체는 그가 마녀에 대해 공표하기 전부터 유명했다. 할머니를 잃고 고아가 된 A는 오디션 프로그램에 참여하며 유명해졌다. 기획사들은 그를 선택하지 않았지만 자유롭게 지내는 일상을 SNS에 사진이나, 짧은 영상으로 게시하며 많은 관심을 받았다. 경찰 조사에서는 A 군이 최문주를 추행한 것인가, 최문주가 미성년자인

A 군을 유혹해 관계에 이르게 한 것인가가 쟁점이었다. 자꾸 바뀌는 A 군의 진술과 다르게 최문주의 집에서 생활하고 있었던 여자 청소년들은 일관되게 최문주를 옹호하는 발언을 한 것을 참작해 검찰은 무혐의 처분을 내렸다. 그걸 두고 인터넷에서는 아이들이 돈을 받았다, 마녀가 상당한 집안 출신이라 검찰이 조용히 수습했다며 떠들어 댔다.

"수기를 출판하면 어쩌죠?"

"재밌겠네요. 불경기에 냉큼 달려들 출판사들도 있을 테고."

정희연은 생각만 해도 골치 아프다는 듯 미간을 찌푸렸다.

윤은 밤이 이슥해져서야 집으로 돌아왔다.

자기 전까지 앉은뱅이책상에 오그려 앉아 녹음파일을 되풀이해 들으며 타자를 쳤다. 어떤 방향으로 기사를 쓸지 고민이 되었다. 미스터리 카페에서 소설을 읽는 마녀, 그를 중심으로 와류하는 익명의 악의, 마녀의 원고. 위탁가정의 보호자가 범죄에 연루되어도 고발하기 어려운 피보호 청소년들의 현실 등 소재가 많았다.

편집 교열만 보다가 직접 기사를 작성하려니 어려웠다. 쉽게 나오지 않는 문장에 좌절하면서도 이러다 첫 취재로 기자협회에서 주는 지역취재 보도 기자상을 거머쥐는 게 아닐까 싶어 괜스레 설렜다.

―받자마자 정신없이 읽었어요.

―처음 읽었을 때는 살인범라고 생각하지 않았어요. 아이들에 대한 염려가 글에 계속 나오거든요. 최문주는 나쁜 어른들에게 갈취당하고, 자립할 기회를 얻지 못한 아이들을 항상 걱정해요. 그런데 다시 읽으면 찝찝하고 불쾌해요. 제 편할 만큼의 진실만 보이면서 상대를 우롱하려 드는 게 느껴지니까.

수기에 대해 말하는 정의 낮은 목소리는 자장가처럼 나른하게 윤의 귀에 울렸다.

창밖으로는 계속 눈이 내렸다. 녹음파일을 재생하던 휴대전화가 대설주의보 문자에 멈추었을 때, 윤소영은 다시 카페 앞에 서 있었다.

모두가 떠난 가게 안 어둠 속, 마녀가 홀로 남아 글을 쓰고 있었다. 실내일 텐데도, 눈은 차곡차곡 마녀의 주위에 쌓였다. 어느 순간 마녀가 윤을 보았다. 차가운 호숫물처럼 서늘한 냉기를 동반한 시선이었다.

윤을 현실로 돌려놓은 것 또한 추위였다. 한파주의보가 발령되기 직전 저절로 눈이 떠졌다. 에너지 절약을 위해 보일러 온도를 낮춰 놨더니 날숨마다 입김이 나왔다. 평상시라면 소금물을 마시고 중앙지 기사를 검색했겠지만 오늘은 곧바로 외출 준비를 했다.

'카페가 문 여는 시각은 10시고 마녀는 일찍부터 온다고 했으니, 지금 준비하면 이야기를 나눌 시간이 충분해. 수기를 보려면 어떻게 설득해야 하지?'

고민하는 동안 차가 운리단 골목에 진입했다. 무슨 일인지 일방통행 길이 계속 막혔다. 저 멀리 차들을 우회시키는 경찰의 경광봉이 보였다. 눈 쌓인 놀이터 주위로 폴리스라인이 둘러 있고 구급차 한 대가 서 있었다. 불길한 예감이 들었다. 윤은 신문사 주차장에 차를 세우고 놀이터로 갔다.

감식반이 놀이터 울타리와 SUV 차량 사이에서 사후경직이 일어난 시체를 꺼내고 있었다. 다리에 신긴 스웨이드 부츠에는 다갈색 고양이의 털이 붙어 있었다. 죽은 사람이 최문주라는 걸 알고 윤은 충격에 빠졌다. 경찰은 가방과 몇 권의 책 등 유류품을 수거했다. 코트 속 차 키를 이용해 차량에 장착된 블랙박스 파일도 가져갔다. 감식반장 옆에는 먼저 출근한 취재부 선배 엄진식이 함께 커피를 마시고 있었다. 윤은 선배에게 다가가 인사를 하고 수습인 양 대화를 엿들었다.

사인은 저체온증에 의한 동사로 추정된다고 했다. 차에 타기 위해 울타리 쪽 운전석으로 돌아가다가 넘어진 듯했다. 품에 책을 안고 있어 손으로 땅을 짚지 못했고, 머리가 차체에 부딪히면서 의식을 잃었다. 울타리와 차의 좁은 틈새로 미끄러진 몸은 뒤이어 내린 눈에 의해 완전히 감춰졌다. 눈, 언 바닥, 책, 미끄러진 위치, 켜켜이 겹친 불운은 앙화로 여기기 딱 좋았다.

폴리스라인 밖, 구경하는 사람들 사이에서 정희연이 보였다. 아침 볕 아래 반갑게 살짝 눈웃음을 짓는 모습이 어제 카페에서 보았던 인상과 퍽 다르게 느껴졌다. 놀이터를 돌아가자 정이 상황에 대해 물어왔다. 경찰에게 들은 말들을 되풀이해 주었다. 마녀를 쓰러뜨린 빙판은 버려진 음료가 얼어 만들어진 거라는 설명도 했다.

“어제 카페에서 깨졌던 조각상처럼 누군가가 마녀가 넘어지길 바라서 일부러 차 옆에 음료를 버린 게 아닐까요?”

“경찰이 블랙박스로 자세히 확인하겠지요. 근데 음료를 길에 버린 걸로 살인을 의도했다고 볼 수 있을까요? 무심결에 버렸다고 우길 텐데….”

둘은 상황이 정리되고 카페로 갔다. 개점 전부터 손님들로 문전성시였다. 마녀의 시신이 수습되는 걸 구경하던 이들이 대부분이었다. 정은 앞치마를 두르고, 밀려드는 주문을 받았다. 윤은 카운터에 늘어서 있는 1인용 좌석 중 하나를 차지한 채 음료를 제조하는 사장의 유려한 움직임을 지켜보았다. 정희연과 알게 된 지 만 하루가 지나기도 전에 이런 일을 겪었다는 게 믿어지지 않았다. 아니, 어제 처음 카페 안에 들어선 이후 계속 무언가에 홀린 기분이었다. 정이 누군가에게 음료를 넘겨주며 속삭였다.

"이제 다 끝났어요. 그렇게 죽어버렸으니. 다른 분들이 실망할까 걱정이네요."

상대는 어제 카페로 찾아와 마녀의 픽을 읽던 모임의 멤버 중 하나 같았다. 역시 정희연은 그들과 함께 마녀를 살인범으로 확신하고 비밀을 밝히기 위해 은밀한 감시를 진행해 온 모양이었다.

'아니, 아무리 그래도 상황이 너무 공교로워.'

윤은 눈을 감고 반성했다. 지금까지 가게 분위기와 정이 내뿜는 카리스마에 마냥 휘둘렸던 것 같았다. 정 사장이 카페 가득히 쌓인 책들에서 얻은 범죄 지식으로 판을 짜고 손님들의 악심 또는 정의감을 위장해 최문주를 죽였다고 볼 수는 없을까. 카페 CCTV의 사각을 이용해 나폴레옹상을 움직이거나, 마녀를 바래다주는 척 밀어버리거나 또는 폐점 직전 '감식에는 검출되지 않는 어떤 약물'이 든 음료를 마녀에게 서비스로 권한다거나 하며. 가는 곳마다 사건에 휘말리는 탐정보다는 이런 류의 이야기가 더 현실성 있지 않을까. 자신의 소중한 카페에서 위험한 일들이 일어나는 게 싫다고 말하기도 했었다. 탐정 행세를 하는 사이코패스라면 그런 사소한 일도 범죄 동기로 삼을 수 있을 것 같았다. 가게 안 모든 손님들에게 음료를 제공한 카페 사장은 이제 여유로워 보였다. 윤은 조심스레 운을 뗐다.

"그 마녀가 썼다는 수기 말이에요. 제가 경찰에게 얘기해 볼까요? 새로운 단서를 찾을지도 모르잖아요."

"굳이요? 어차피 오늘 수거한 책들과 노트를 보면 수기의 존재를 알게 될 텐데…."

기계적인 대답을 하던 정이 한 발 앞으로 다가왔다. 예상보다 빠른 움직임에 표정을 감출 틈이 없었다. 정은 화장붓처럼 미세한 시선으로 윤을 얼굴을 훑고는 카운터 뒤편 책장, 체스터튼 전집 사이에 꽂힌 종이 뭉치를 꺼냈다.

"혹시 몰라 만들어 둔 사본이에요. 기자님이라면 알아내실 수도 있죠. 마녀가 소년들의 시신을 숨긴 장소 같은 거…. 경찰이 마녀의 집에서 원본을 찾기 전에 먼저 사건을 해결하면 더 멋지겠네요. 이왕이면 저기 앉아서 읽으시죠."

정희연은 최문주가 어제까지 앉아 있었던 그 자리를 턱짓했다. 비꼬며 던진 말임에도, 윤은 냉큼 일어나 마녀의 자리로 갔다. 선배 기자가 마녀의 죽음에 대한 기사를 회사 인터넷 홈페이지에는 올린 참이었다. 기사는 검색 제휴를 맺은 대형 포털사이트에 노출되며 온 세상에 최문주의 죽음을 알렸다. 윤은 마녀의 자리에서 마녀의 수기를 읽어 내려갔다.

4

…연못 옆 뜰에는 그네 벤치를 놓아두었다. 우린 모두 그 벤치를 참 좋아했다. 수호가 배 속에 있을 때부터, 태어나고 난 후에도 함께 그네에 눕거나 앉아 책을 읽거나, 그림을 그렸다. 홀로 남은 나를 가장 고통스럽게 했던 것도 그 벤치였다. 단지 거기에 놓여 있다는 것만으로 의자는 수많은 추억을 내게 소곤거렸다.

7

'어떻게 그런 일이 벌어졌지?'

의문은 언제나 나를 바닥없는 지옥으로 빠트린다. 한번 사로잡히면 나올 길 없는 독방 같은 질문. 낮이면 덥고, 뒷산에는 단풍이 무르익지 않았던 계절. 외출했다 돌아와 별채 문을 열었던 나는 도저히 믿을 수 없는 광경에 맞닥뜨렸다.

계기는 남편이 전날 아들을 때렸던 데 있었다. 수호는 인터넷 도박에 빠져 6천만 원이 넘는 빚을 졌다. 남편은 평소에도 의욕이 없고, 시간만 낭비하는 아들의 나태함에 질릴 대로 질린 상태였다. 우수한 이에게는 '더 노력하라'고 말하고, 우수하지 않은 사람에게는 '그러니 더 노력하라'며 닦달하는 아빠를 항상 두려워하던 수호는 겨우 한마디 변명을 내뱉었다.

아버지도 골동품 수집에 그 정도 돈은 쓰시잖아요.

제 딴에는 한 번만 용서해 달라는 표현을 그렇게 했던 것 같다. 그러나 남편은 그 말에 가죽 허리띠를 풀었다. 네가 이렇게 오만방자하게 구는 것은 '맞고 자라지 않았기 때문'이라면서.

생전 처음 그런 광경을 봤다. 부모가 아이를 때리다니 그런 건 미개한 사람들이나 하는 짓 아닌가. 나는 놀라 어떻게 해야 할지를 몰랐다.

수호도 난생처음 겪은 무차별적 폭력에 큰 충격을 받은 얼굴이었다. 예민한 사춘기를 보내던 아이는 2층으로 올라가 문을 걸어 잠그고 밤새 나오지 않았다. 남편도 술을 잔뜩 마시고 별채로 들어갔다.

이튿날, 얼굴에 멍이 든 아이를 차마 학교에 보낼 수가 없어서 쉬게 했다. 그리고 오후에 잠깐 볼일이 있어 나갔다 들어왔다. 수호가 보이지 않길래, 남편에게 물으려고 별채로 갔는데 고미술품을 보관하는 창고 안 제습기에서 평상시와 달리 크게 웅웅대는 소리가 들렸다. 창고 문을 열자 죽은 아이가 보였다. 본인을 때렸던 허리띠에 목을 매고, 혹시 살려고 발버둥 치다 일을 그르칠까 손목까지 묶고 죽었다. 내가 지르는 비명을 듣고 방에서 나온 남편이 의자와 함께 바닥에 쓰러져 있는 아들을 보았다. 아이는 유서조차 써놓지 않았다.

9

석 달 동안의 기억은 드문드문 이어진다. 남편이 수호를 옮기고, 집에서 일하던 아줌마를 내보내고, 학교에 연락하는 모든 일을 도맡았다. 남편이 죽이고 싶을 만큼 원망스러웠다. 그깟 돈 몇 푼이 뭐라고 피붙이를 때리고, 술까지 마시고 잠들었냐고. 감옥에 보내 죗값을 치르게 하겠다고, 악에 받쳐 힐난했다. 그로 인해 또 다른 지옥도가 펼쳐질 줄 모르고서.

아들이 죽고 가책을 느끼던 남편은 얼마 못 가 교통사고로 죽었다. 장례식장에서 동료 의사들은 남편은 절대 음주운전을 할 사람이 아니라며 믿을 수 없어 했다. 나도 그렇게 생각한다. 그건 사고가 아니었을 거다.

나도 그때 죽었어야 했는데…. 그랬다면 살아서 온갖 수치를 겪는 일도 없었을 텐데. 하지만 그랬다면 병 중에 계셨던 부모님이 근심했을 것이고, 한 번의 실수 외에는 언제나 좋은 사람이었던 남편까지 사람들 입방아에 오르내렸을 것이다. 무엇보다 나는 계속 노래하고 싶었다. 아들과 남편이 죽었다고 나까지 음악을 포기할 필요는 없잖은가. 적어도 그때는 그렇게 생각했다. 내 노래는 여전히 살아 있다고.

요양을 핑계로 청주로 내려왔다. 이전에 살던 집과 최대한 비슷한 구조의 집을 구하고, 가족 납골당을 구매해 남편의 골분과 아들의 유골을 옮겼다. 둘 사이에 내 자리도 미리 마련해 두었다.

11

죽은 사람은 절대 빈손으로 떠나지 않는다. 사람은 죽으면 저를 사랑했던 이의 영혼을 앗아간다. 남편과 아들이 떠난 후 나는 마음을 도둑맞고 과거에 묻혔다.

평생을 남부럽지 않게 살아왔다. 모든 길이 순탄했다. 사람들은 내 태도나, 옷차림이나, 외모나 재능과 부모님에게 감탄했고, 결혼 후에는 훌륭한 남편과, 잘생긴 아들, 좋은 집과 재산을 질투했다. 한 번도 이런 남루한 불행을 뒤집어썼던 적이 없었다.

“갑자기 이게 무슨 일이래?”

“남편만 그런 게 아니래요. 이 집 아들도 지금….”

"세상에…. 불행은 겹쳐 온다더니."

장례식에서 들었던 동정의 속살거림이 지금도 생생하다.

고난은 삶의 허위를 무참히 드러냈다. 의지할 사람이 아무도 없었다. 가족 외에 누구에게도 관심이 없던 나, 그러나 사실은 가족에게조차 냉담했던 나. 수호는 도박에 빠진 사실을 내게 털어놓지 않았다. 미리 이야기만 해두었더라도 가볍게 넘겨줄 수 있었을 문제였다. 엄마가 실망할까 두려웠던 걸까. 내가 얼마나 미덥지 않았으면…. 남편에게도 난 좋은 아내가 못 되었다. 갑자기 벌어진 상황에 압도되어 그가 잘못된 선택을 할 때 맞섰어야 했다. 그를 구해야 했던 순간에 방관하고 공격하기만 했다. 이사를 오면서 나는 가족들 물건을 모두 싸안고 왔다. 남편의 냄새와 아들의 인기척을 상상하며 매일 3인분의 밥을 정성껏 준비해 놓고 눈물을 흘렸다. 미친 짓을 멈출 수가 없었다. 아무리 울어도 신은 이 참담한 진실에서 나를 구해 주지 않았다. 어느 날은 사람이 너무 그리워 1인용 소파를 붙들고 울었다. 수호와 남편의 무게로 바닥이 살짝 파였던 그 소파에서 메말라 죽고 싶었다.

19

권 집사가 찾아왔다. 약물중독으로 오락가락하다가 이혼당하고 교회도 나갔던 여자였는데, 어떻게 알았는지 청주 집을 찾아왔다. 이단 집단에 들어갔다는 소문이 돌더니, 불행에 빠진 나를 입교시키기로 작심한 모양이었다.

아침부터 울린 초인종에 화면을 보니 권 집사가 있었다. 옆구리에 성경책을 끼고 싸구려 양복을 입은 남자와 함께였다. 정말 오랜만에 격렬하게 날뛰는 심장 박동을 느꼈다. 분노를 감추고 말끔한 모습으로 손님을 맞았다. 내게는 어떤 불행도 닥치지 않은 것처럼 자식 자랑을 하고 일 자랑을 했다. 사람을 불러 음식을 차리고 대접했다. 떠날 무렵에는 얼마간의 돈까지 쥐여 줬다. 수호와 동갑인 권 집사의 딸이 고등학생이 되는 걸 축하한다면서. 그러나 이제는 거리도 멀어졌으니 일부러 보러 올 필요 없다고 나직이 경고했다. 여기서 나는 잘 지내고 있으니까.

20

이튿날부터 집 밖으로 나돌았다.

다닐 만한 중소형 교회를 선별하고 등록했다. 권 집사 앞에서 떠들던 즐거움, 그의 질시 어린 시선이 죽어 있던 나를 깨웠다. 그래, 나는 이런 사람이었지. 항상 부러움과 동경의 대상이 되는 사람이었어. 나는 마음껏 헛소리를 내뱉을 새 장소를 찾아내곤 그곳에서 예전의 나를 연기했다. 그 수다 속에서 나는 신앙생활을 하지 않는 교만한 의사 남편을 둔 사모님이었고, 기숙사형 자

사고에 다니느라 주말에도 잘 오지 않는 아들을 가진 어머니였다. 집으로 돌아오면 끔찍한 공허함에 시달렸지만 도무지 혀를 멈출 수 없었다. 교회에서는 아무도 날 동정하지 않고, 내가 입은 옷으로만 나를 대우했다. 내 불행을 나라고 여기지 않고 내 재능을 기꺼이 활용해 주었다.

이거요? 남편이 이번에 사준 거예요. 아들이라고 하나 있는 게, 새 학교에 적응하느라 한 2주 연락을 안 했거든요. 제가 너무 서운해하니까 안쓰러웠는지 선물을 주더라고요. 수호도 나중에 전화 와서는 미안하다고 그러고요. 첫 시험을 보고 너무 충격을 받았었대요. 솔직히 전국에서 날고 기는 애들이 모였으니 안 그랬겠어요? 겸손해질 기회를 주님이 주신 거지요.

죽었다고 해도 두 사람은 여전히 내 자부심이었다. 내가 그들에게 자부심이었듯이. 그리고 우리 가족은 모두의 부러움과 칭찬을 받는 훌륭한 가정이다. 잘 가꾸어진 정원의 꽃들 사이로 놓였던 그네 벤치처럼. 생전에 그렇게까지 서로 다정하지 않았고, 실제로는 무심했을지라도, 서로의 진면목을 조금도 이해하지 못하며 살았어도 우리는 각자의 자리에서 분투하며 단란한 가정을 일구어 나갔었다.

또 수요일에는 자살 유가족들을 위한 자조 모임에 참석했다. 그곳에서는 떠나간 아들과 남편에 대한 원망을 고해하듯 토로했다.

22

아이러니한 일은 내가 가장 진실했던 자조 모임의 멤버들이 앞장서 나를 매도했다는 것이다. 수사를 받으며 그들이 나를 소시오패스로 칭하더란 말을 전해 들었다. 남의 고통을 구경하고 싶어 모임에 나갔던 거냐는 비난도 들었다. 난 그들에게 거짓을 이야기한 적이 없었다. 그 사람들에게는 언제나 진실했다. 집을 옮긴 후, 아니 평생토록 그렇게 진심을 다해 만났던 사람들이 없었다. 만약 자조 모임 중 한 사람이라도 날 찾아와 대체 어찌 된 일이냐 물어봤다면 난 모든 비밀을 털어놨을 것이다. 그러나 누구도 내게 오지 않았다. 거짓말을 하며 다녔던 교회의 성도들은 오히려 날 믿어주는데, 자조 모임의 회원들은 모두 내게 등을 돌렸다.

사건이 알려질수록 더 많은 사람이 더 많은 말을 보탰다. 인터넷에 돌아다니는 말들 속에서 나는 나르시시스트고, 살인자고, 가스라이터고, 학대자다. 거짓에 춤추는 꼭두각시인 나에게 이전의 모습이 남아 있기는 할까.

24

봉사는 선의에서 시작하지 않았다. 그냥 어느 밤, 사람이 만드는 소음과 온기가 절실해졌고, 충동적으로 이러다가 정말 죽겠다 싶었다.

우리 집에서 좀 자줄래? 난 정말 쓸쓸하거든.

낯선 사람에게 이런 얘기를 했다가는 미쳤냐는 소리를 듣겠지만, 하룻밤 쉴 곳을 원하는 가출 청소년들에게는 그리 나쁘지 않은 제안이었다. 처음 우리 집에서 묵은 아이들은 미진이와 윤설이란 여자아이였다. 둘은 해외여행을 가는 사람처럼 커다란 캐리어에 인형을 치렁치렁 매달고 우리 집에 들어왔다.

"세탁할 게 있으면 줄래?"

아이들은 집 안에 나 말고 다른 사람이 없다는 걸 알고 안심했는지, 고개를 끄덕였다. 구겨진 옷을 모두 깨끗이 빨고, 건조기에 넣어 말린 뒤에 반듯하게 개켜 캐리어 속에 넣어주었다. 수호가 좋아하던 음식도 잔뜩 해서 식탁 위에 올렸다. 피자를 만들고, 쿠키를 굽고. 미진이는 경계하는 표정이었지만 윤설은 밥을 잔뜩 먹었다.

나는 집에 내 손길이 필요한 사람이 있다는 사실에 거의 정신이 나갈 정도로 흥분해 있었다.

"지금은 너희 인생에서 다시 돌아오지 않은 중요한 시간이야. 낭비하지 마. 한동안 우리 집에서 느긋하게 지내면서 어떻게 살지 생각하렴."

내 이야기에 납득하는 듯하던 아이들은 다음 날 집을 나갔다.

떠나면서 수호의 방에 있던 모자와 옷가지도 잔뜩 훔쳐 갔다. 언젠가 김희문 소장님께 그 일을 이야기했더니, 오늘의 희망도 경험해 보지 못한 아이들에게 미래를 강요하지 말라는 조언을 들었다. 그 말은 이후 내가 가출 청소년들을 대하는 지침이자 내 삶의 모토가 되었다.

당시 나에게는 수호와 같은 또래들의 기척을 느끼는 것 외에 더 필사적인 것이 없었다. 대리 만족이든, 정서 불안이든, 트라우마 후유증이든, 하루하루 몸부림치는 것 외에 다른 살길이 없었다.

31

청주에 있는 위기 청소년들을 위한 쉼터 중 한 곳에 전화를 드리고 필요 물품을 물었다. 2백만 원어치의 식료품을 기탁하면서 김희문 쉼터 소장님을 처음 만났다. 이후 아이들에게 음악 수업을 해주고 센터에 일이 있을 때마다 찾아가 필요를 해결해 주었다. 쉼터에서 아이들이 머물 수 있는 시간이란 고작 한 달에서 석 달 정도, 최장 9개월, 정원은 고작 열다섯 명. 세상에 나가 홀로 설 준비를 하기에는 터무니없이 부족한 시간이었다. 혹시 필요하다면 우리 집을 임시 거처로 사용했으면 한다는 부탁을 소장님은 반가워하셨다. 쉼터 운영에 관심이 있다면 미리 복지사 자격증을 따두라고 권유하기도 하셨다. 내가 성악가로 활동하고, 대학 시절부터 긴 시간 재능기부 봉사 활동을 했다는 걸 좋게 봐주신 것 같다. 그렇게 쉼터에서 실습을 하며 자격증을 따고 아이들과 연을 맺게 되었다.

"왜 이렇게 일찍 나왔어? 광고? 아니면 송년 특집 준비?"

스포츠 지면을 담당하는 박재형 기자가 일찍 출근한 윤소영을 보고 인사를 했다.

"근처에 일이 있었어요. 온 김에 쿠키도 사서 탕비실에 놔뒀어요. 드세요."

"오, 땡큐."

마녀가 죽었다는 소식이 퍼지면서 죽이는 커피 & 책 카페에는 손님들이 계속 몰려들었다. 점심시간이 되었을 때는 술집처럼 떠들썩해져 각자 마녀의 죽음에 얽힌 가설과 이론을 떠들어 댔다. 어떤 사람은 마녀를 알았던 가출 청소년들이 친구의 죽음에 원한을 품고 작당 모의한 거라 했고, 어떤 이는 도박에 미친 마녀의 아들이 재산을 노리며 저지른 일일 거라고 했다. 시민 영웅의 응징이었을 거라고 추측하는 사람도 있었다. 카페가 제공하는 천연 각성제와 액상과당, 당분 가득한 디저트에 힘입어 분위기는 점점 고

조되었고 윤은 신문사로 피신했다.

수기를 읽을수록 난감해졌다. 마녀의 글에는 자신의 고독과 타인을 이해해 보려는 노력이 엿보였다. 자기중심적인 성향이 보이긴 해도 소년들을 유혹해 죽일 만한 인물 같지 않았다.

'정희연도 이런 비슷한 감정을 느꼈다고 이야기했지. 하지만 결국 마녀를 범죄자라 판단했어. 왜지? 내가 놓친 게 있었나?'

의문은 다른 편집부 직원들이 속속 출근하고 내일 자 신문을 편집하는 내내 뇌리를 떠나지 않았다. 편집부장은 윤이 가끔 일을 멈추고 종이에 뭔가를 끄적거리는 모습을 보고 심란한 얼굴을 했다. 일이 끝난 후 윤소영은 다시 카페로 갔다.

이틀 사이 세 번째 방문이었다. 카페는 마녀의 죽음에 이끌려 찾아온 사람들이 많아 빈자리가 없었다. 개중에는 오전에도 보았던 사람들도 있었다. 카운터 앞에서 손님과 나란히 앉아 이야기를 나누던 정 사장이 윤을 보고 자리를 비켜주었다.

"어땠어요?"

관심이 반가워 윤소영은 냉큼 감흥을 뱉었다.

“살인자 같지 않았어요. 오히려 사람을 사랑할 줄 아는 사람처럼 느껴지던데요.”

“치정 살인이나 복수처럼 사랑도 흔한 범죄의 동기예요. 마녀는 외아들이 도박에 빠진 걸 눈치도 못 챘어요. 자기 중심적인 사랑을 하다 실수를 저지르는 사람이 많죠. 요즘에는.”

“최문주도 그런 사람이었을까요?”

“권 집사와의 일화를 봐도 그렇고, 남편 장례식장에서 느끼는 감정도 그렇고, 주변 사람들과 건강한 관계를 맺지 못하며 산 사람이에요. 자조 모임을 어떻게 언급했던가 생각해 보세요. 유가족들을 혼란스럽게 만든 건 자기면서 오히려 그들을 원망했잖아요. 남이 저절로 자기 마음을 알아차려 주길 바라는 어린애처럼.”

등 뒤에서 찰칵찰칵 소리가 났다. 최문주가 앉았던 자리가 포토스팟이라도 된 양 사람들이 돌아가며 앉아 사진을 찍고 있었다. 몇몇 손님들은 언짢은 표정으로 그들의 행태를 지켜보고 있었다. 정희연은 윤에게 속삭였다.

“참, 시체가 있을 만한 곳은 찾아내셨나요?”

윤소영은 머뭇거리다 종이 한 장을 가방에서 꺼냈다. 글자가 빼곡하게 적힌 오늘 자 지면 배정표 뒷장 하단에는 청색 포스트잇이 결론처럼 붙어 있었다.

"아마 이곳이 아닐까 생각해요."

윤소영은 결론에 이르게 된 상황을 설명하면서 다시 수기를 펼쳤다.

청소년 보호 쉼터에서 봉사하던 마녀는 명우라는 아이와 친해졌다. 명우는 마녀를 잘 따랐고, 마녀와 함께 살기를 청했다. 마녀는 명우를 아들처럼 여겼다.

47

인상이 험악했다. 키도 크고 덩치는 어찌나 좋은지, 미성년이라는 게 믿기지 않았다. 쉼터에서도 대장 노릇을 하며 기강을 잡으려 들어서 선생들이 골머리를 앓았다고 했다. 그런 아이가 나에게는 유달리 살갑게 굴었다. 거친 외면과 다르게 마음속에는 어릴 적 사별한 엄마에 대한 그리움이 있었다. 소장님은 자꾸 다른 아이들과 마찰을 일으키는 명우를 잠깐이라도 우리 집에 머물게 하면서 세심한 돌봄을 받으면 어떨까 했다. 물론 찬성이었다.

명우는 먹성이 좋았다. 입이 짧았던 수호나 남편과 다르게 무얼 해주든 맛있게 먹어 치웠다. 흠이라면 행동이 산만하고 충동적이라는 것이었는데, 문제는 병원에서 ADHD 약 처방을 받으면서 호전되었다. 주의력이 조정되니 차분해지고 공부에도 집중력을 발휘했다. 스트레스를 발산하게 하려고 드럼을 배우게 하고, 과외 선생님을 붙여주었다.

오랜만에 마음의 안정을 얻었다. 지역 오페라단에 들어가 무대에 설 준비도 시작했다. 교회에 명우를 데려가 아들이라고 소개하기도 했다. 소장님이 나를 우수봉사자에 추천한 것도 그 무렵이었다. 이런 경력이 있어야 나중에 쉼터 운영을 하는 데 도움이 될 거라면서.

51

겨울이 끝나기 전 쉼터에서 연락이 왔다. 긴급으로 보호해야 할 아이가 있는데 처음부터 단체 생활을 시작하기는 어려울 것 같다고, 우리 집에서 적응 기간을 둘 수 있겠냐고 했다. 명우가 막 대입 검정시험 준비를 시작했을 때였다.

거리로 나간 아이들은 성범죄에 무방비로 노출되곤 한다. 경조는 그런 피해를 입은 아이였다. 왜소한 체구에 맑은 눈을 가진 아이가 나를 만나자 눈을 휘며 웃었다. 즐거워 웃는 게 아니라, 살기 위해 웃는 빈껍데기 같은 미소였다. IQ테스트를 해보지는 않았지만 경계선 지능에 해당하는 듯했다. 전에 머물렀던 가출팸에서 그걸 빌미로 성매매를 시켰고 후유증으로 성인 남성을 두려워하게 되었다. 교회 사람들이 종종 집에 방문하던 때라 경조는 당연히 명우를 내 친아들로 여겼다. 우리 집에서 살려면 어떻게든 명우 눈에 들어야 한다고 생각했는지 경조는 계속 명우를 따라다녔다. 명우는 명우대로 인생에서 처음 맞는 진지한 도전에 신경이 곤두선 상태였다. 명우가 내게 짜증을 냈다.

"아줌마, 쟤 언제까지 여기서 살아요?"

그때 위기를 감지하고 경조를 빨리 내보냈더라면 어땠을까. 쉼터의 자리가 조금만 일찍 나서 진작에 경조를 그곳으로 옮겼더라면.

52

나는 남편과 싸워본 적이 거의 없다. 여덟 살 정도 나이 차이가 났으니 얼굴 붉히고 화를 낼 만한 일이 없었다. 갈등을 싫어하고 쉽게 순응하는 성격을 타고나기도 했다. 또 남편은 항상 병원 일에 바빠서, 난 나대로 공연에 정신이 팔려서 서로에게 관심이 없었다. 덕분에 우리는 조화로운 삶을 살 수 있었다. 분위기가 달라진 건 수호가 태어난 후였다. 모든 일에 느긋하던 내 아들. 살아생전 주변의 관심을 독차지하며 살았던 작은 왕. 모든 걸 불굴의 의지로 이뤄낸 남편은 아들의 유유자적함, 유희에 탐닉하는 경향을 못마땅하게 여겼다. 아이가 중학교에 진학하고 구체적인 숫자의 성적표를 받아 오기 시작하면서 불만은 더 커졌다. 수호가 공부를 못한 것은 아니었지만 남편의 기준을 충족시키기에는 턱없이 부족했다. 자존심이 강했던 수호는 괜찮은 척했지만, 점차 남편을 피했고, 둘은 말을 하지 않게 되었다.

그때의 갈등이 다시 재현되는 듯했다. 시험에 떨어진 후 낙심한 명우는 내가 준 용돈으로 술을 사다 마셨다. 정신과 약인 콘서타는 잠을 못 자겠다며 끊어버렸다. 실패의 원인을 경조에게 돌렸다. 쉼터의 동생에게 경조가 겪은 일을 들은 모양인지 온갖 모욕적인 말을 쏟아내며 괴롭히고, 내가 없을 때면 경조에게 손찌검까지 했다.

“경조 때리지 마. 나쁜 말도 하지 말고. 자꾸 그러면….”

“왜요? 자꾸 그러면 저를 내쫓고, 쟤를 키우시게요?”

명우는 그 말을 내뱉고는 덩치에 맞지 않게 시근덕거렸다. 지금까지 그런 불안함을 품고 있었다는 사실에 놀라 훈계도 멈추고 명우를 위로했다. 이후 나는 경조에게 명우와 함께 있지 말라고 충고했다. 명우가 거실에서 텔레비전을 보면 경조는 방으로 들어갔고, 경조가 정원에 있으면 명우는 나가지 않았다.

남편과 냉전을 치르던 수호가 나중에 어떤 결말을 맞았는지 경험했으면서 나는 다시 상황을 방관했다. 이제 곧 쉼터에 자리가 나겠거니 하며 한가하게 생각했다.

57

…경조는 피투성이가 되어 의식을 잃고 있었다. 명우는 방문을 걸어 잠그고 숨어 벌벌 떨고 있었다. 수호가 죽은 지 20개월만이었다. 다시 맞은 초현실적인 풍경에 잠시 기절했던 것 같다. 그러나 다시 눈을 뜨고 구역증과 싸워가며 119에 신고를 하고, 병원으로 옮겼다. 무슨 일이냐고 묻는 구급대원과 의사의 질문에 어떻게 대답했는지 기억이 나지 않는다.

다행히 경조는 정신을 차렸고, 한동안 L 병원에 입원했다. 구원받은 기분이었다.

59

나는 명우에게 그날 있었던 일을 물었다. 명우는 경조가 씻고 있는 자신을 훔쳐보는 게 화가 나서 때렸다고 했다. 그 말을 어디까지 믿어야 할지 알 수 없었다. 경조는 몸이 낫자마자 병원에서 도망쳤다. 퇴원 후에 우리 집으로 돌아갈 일이 두려웠던 모양이었다. 쉼터의 김희문 소장과 나는 어떻게든 경조를 찾아 쉼터에 입소하게 할 생각이었다. 그러나 두 번 다시 경조를 찾을 수는 없었다.

명우는 쉼터로 가고 싶지는 않다며 다시 약을 잘 먹겠다고 했다. 그러나 상황은 전과 완전히 달라졌다. 나는 경조를 집 밖으로 내몬 명우를 용서하기 힘들었고, 잔인한 폭력이 내게로 향할까 두려워졌다. 명우도 내게 깃든 공포를 눈치채면서 제멋대로 행동하기 시작했다.

엄마와 아들놀이는 끝났다. 명우를 집에서 내쫓아야겠다고 결심했다.

60

다시 명우를 쉼터로 보내려 했지만 김 소장은 경조를 찾을 경우를 대비해 둘을 같은 공간에 둘 수 없다며 완강히 반대했다. 처음부터 명우를 나에게 떠넘길 셈이었다는 걸 그때 깨달았다. 외로움에 허덕이던 나를 통해 쉼터 운영에 방해가 되던 골칫덩어리를 처리한 것이다. 순진한 나여.

나는 치밀하게 새로 집에 데려올 대상을 물색했다. 명우를 제압할 수 있으려면 나이가 있어야 했다. 새로운 삶을 살 의지가 확실하고, 선량한 마음을 가졌고, 타고난 환경이 좋지 못해 잠재력을 펼치지 못했을 뿐, 가능성이 충분한 아이에게 필요한 것들을 채워 주고 싶었다. 하룻밤 잘 곳을 구하는 아이들과 연락하기 위해 인터넷에 충청 지역 가출 청소년 카페를 만들었다. 공연 영상과 내 신원을 카페 전면에 공개하고, 청소년 쉼터에서 봉사한 이력들을 게시했다. 나쁜 어른들의 접근 방법, 범죄 사례를 정리한 글도 올렸다. 도움을 청해 오는 아이들에게 가까운 쉼터를 소개하거나 봉사를 하며 신뢰할 만한 헬퍼들과 연결했다. 괜찮은 아이 같다 싶으면 직접 만나기도 했다. 만났을 때는 무조건 음식부터 배불리 먹였다. 편안하게 잘 안전한 곳을 소개하고 숙박비를 주었다. 아이들은 쉬지 않고 연락을 해왔다. 그리고 마침내 은열을 만났다.

61

그 아이는 술도, 담배도 하지 않았다. 중독자였던 아빠처럼 될까 무서워서 싫다고 했다. 생활이 안정되면 가장 하고 싶은 일이 뭐냐고 물었더니, 상장지수펀드에 넣어 조금씩 목돈을 만들고 싶다고 했다.

"자꾸 뺏기고, 도둑맞으니까 화가 나요. 제대로 모으고 싶어요. 그렇다고 너무 위험한 건 싫고."

은열은 폭력을 휘두르는 집에서 나온 뒤 숙식을 제공하는 식당에서 몇 년을 살았던 아이였다. 먹고 자는 일은 해결해 주는 만큼 최저시급도 안 되는 월급을 주었다. 함께 일하는 사람들과 방을 같이 쓰다 보면 모아둔 돈을 훔쳐 가곤 했다고. 대학생이 되는 게 소원이라는 말을 들으니 죽었던 심장에 피가 도는 듯했다.

"지금 우리 집에 머무는 애가 있어. 만나보면 알겠지만 난 걔가 너무 무서워. 걜 내쫓아 줘. 가능한 폭력은 사용하지 말고 말이야. 걔만 내쫓아 준다면 우리 집에 얼마든지 있어도 좋아. 네가 꿈을 펼치도록 학비도 후원해 줄게. 할 수 있겠니?"

그 시절 정말 나는 집에 들어가는 일이 두려웠다. 명우에게 매일 ADHD 약을 먹으라고 종용하는 것조차 버거울 정도였다.

"오늘부터 같이 살 거야. 서로 잘 대해."

은열을 집에 데려온 날, 떨지 않고 말하려 무던 애를 썼다. 은열에게는 남편의 물건이 넣어둔 방을 주었다. 은열은 저를 위한 책상과 침대, 쾌적한 공간이 생긴 것을 믿을 수 없어 했다.

이튿날 바로 검정고시 원서를 제출했다. 은열은 공부하길 좋아했다. 한번 자리에 앉으면 기본이 서너 시간이었다. 명우와는 비교도 되지 않는 집중력이었다. 식당에서 일하며 생긴 화상 자국이 있는 손으로 펜을 쥐고 열심히 문제를 푸는 모습을 보고 있으면 세상 어느 멍청한 부모가 저런 아이를 외면했을까 안타까웠다. 질투가 난 명우가 방해하려고 해도, 애꿎은 트집을 잡아도 은열은 여유롭게 대처했다.

"공부하다가 모르는 거 있으면 물어봐."

성년을 지난 나이라 경험치부터 명우와 차이가 났다. 하지만 그보다 더 놀라운 일은 삶에 대한 강렬한 열의가 충만했다는 것이다. 그런 열의는 정말 소수의 사람에게만 부여되는 신의 축복이다. 아침이면 새벽같이 일어나 모두를 위한 식사를 준비하고 청소를 돕는 성숙한 자세에 명우는 점차 말려들었다. 은열은 명우가 믿고 기댈 만한 형처럼 보였다. 어느 사이인가 둘은 진짜 형제처럼 지내기 시작했고 평화가 찾아왔다. 불쾌한 평화였다. 명우가 은열의 옆에서 웃고 있는 모습을 보면 소름이 끼쳤다. 저가 경조에게 저지른 일을 뻔히 아는데, 어떻게 천진하게 웃을 수 있는지. 은열이 약속을 저버리고 명우와 공모해 나를 집에서 내쫓지 않을지 불안하기까지 했다.

63

은열의 검정고시 성적은 기대 이상으로 높게 나왔다. 합격 발표가 나자 곧바로 대학수학능력시험 원서를 내고 어느 대학을 목표로 할지 계획했다. 은열은 자기가 가고픈 분야의 전망에 대해 조곤조곤 의견을 얘기했다. 식당에서 일하던 1년간 매일 배달되는 네 종류 신문을 샅샅이 읽었다더니 시야가 넓고 달변이었다. 수호 생각이 나서 왈칵 눈물이 쏟아졌다. 수호가 살아 있었다면 함께 이런 대화를 나누었을까. Caro nome(그리운 이름이여)!

은열은 그날 밤 명우를 불렀다. 앞으로의 미래를 위해 정리할 걸 정리해야겠다고 여겼는지, 계획을 실행할 만큼 충분한 친밀감이 쌓았다고 확신했는지 모르겠다. 형의 성공에 시무룩해져

방에서 나오지도 않는 명우에게 축하해 달라며 음식과 술을 권했다. 은열은 술에 취한 명우에게 살아온 과거를 물었다. 또 은근하게 경조와의 일을 추궁했다. 명우는 고작 열일곱 살이었고, 그동안 자기가 저지른 죄의 무게에 짓눌려 죽어가던 상태였다. 명우는 은열이 이끄는 대로 술술 얘기를 털어놓았다.

"에이, 네가 설마 그랬을까."

은열이 믿지 못하겠다는 반응을 보이자 명우는 내 눈치를 한번 살피고는 은열을 밖으로 이끌었다. 내 차의 비상 키를 가져가 밤새도록 차를 끌고 돌아다닌 것 같다. 다음 날 새벽, 내 방문 밖으로 인기척이 들렸다. 명우가 흐느끼며 무어라 사정하고 있었다. 난 끝까지 문을 열지 않았다. 곧 둔탁한 소리, 캐리어가 바닥에 끌리는 소리가 들려왔다. 이불을 뒤집어쓰고 필사적으로 잠을 청했다.

오후가 되어 거실로 내려가니 은열이 내 몫의 점심을 준비하고 기다리고 있었다.

"걱정하지 마세요. 걔는 떠났어요. 짐도 가져갔고요."

집을 되찾았다는 안도감에 압도되어 흐느끼는 내게 은열은 속삭였다.

죄책감 갖지 마세요. 누구라도 무서워했을 거예요. 그런 일을 겪었으면.

내 생에 가장 행복한 겨울이었다. 남편과 수호와 지냈던 10여 년보다, 은열과 함께한 그 몇 달이 더 생생하다. 은열은 지적 호기심이 왕성해서 무슨 이야기를 해도 스펀지처럼 빨아들였다. 하루 공부를 끝마치고 저녁이 되면 연말 전시나 공연을 보러 다니곤 했다.

은열은 책도 좋아했다. 세상 경험이 많아서 한 권을 읽어도 깜짝 놀랄 만큼 깊이 있게 해석하곤 했다. 욕심이 났다. 아직 1년의 여유가 있으니, 더 실력을 키워 우리나라 최고 대학을 노려보자고 권유했다.

"지금 해주시는 것만으로 충분해요. 더 폐를 끼치고 싶지는 않아요."

"폐라니, 네 능력이 너무 아까워서 그러는 거야. 네가 우리 아들이었으면, 남편이 정말 좋아했을 텐데."

무심결에 죽은 수호와 남편을 모독하고, 듣는 이에게도 상처를 주는 말을 해버렸다. 언제나 유유자적 밝은 모습만 보이던 은열이 처음으로 표정을 굳혔다. 남에게 신세를 지는 게 당연히 부담스러웠을 텐데 멍청한 나는 내 서운함을 앞세워 아이의 속을 헤집었다. 평생토록 제대로 된 부모와 가정을 가져보지 못했던 아이의 마음을.

"아줌마는요? 제가 아들이면 좋았을 것 같아요? 진짜?"

갑자기 은열이 짓궂게 물었다. 그 시선을 어떻게 설명해야 할까. 업신여기는 듯도 하고, 동정하는 것처럼도 보이던 그 눈길. 명우가 풍기던 육체적 공포와는 결이 다른 두려움이었다. 나는 지쳐 있었다. 몇 년 새 일어난 사건과 변화는 나를 벼랑 끝으로 내몰았다. 은열이 명우를 내쫓고 돌아온 날, 그 다정한 속삭임 이후 어떤 갈증이 내 안에서 눈을 뜬 상태였다. 단둘이 남게 된 집에서 나는 바보처럼 설레고 있었다. 은열이 그걸 놓쳤을 리 없었다. 놀란 내가 마주 보자 은열은 평상시와 같은 미소로 내 욕망을 실현해 주었다.

68

은열은 주민등록증부터 새로 발급받았다. 수능 성적이 나온 후에는 대학 원서를 쓰러 다녔다. 운전면허는 나이 제한으로 응시할 수가 없어서 원동기 면허부터 땄다. 은열이 내가 새로 사준 조그만 스쿠터를 타고 컴퓨터 학원을 오가며 ITQ 공부를 하는 모습을 볼 때면 절로 웃음이 나왔다. 그러나 나는 사람들에게 은열과 있는 모습을 보이는 것이 불편했다. 쉼터 소장이나, 이웃 사람과 마주치면 친척 아이로 소개하거나, 그렇게 오해하게 두었다.

시간이 지날수록 후회가 들었다. 내가 차가워질수록 은열은 다정해졌고 난 깨달았다. 이 아이의 친절과 다정함도 그저 살아남기 위한 생존 방편에 불과했다는 것을. 언제나 여유로운 척하지만 한 번도 안식해 보지 못한 아이였다. 그 억눌린 불안을 감지한 순간 수치가 몰려왔다. 내가 중심을 잃지 않았다면 은열은 날 진짜 어머니로 여겼을지 모른다. 그랬다면 나는 내 영혼까지 구원했을 것이다. 그러나 난 그 아이를 이용했고, 스스로를 타락시켰다.

내 진짜 소망은 은열을 아주 오래도록 보는 것이다. 그가 정말 사랑하는 사람을 만나 결혼을 하고, 자녀를 낳아 매년 명절이나 생일 때 나를 찾아와 주기를. 죄를 깨달은 순간 나는 더 이상 은열을 볼 자신이 없어졌다. 은열이 원하는 대학에 합격하자마자 학교 근처에서 지낼 만한 집을 사주고, 4년 동안 쓸 학비, 숙식비, 용돈 일체를 송금했다.

"다시는 오지 마라. 고마워할 필요는 없어. 어딜 가든 행복하게 살아. 그리고 날 용서해다오."

너른 등을 찬찬히 도닥이며 배웅하던 날, 내 속에 남아 있던 마지막 아리아도 함께 스러졌다.

69

본격적으로 쉼터 운영을 추진했다. 김희문 쉼터 소장님의 소개로 K 복지재단과 구체적인 이야기가 오고 갔다. 내가 건물을 새로 지어 무상임대로 복지재단에 빌려주면 시에서 재단과 위수탁 계약을 맺고, 재단은 나를 새로운 쉼터 소장으로 임명할 계획이었다. 소장이 되기에는 경력이 부족했지만 그 점은 재단에서 해결해 주겠다고 했다.

자립 준비 청년과 위기 청소년·청년들을 위한 지원시설이 우리나라는 턱없이 부족하다. 청주만 해도 청소년 쉼터는 다섯 곳 정도, 여자 청소년 쉼터는 겨우 한 곳, 미혼모 지원시설은 국가의 지원이 없이 민간시설로 어렵게 운영되고 있었다.

종종 그런 상상을 한다. 만약 그날 수호가 차라리 집을 나갔더라면, 집을 나가서 친가나 외가나, 혹은 친척 집에서 머물렀더라면, 하루나 일주일 정도 안전하게 쉴 곳이 근처에 있었다면 남편도 아이가 나가 있는 동안 감정을 추스르고 우리는 여전히 그네 벤치가 있는 집에서 살고 있지 않았을까.

쉼터 운영은 죽은 아들과 남편을 위한 속죄의 길 같았다. 지역에 필요했던 여자 청소년들을 위한 쉼터를 만들기로 결정하니 아이들이 금방 모였다. 그중 원치 않게 성병에 걸린 아이들이 있어서 지인에게 내 이름으로 주사제를 처방받았다.

A를 알게 된 것도 그즈음이었다. 머물던 아이 중 하나가 아는 남자애가 나를 꼭 만나고 싶다고 조른다고 했다. 부모님이 없

지만 텔레비전 오디션 프로그램에 출연할 정도로 음악적 재능이 출중하다고 했다. A는 훌륭한 노래 실력과 깜짝 놀랄 정도로 귀티 나는 외모를 지니고 있었다. 재치 있는 농담을 하고, 블랙홀처럼 강한 매력으로 분위기를 주도했다. 관심을 받는 일에 익숙해 여자아이들이 저를 두고 싸우는 일이 생겨도 즐기고 부추겼다. 노래 실력도 상당했다. 거실에 있는 피아노를 치면서 노래하면 천사가 앉아 있는 것 같았다. 그러나 나는 그 아이가 도무지 좋아지지 않았다. 죽은 수호와 이름이 같고, 성격마저 비슷해 볼 때마다 꺼림칙했다.

A가 머물렀던 첫 일주일 동안은 A가 오디션에 왜 떨어졌을까, 왜 다른 연예 기획사에서 A를 데려가지 않았을까 무척 의아했다. 그러나 다시 한 주가 지나자 바로 원인을 알 수 있었다. A는 집 안 구석구석을 뒤지다 생전 수호의 사진을 찾아냈다.

"야, 아줌마 아들하고 나하고 누가 더 잘생겼냐?"

어느 저녁, 다른 아이들과 떠드는 A를 보고 소름이 끼쳤다. 아무도 들어가지 못하게 했던 수호의 방에 들어가 마구 뒤졌을 거란 생각을 하니 화가 치밀었다. 그런데도 A는 사과는커녕 아들을 직접 만나게 해달라 졸랐다. 뭔가 눈치를 챈 것처럼 집요했다. 그 뒤로 A는 수호의 행방을 캐기 시작했다. 옆집 이웃들에게 묻고, 쉼터의 소장에게 묻고, 이제 발길을 끊은 교회까지 찾아갔다.

교회의 집사나 권사님들은 명우를 내 아들이라고 믿었기에 예전 지역 독거노인 대상 김장 봉사를 할 때 함께 찍었던 사진을 내주었다.

“완전히 다른데…. 아줌마, 이 사람 진짜 아들 맞아요?”

제멋대로인 A의 행동에 질린 나는 전국 청소년 쉼터에 모두 전화를 걸어 A를 받아줄 만한 곳을 찾았다. 사실을 알게 된 A는 내 방에 들어와 짜증을 냈다.

“난 아줌마가 우리 엄마였으면 좋겠어. 음악 하는 사람이고, 근사해서 방송에 같이 나가도 창피하지 않을 것 같아. 날 입양해서 여기에 계속 살게 해줘요. 잠자코 있을게. 내 이름도 수호잖아요. 나랑 있으면 즐거울 거예요.”

뭘 잠자코 있겠단 말일까, A가 하는 말에 나는 완전히 굳어버렸다. 지금 생각해 보면 A는 전에 머물렀던 애들에 관한 불순한 망상을 했던 것 같다. 머릿속이 하얗게 질려 A가 내 몸을 더듬기 시작하는데도 저항하지 못했다. 날 구해 준 건 A를 데려왔던 세윤이었다. 세윤은 우리 집에 머물기 시작한 뒤 A가 다른 여자애들에게도 추파를 던지며 문란하게 구는 걸 보고 A의 본색을 눈치챈 듯했다.

"이 아줌마가 먼저 절 유혹했어요. 마음껏 노래하게 해주겠다면서 말을 듣지 않으면 날 다른 곳으로 내쫓겠다고 했단 말이야. 들키니까 잡아떼는 거예요. 완전 미친 사람이야. 그 집에서 없어진 애들도 많고, 애들한테 이상한 주사도 놓는다고요."

A는 경찰서에서도 악다구니를 썼다. 발작하는 A를 보며 정말 이 아이가 피아노 앞에서 노래하던 천사가 맞는지 의심스러웠다. 방송으로 유명해진 A가 추행 의혹에 휩싸이자 기자들이 달라붙었고, 경찰은 마지못해 수사를 시작했다. 우리 집을 거쳐 갔던 아이들은 대부분 소재가 잡혔지만, 몇몇은 아니었다. 여러 강력 사건을 수사해야 하는 경찰 인력을 고려하면 당연한 결과였다. 이후 A가 여학생들을 추행한 혐의로 몇 번 경찰서를 들락거렸던 일이 드러나면서 수사는 종결되었다. 연애 기획사들이 A와 계약을 맺지 않은 이유가 그것이었다.

그때 A를 추행과 명예훼손으로 고소했어야 했다. 그랬다면 난 아무것도 잃지 않았을 것이다. 그러나 난 경찰이 명우를 찾지 못했다는 사실을 알게 된 뒤 공황에 빠져들었다. 명우가 사라지던 날 새벽에 들었던 소리들이 머릿속에서 다시 재구성되었다. 지나치다 싶을 만큼 눈치가 빨랐던 은열이 내가 제공한 모든 지원을 어떤 일을 대행해 달라는 청탁으로 오해했을지 모른다는 두려움이 날 마비시켰다. 내 결백을 밝히려다가 그 아이의 죄가 드러난다면….

자살 유가족 자조 모임 사람들은 내게 허언증이 있다며 복지재단에 문제를 제기했고 결국 여자 청소년 쉼터 설립 건은 폐기되었다. 헌금이 필요했던 교회 사람들이 매주 찾아와 날 위로하고, A가 오기 전부터 머물던 아이들이 내 편을 들어도 사라진 의욕은 되살아나지 않았다. 난 남은 아이들이 함께 살 만한 거처를 찾아 모두 내보냈다. 사람이 죽은 집에 누구도 머물게 하고 싶지 않았다.

집은 다시 홀로된 나를 집어삼켰다. 벗어날 수 없는 늪, 과거의 시간이 간조한 바람처럼 불어닥쳐 자아를 풍화시키는 사막 한가운데, 아무리 창문을 열어도 어떤 노래도 들려오지 않는다. 저 너머에서 여전히 그네 벤치에 앉아 웃고 있는 남편과 수호가 보인다. 그들이 내게 복수를 하는 거라면 얼마나 좋을까. 그렇게라도 인간의 혼이 불멸하다면….

수기는 거기에서 끝난다. PSD 이미지 파일 같았다. 하나의 파일 속에 여러 겹의 이미지가 중첩되어 서로를 감추기도, 강조하기도 하면서 보는 이의 주의를 끌고 있다. 원고를 읽는 동안 윤소영은 수기 속에서 모순되는 부분들을 신문

지면 배정표 뒷장에 정리해 두었다.

"먼저 7장을 보면요. 아들이 목을 맸다고 하는데, 바로 뒤에는 아들이 의자와 함께 바닥에 쓰러져 있었다는 문장이 나와요. 목을 맨 사람이 자살에 성공하고 바닥에 넘어졌다는 게 좀 이상하지 않나요? 남편이 아들을 옮겼다는 말은 있는데 수호의 장례 얘기는 나오지 않는 것도요. 권 집사 앞에서 죽은 아들 자랑을 아무렇지 않게 하는 점도…."

"수호가 살아 있으니까 그런 거잖아요."

이야기를 가만 듣고 있던 정이 반론을 제기했다.

"모르셨어요? 자조 모임 유가족들이 들고 일어선 이유가 그거잖아요. 모임에서는 수호랑 남편이 자살을 했다고 했는데 아니었어요. 수호는 중3 때 인터넷 도박중독으로 정신병원에 강제 입원을 당하고, 그 뒤로 부모에게 배신감을 느껴서 가출을 했어요. 아들이 나간 뒤에 최문주의 남편은 교통사고로 죽었지요. 음주운전을 했지만 그게 진짜 자살인지는 당사자밖에 모르죠. 최문주 씨가 수사를 받을 무렵에 수호는 군대에 있었어요. 검색하면 나오는 내용이라서 당연히 아시는 줄 알았어요."

수기를 읽으랴 업무에 임하랴 바쁜 나머지 사실 확인을

못 했다. 휴대전화로 확인해 보니 그 말대로였다. 그러고 보니 아까 오후 카페 안에서 마녀가 도박에 눈이 먼 아들에게 죽임을 당했을 거라고 말했던 얘기를 들었던 듯도 했다.

"경조에 관한 말도 사실과 달라요. 쉼터 김희문 소장에게 전화로 확인해 봤거든요. 경조가 병원에 입원했던 일 자체가 없대요. 명우에게 맞고 그 길로 집을 나갔다더라고요. 수기처럼 최문주 씨가 극적으로 경조를 구해 낸 일 자체가 없었어요. 수기 속에서도 죄책감을 흉내 낼 뿐 항상 책임은 타인에게 미루잖아요. 은열과 육체적인 사랑을 나눴지만 그 아이는 미성년자가 아니었다. 명우의 죽음은 은열이 내 뜻을 오해해 혼자 저지른 일, 경조가 떠난 건 명우 잘못, A와의 스캔들은 그 아이의 인격적 결함 탓. 오히려 A 때문에 쉼터 사업 진행이 타격을 입어서 다른 아이들을 돌볼 기회를 잃었다는 식이죠. 수기를 읽고서 전 마녀가 연쇄살인범일 거라고 확신했어요."

혼란스러워진 윤소영은 다시 시선을 내리고 지면 배정표 뒷장에 정리된 내용을 하나씩 다시 훑었다.

마녀의 수기에는 은열이 성년이라고 묘사해 놓고, 다른 곳에는 주민등록을 신규로 발급받았다는 구절이 나왔다. 66장에서는 은열의 대학 입시를 앞두고 '1년이 남았다'고 말하거나, 명우가 경조에게 저지른 '죄의 무게'에 짓눌려 있었다는 등, 자살 유가족들 모임 사람들에게 사실만 말했다는 수수께끼 같은 말도 나왔다. 수호가 자살을 한 건 이사를 오기 전 집이었는데도, 73장에서는 청주 집을 가리켜 '사람 죽은 집'이라 칭하고 더 이상 누구도 머물게 하고 싶지 않다고도 했다.

머릿속에 번개가 쳤다.

"아니요. 진짜 수호는 죽었어요. 아이가 아버지의 가죽 허리띠로 목을 맸다고 나오는데, 발견했을 때는 바닥에 쓰러져 있다고 했잖아요. 손목은 뒤로 묶고, 제습기가 최대치로 돌아가고 있었다고요. 마녀가 주로 읽는 책들이 자살을 타살로 위장하는 소설이나, 그 반대의 경우라고 하셨지요? 그건 수호가 아버지에게 살해당한 것처럼 자살해서 그래요. 수호는 아버지가 아끼는 미술품 창고에서, 그가 잠들어 알리바이가 없을 때를 노려서 죽었어요. 제습기가 돌아가고 있었다는 걸 보면 미리 뜨거운 물을 부어두는 식으로 가죽이 수축하게 했을 거예요. 의자에 앉아 자기 목에 허리끈을 감아 고정하고 그 뒤에 자기 손목을 묶고요. 허리띠가 목을 조르자, 고통스러워하면서 의자와 함께 바닥에 쓰러졌겠지요.

그래서 부부는 죽은 아들을 발견하고도 신고하지 못했어요. 자칫했다가는 남편이 아들을 죽인 것처럼 누명을 쓸 테니까요. 과학감식으로 무죄가 밝혀져도 수호의 비정상적인 자살 기도는 사람들의 입에 오르내리겠지요. 최문주는 그걸 두려워했어요. 남들의 평가가 무엇보다 중요한 사람이었으니까. 정신병원에 강제 입원 기록이 있는 건 아마 최문주의 남편이 인맥을 통해 만든 허위 기록이었을 거예요. 애가 사고를 쳐서 학교를 쉬어야 할 것 같은데, 뭔가 사유가 필요하다는 식으로 부탁을 했을지도 모르죠. 9월 중순쯤에 사건이 발생했다고 나왔으니, 출석 일수는 채워져서 중학교 졸업장은 나왔을 테고, 치료를 위해 홈스쿨링하겠다는 식으로 학교에 말하면 고교 원서는 쓰지 않아도 돼요. 이후 1년 정도 정신병원 입원 치료 경력을 만들어 병역 면제를 받을 생각이었겠지만 남편은 계획을 다 실행하기도 전에 죽었어요. 죄책감에 못 이겨서요.

24장 첫 문단, 최문주는 봉사가 선의에서 시작하지 않았다고 했어요. 아들을 대체할 누군가가 절실했다는 의미가 아닐까요. 아들 대신 정신과 치료를 받거나, 아예 군 입대를 해줄 대상요. 입영 통지가 나왔는데도 수호가 입대하지 않으면 중학교 때 이후로 어떤 생활반응도 없는 수호와 그에 얽힌 최문주의 이상 행동들이 의심을 샀을 거예요. 그래서 은열이 수호를 대신해 주민등록증을 신규 발급받고, 입시를 치렀던 것 같아요. 아직 1년의 여유가 있다는 구절이 나오는 것도 수호가 살아 있어 고3이 되었을 나이에 은열이 대학에 진학하게 돼서 그런 거고요."

"주민등록증을 발급받을 때 지문 조회가 되잖아요."

"은열은 손에 화상 자국이 있었어요. 그게 지문 검색에 영향을 미치지 않았을까요? 아니면 애초에 은열에게는 주민등록증이 없었을 수도 있고요."

"그럼 시체는 어디에?"

"남편이 죽고 난 후 마녀는 청주로 왔고 가족 납골당을 만들었어요. 남편의 골분을 그곳에 이장하고 유골이 된 아들의 유해는 직접 수습해 옮겼을 거예요. 본인이 놓일 자리도 미리 만들어 두었다고 했으니 여유 공간도 있었겠지요.

73장에서는 사람이 죽은 이 집에 더 이상 누구도 머물게 하고 싶지 않다고 했지요? 그 말이 맞다면 명우는 경조를 죽을 만큼 때렸던 게 아니라 죽였던 거고, 그곳에는 은열이 죽인 명우의 시신도 있을 거예요. 가족 납골당은 마녀의 아들과 가짜 아들들을 숨기기에 걸맞은 장소니까요."

목소리가 컸는지 여기저기서 박수가 들렸다. 바로 옆에

서 이야기를 듣던 노신사는 쿠키까지 사주었다.

“오늘 여기서 들었던 얘기 중에 이게 세 번째로 재미있는 얘기요. 아가씨 말대로면 곧 진상이 드러나겠어. 유가족들이 곧 마녀의 시체를 묻을 테니 말이야.”

정은 리본 포장이 된 머랭 쿠키를 윤의 손에 쥐여 주었다.

“아까 경찰에 전화해 봤는데, 최문주 아들이 곧바로 찾아와 시체를 수습해 갔다고 했어요. 장례를 따로 치를 생각은 없다고도 했대요. 어때요? 지금 그 집에 같이 가볼래요? 기자님 말대로 은열이 정말 마녀의 아들 수호인지 확인해 봐요.”

“우리를 만나줄까요?”

“우린 고인이 남긴 물품을 가지고 있잖아요.”

정희연은 윤이 내려놓은 수기를 가리켰다. 의기투합한 두 사람은 손님이 몰려드는 가게를 아르바이트생에게 맡기고 마녀의 집으로 향했다. 사직사거리를 지나 대학교 병원을 거쳐 유수지 근처에 차를 주차했다. 마녀의 삼층집 담장은 깨진 계란과 포스트잇으로 지저분했다. 대문 앞은 마이멜로디와 쿠로미 같은 캐릭터 인형과 국화꽃, 편지들이 늘어서 있었다.

아줌마가 제게 주셨던 것 잊지 않을게요. 밥 맛있었어요.

저는 아줌마를 믿어요. 감사했어요.

인터넷상에서 수많은 사람이 마녀를 향해 내뱉은 악담에 비하면 하찮은 양이었지만, 마녀를 직접 겪은 이들이 찾아와 남긴 흔적이었다.

윤이 감상에 잠겨 편지를 바라보는 동안 정은 곧바로 벨을 눌렀다. 대문 안쪽 마당에서 쓰레기를 정리하던 남자가 다가왔다.

"누구시죠?"

"최문주 씨 가족 되시나요? 혹시 아드님?"

"그런데요."

마스크에 가려져 상대의 얼굴이 제대로 보이지 않았다.

"어머님께서 남기신 게 있어서 전해드리려고 왔어요."

정희연이 종이를 보이며 상황을 설명했다. 곧 문이 열렸다. 둘은 남자의 안내를 받아 마당을 가로질렀다. 집 안으로 들어선 후에야 겨우 남자의 얼굴을 제대로 볼 수 있었다. 호리호리한 체형에 뚜렷한 이목구비를 가진 미형이었다. 마스크를 현관 벽걸이에 걸어둔 남자는 거실에 가까운 쪽 방문을 두드렸다.

"명우야, 여기 마실 것 좀 가지고 와."

곧이어 190cm가 넘는 거구가 나타났다. 무게도 족히 100kg은 넘을 것 같았다.

"읽어보셨어요? 어떠셨어요? 저는 별로 재미가 없었는데."

명우가 음료를 가져오는 사이, 마녀의 아들이 물었다. 최문주가 집에 보관하던 수기의 원본을 이미 읽은 모양이었다.

"아버지가 돌아가신 뒤로 엄마는 불안증에 시달렸어요. 저는 저대로 반항하느라 어머니의 상태를 몰랐고요. 누굴 탓하겠어요."

명우가 쟁반에 오렌지 주스를 담아 와 각자의 앞에 내려놓았다. 그리고 윤의 옆에 앉아 제 몫을 벌컥벌컥 들이켰다. 마녀의 아들은 명우의 등을 두드렸다.

"엄마가 수사를 받을 때 이 자식을 찾느라 정말 고생했어요. 휴가를 받고도 제대로 쉬어본 적이 없죠. 그때는 나타나지 않더니, 엄마가 돌아가셨다는 소식을 듣고 여기로 찾아왔더라고요. 기가 막혀서."

어디까지 믿어야 할까? 이 사람은 수호일까, 은열일까. 확인하려면 손을 봐야 하는데, 남자는 아직 장갑을 벗지 않고 있었다. 잘생긴 얼굴이지만, 지나치게 우뚝한 콧날과 눈매가 인위적인 느낌도 들었다. 은열이 이 집의 아들 노릇을 제대로 하기 위해 마녀에게 받은 돈으로 성형수술을 했을지 모른다는 의심이 들었다. 어쩌면 정말 이 사람이 도박중독을 앓고 있는 수호라서 유산을 노리고 어머니를 살해했을지 모른다는 생각도 들었다. 아버지에게 맞은 분풀이로 수기 속 기괴한 자살 방법을 고안하고 실행할 인물이라면 일반적인 상식이 통하지 않을 것이다. 윤은 동요를 감추고 명함을 내밀었다.

"저도 최문주 씨가 살인을 저지를 만한 분은 아니라고 생각했어요. 돌아가셨지만 지금이라도 어머니의 결백을 밝히고 싶지 않으신지요? 도움이 되고 싶습니다."

"지금은 아무것도 생각하고 싶지 않네요. 너무 갑작스럽게, 좋지 않은 방식으로 돌아가셨잖아요. 아버지도 하루아침에 잃었었는데, 어머니까지 이렇게 되니까 혼란스럽습니다. 일단 지금은 상황을 수습하는 일에 집중하고 나중에 뭔가 정리가 되면 제 쪽에서 연락을 드릴게요."

"장례는 어떻게?"

"하지 않으려고요. 살아계실 때도 별 이상한 사람들이 찾아오는 일이 많았어요. 시신은 내일 아침 화장해서 아버지 옆에 놔드리려고 해요. 친척분들도 다 제 입장을 이해해 주셨고요."

"아줌마…."

명우가 울음을 터트렸다. 어깨를 흔들며 꺽꺽 우는 모습이 나이에 맞지 않아 작위적으로 느껴졌다. 대화를 듣고만 있던 정희연이 끼어들었다.

"카페에 오신 적이 있지요? 굉장히 낯이 익네요."

"…엄마잖아요. 걱정됐어요. 막상 가면 멀리서 보기만 하고 말은 못 걸었죠. 바보같이."

정 사장은 진작에 남자의 정체를 간파하고 있었던 것 같았다. 카페에서 주문한 음료를 건네주며 남자의 손에 있는 화상 자국을 확인했다거나 마녀의 주위를 맴도는 걸 의심스러워했을 수도 있다.

어제 했던 인터뷰가 떠오른다. 목소리가 상당히 컸었다. 카페에서 불미스러운 일이 생길까 염려된다고 하던 말은 사실 윤을 위한 게 아니라, 이야기를 지척에서 엿듣고 있던 마녀의 아들을 향한 경고였을지도 모른다. 실제로 최문주는 바로 다음 날 카페 밖에서 죽었다. 정희연이 모든 진상을 알아내고 모두를 장기 말처럼 이용해 카페 운영의 위험요소를 제거했을 가능성은 없을까. 눈앞이 흐릿해졌다. 오늘 저를 이곳에 데리고 온 목적도 이틀 동안 잘 속아준 대가로 부상 삼아 주는 기삿거리 같았다.

정 사장이 은근한 시선으로 숨소리가 거칠어지는 윤을 돌아봤다. 오른손에 쥔 휴대전화로는 모든 대화가 녹음 중이고, 경찰에도 미리 연락을 해둬서 지척에 대기 중이니 걱정 말라고 위로하는 듯한 눈빛이었다.

"아니, 아무리 그래도 다른 친척들이 장례식에 참여할 시간은 줘야지요. 뭘 그렇게 서둘러요? 가족 납골당에 뭐 숨겨놓은 거 있어요? 경조 시체 같은 거?"

울컥한 윤이 소리쳤다. 명우의 통곡이 뚝 그쳤다. 마녀의 아들까지 움찔했다.

"다 들통났으니까 이제 그만하세요. 그냥 자수하라고요."

마녀의 아들은 장갑을 벗고 음료를 들이켰다. 흉터가 없는 말끔한 손가락이었다. 깨끗한 피부에 윤소영은 충격을 받았다. 그러나 다음 순간, 그의 시선이 저를 살피고 있음을 알고 확신했다. 요즘 세상에는 화상 흉터 치료도 발달했다.

"수기를 읽어 아시겠지만, 최문주 씨는 한순간 잘못된 선택으로 모든 걸 잃었어요. 아들이 죽은 바로 그날, 진실을 마주했다면 지금도 남편과 함께 살아 있겠지요. 당신들도 마찬가지예요. 오늘 진실을 택하지 않으면 최문주 씨처럼 이 집에 갇히게 될걸요. 머리카락 한 올만 가지고도 당신이 수호인지 아닌지 확인 가능한 세상이라고요. 정말 최문주 씨 친척들이 당신 말을 믿고 장례식을 중단했을 것 같아요? 명절 동안 한 번도 얼굴을 보이지 않던 아이가 엄마가 죽자 하루 만에 시신을 화장하려 하는 걸 납득한다고요? 아마 지금쯤 다 같이 모여 회의를 하고 있지 않을까요? 내일 당장 경찰에 수사를 부탁해서 조금이라도 당신의 범죄 혐의점을 밝히려 하겠지요. 작은 증거만 있어도 상속권은 박탈돼요."

이제 윤소영은 울고 있는 명우를 가리켰다. 인중에는 콧물이 줄줄 흐르고 눈두덩이까지 부은 꼴이 못 볼 지경이었다.

"앞으로 평생 저 친구를 달고 살 자신 있어요? 바보가 아닌 이상 재도 곧 깨달아요. 당신이 절대 경찰에 고발할 수 없다는 걸요. 최문주 씨까지 죽은 마당에 경조가 어떻게 죽었는지 증언해 줄 사람이 어디 있나요? 저 친구가 당신이 경조를 죽였다고 하면 어쩔 거예요? 앞으로 남은 삶을 감옥에서 보내고 싶어요?"

"난 그러지 않아. 형은 나를 감싸준 사람인데!"

명우가 역정을 내며 윤소영의 멱살을 잡았다.

"입 다물어."

은열이 말했다. 손발이 맞아야 나쁜 짓도 할 수 있는 법이었다. 명우는 자기가 지금 무엇을 인정했는지도 모르고 멈춰 섰다. 윤이 쐐기를 박았다.

"당신은 절대로 마녀의 아들이 될 수 없어. 오늘이 지나면 유산이 아니라 마녀의 저주를 상속받는 거라고. 정신 차려."

한참 동안 입을 다물고 있던 은열이 숨과 함께 말을 토해 냈다.

"갑자기 아줌마가 돌아가셨다는 연락을 경찰에서 받아서 놀랐고 엉겁결에 아들 노릇을 한 거야. 성형수술을 받고 군대를 다녀오고, 이미 너무 많은 대가를 치러서 멈출 수 없었어. 우린 아줌마를 죽이지 않았어. 그분은 날, 우리를 인간으로 대해 줬어."

"왜 그래, 형. 경찰에 다 말할 셈이야? 싫어. 나는 자수하기 싫어."

"명우야, 정신 차려. 다 끝났어. 이 사람들도 경조가 어디 있는지 알아냈잖아. 어떻게 이 사람들 입을 막을 거야?

나는 또 어떻고? 자수하기 싫으면 도망쳐도 상관없어. 강요는 하지 않을게. 하지만 돌아가신 아줌마를 생각해 봐. 우리 일이 아니었다면 그분이 눈 속에서 그렇게 고독하게 가셨을까? 네가 정말 아줌마의 죽음을 슬퍼한다면 이제는 그분의 결백을 밝혀야 하지 않겠어?"

은열이 권유에 명우의 어깨가 늘어졌다.

10분 뒤 경찰차 한 대가 마녀의 집 앞에 도착했다. 대문을 나서기 전 은열은 최문주의 수기 원본과 노트, 일기를 챙겨서 나왔다. 그러고는 진짜 집주인의 아들처럼 남은 쓰레기를 집 밖에 내놓고, 전깃불을 끄고 안팎으로 집단속을 꼼꼼히 했다.

하늘에는 눈이 내렸다. 흩날리는 눈발에 거리는 가우시안 효과를 넣은 듯 뿌옇게 보였다. 마녀가 나왔던 꿈에서도 내렸던 눈은 어떤 죄라도 감춰주겠노라 유혹하는 듯 온 세상에 불경하게 뿌려지고 있었다. 눈보라를 뚫고 윤의 차는 카페로 돌아갔다. 진상을 확인했다는 성취감보다 불쾌한 기분이 윤소영의 입을 쓰게 했다. 명우와 은열은 진심으로 최문주를 그리워하고 추억하고 있었다. 최문주는 자기 목적에 맞는 먹잇감을 선별해 그들을 이용했을 뿐인데도. 두 사람이 마녀를 사랑한 건, 최문주가 진실한 사람이었기 때문이 아니라, 소년들의 마음에 맺힌 결핍에 원인이 있었다. 앞으로 저 둘은 어떤 삶을 살게 될까.

차 안에서 정희연이 물었다.

“기자님, 앞으로 일요 모임에 나오지 않으실래요? 실제 일어난 범죄사건이나, 미제사건에 대해 조사하고, 범죄소설도 읽는 모임이에요. 아직 윤 기자님처럼 진짜 사건을 명쾌하게 해결하신 분은 없지만 다들 잠재력은 충분해요.”

“제가 사건을 해결했다고요?”

얼떨떨해진 윤이 물었다. 정이 눈을 반짝이며 말했다.

“네, 정말 멋지셨어요. 카페에서 명쾌한 논리로 진실을 밝히고, 마녀의 집에서는 은열과 명우에게 자수를 권하셨죠. 소설 속 탐정처럼 카리스마 있었어요. 사실 저는 마녀가 진짜 살인범이라고 생각했거든요. 마녀의 집에 가자고 한 건 마녀의 아들이 얼마나 잘생겼는지 보고 싶어서였어요.”

어이가 없어진 윤소영은 코너에 차를 댔다. 자신이 그렇게 용감할 수 있었던 것은 이미 정희연이 진상을 파악해서 경찰에 연락해 두었을 거라 추측했기 때문이다. 정은 흥분에 사로잡혀 계속 떠들었다.

“탐정 행세 정말 피곤해요. 감정을 드러내서도 안 되고 알쏭달쏭한 어법을 구사해야 하지요…. 그래도 이렇게 진짜 진상을 알아내면 그간의 고생을 보답받는 기분이랄까. 처음 카페에 오셨을 때 수줍음을 많이 타시고, 어딘가 내성적인 성향을 보이셔서 딱 안락의자 탐정이라고 생각했는데, 정말 제가 드린 수기만으로 사건을 해결하셨네요."

"…스토커를 잡았잖아요."

"친구가 괴로워하길래, 연극을 해준 거예요. 전 남친이랑 헤어진 직후라서 범인이 누구인지는 빤했어요. 그런데도 계속 오리발을 내밀길래 증거를 모아서 쇼를 좀 해줬죠."

"장례식장에서 존속살인을 밝힌 건…."

"친척들이 이미 알던데요. 왜 사람들이 서로 오래 알고 지내다 보면 말은 안 해도 어느 집 애가 이상한지 느끼잖아요. 저는 그 옆 호실 장례식을 갔던 건데, 탐정이 왔다는 말을 들었는지, 갑자기 머리 허연 할아버지랑 아줌마랑 오셔서 도와달라고 하대요. 아무래도 자기네 상주가 범인 같다고요. 존속살인이 흔한 것도 아니고, 그럴 리가 있나 싶어서, 한편으로는 이참에 상주에게 얽힌 의혹을 해명할 기회나 주자는 마음에 문상객들 앞에서 친지들한테 들은 의혹들을 지적했는데, 갑자기 상주가 도망을 치는 거예요. 얼마나 황당하던지."

"유괴된 아이는 어떻게?"

"그때는 이미 제가 유명해진 뒤라서 유괴범 아내가 직접 전화를 걸어왔어요. 남편이 사고를 쳤는데, 살인범이 되지 않게 얼른 애를 구해 달라고, 자기가 경찰에 연락하면 남편이 자길 죽일지도 모른다고 하길래 도와줬지요. 그 뒤로 경찰에서 자꾸 찾아와서 이 사건 저 사건 물어보는 통에 피곤해졌어요. 일요 모임도 그래서 만들었고요."

영업 비밀을 털어놓는 정희연의 눈은 광기로 번들거렸다. 미스터리 문학을 너무 사랑하고 그 세계 안에 살고 싶지만 불가능하니 스스로 탐정 행세를 하는 애호가의 눈이었다.

탐정은 없다던 국장의 말은 틀렸다. 기이한 사건에 휘말리고 어떤 범죄라도 척척 해결하는 탐정상은 사람들의 내면에 여전히 살아 있었다. 저 영악한 장르 애호가를 찾아오는 사람들이 끊이지 않는 것도 바로 그 이유에서였다. 정희연은 대중의 기대에 부응하고자 영리한 사람들을 불러 모아 지혜를 모으며 사건을 해결하고 있었다. 아마 최문주도 비슷한 심정에서 카페에 들락거렸을 것이다. 비밀을 수기에 적어 사장에게 내밀며, 수많은 사건을 해결한 이 사람만은 제 처지를 이해해 주길 바랐겠지. 정 사장의 앞치마에 적혔던 문구가 뒷머리를 후려쳤다.

You're the detective!

사흘이 지난 크리스마스, 윤소영은 최문주 사건을 신문 사회면에 올렸다. 극적인 진상, 마녀가 남긴 수기가 다시 사람들의 관심을 받을 뻔했지만, 그날 터진 재래시장 화재와 정치인 테러가 겹치면서 단신 두 개로 묻혔다. 한 소년이 위탁가정에서 다른 소년을 죽였다는 기사와, 어머니 사후에 아들의 자살이 드러났다는 기사였다.

부서 이동은 승진과 연봉을 올려 받는 조건으로 취소했다. 오 국장이 '편집부 에이스', 남들보다 손이 빠르다고 업무 능력을 인정하는 발언을 했던 터라 진행이 쉬웠다. 오 국장은 착착 실리를 취하는 윤을 보고 입맛을 다시며 '목적을 위해 에둘러 가는 약은 놈'이였다며 '취재부에서도 한몫했겠다'는 식으로 비아냥댔다.

해가 바뀌어 서른이 된 윤소영의 삶은 작년과 비슷하게 돌아갔다. 한 해를 돌아보는 10대 뉴스가 담긴 송년호를 편집하고, 신년이 되어서는 올해 달라지는 시책들에 관한 특집면을 짰다. 공공기관 인사발령을 지면에 모두 담느라 절절매는 신입을 도와주고, 지자체 수장들의 특집 인터뷰를

총괄했다. 달라진 게 있다면 일요일마다 죽이는 커피 & 책 카페로 가서 범죄에 관한 수다를 떨게 되었다는 것, 친구들에게 승진 소식을 알리는 문자를 보냈다는 것 정도였다.

/ 타미를 찾아서

송시우

장편소설 《라일락 붉게 피던 집》, 《달리는 조사관》, 《검은 개가 온다》, 《대나무가 우는 섬》, 《구하는 조사관》, 단편집 《아이의 뼈》, 《선녀를 위한 변론》 등을 출간했다. 태국과 프랑스에 작품이 번역, 출간되었고 인권위 조사관의 활약을 그린 《달리는 조사관》은 2019년 OCN에서 동명의 드라마로 제작되어 방영되었다. 동시대성을 반영하면서도 미스터리 본연의 재미도 놓치지 않는 소설을 쓰기 위해 노력하고 있다.

1

평화로운 금요일 저녁이었다. 서행물산 총무부 임기숙 과장은 주방에 서서 콧노래를 부르며 경쾌한 몸놀림으로 배추전을 부쳤다. 이번 주 기숙은 진심으로 월급을 우러러 한 점의 부끄러움도 없이 일했다. 다양한 직장 빌런들을 상대하며 소소하게 승리하고 소소하게 상처받으면서도 끝내 살아남아 오늘에 이르렀다. 미리 점찍어 둔 넷플릭스 드라마를 보며 느긋하게 혼자만의 술자리를 즐길 생각에 기숙의 마음은 들떴다. 오늘은 제아무리 설레는 사람과의 만남도, 그 어떤 근사한 장소에서 차려지는 미쉐린 요리도 다 필요 없었다. 칼자루로 알배춧잎의 줄기 부분을 톡톡 두드려 편 뒤 묽은 부침가루 반죽을 묻힌 다음 한 장 한 장 노릇하게 부쳐 접시에 쌓으며 기숙은 침을 꼴깍 삼켰다.

거실 TV 앞 테이블에 소박한 술상이 차려졌다. 기숙이 자리를 잡고 앉자마자 기숙의 반려견, 닥스훈트 '타미'가 후다닥 달려와 기숙의 무릎에 뛰어들었다. 무릎에 실리는 익숙한 무게감. 기숙은 일상의 질서가 빈 곳 없이 채워지는 듯한 느낌을 받으며 기쁨에 젖었다.

"타미! 누나가 사랑해!"

기숙은 타미의 머리에 뽀뽀를 '쪽' 하고 TV를 켰다. 주말인 내일은 분리불안이 심한 타미를 출근길에 강아지유치원에 맡기고 퇴근길에 찾아오는 일을 하지 않아도 된다고 생각하니 마음이 그렇게 관대해질 수가 없었다. 기숙은 냉장고에서 막 꺼내 온 서울장수막걸리를 요령 좋게 흔들어 밥공기 가득 따랐다. 넷플릭스에 접속해 요즘 한참 인기 있는 드라마를 찾아 플레이 버튼을 눌렀다. 손으로 아직 따끈한 배추전을 한 줄기 쭉 찢어낸 다음 젓가락으로 집고 초간장을 찍었다. 타미도 반쯤 혼이 나간 듯 혀를 길게 내민 채 기숙이 곧 맞이할 미식의 순간을 지켜봤다.

기숙이 배추전 첫 점을 막 입으로 가져가려 할 때였다. 차임벨 소리와 함께 거실 월패드에 퉁퉁 부은 얼굴이 떴다. 기숙의 고등학교 동창, 방유경이었다. 화면 속에서 방유경은 눈물 콧물이 범벅된 얼굴을 씰룩이며 울고 있었다.

기숙은 입을 벌린 자세 그대로 동작을 멈췄다. 젓가락 사이에 끼워진 배추전 한 줄기가 허공에서 흔들렸다. 드라마는 인트로를 끝내고 이제 막 첫 장면을 펼쳐놓는 참이었다. 밥공기에 따른 생막걸리 표면에 기포가 올라와 터졌다.

아 씨. 없는 척할까?

기숙의 머리를 스친 발칙한 생각을 밀어내듯 방유경이 울며 소리치기 시작했다.

"기숙아! 엉엉엉…. 임기숙! 내 친구, 기숙아! 나 끝냈어. 엉엉. 권혁붕 그 자식이랑 완전히 끝냈다고! 엉엉엉. 닭발하고 바람이나 피는 나쁜 새끼! 엉엉엉…."

방유경의 통곡 소리가 복도를 울렸다. 기숙이 10여 년의 도전 끝에 겨우 청약에 당첨되어 생애 첫 주택담보대출로 2억7천만 원을 빌려 서울 변두리 빌라 생활을 청산하고 겨우 들어온, 경기도 K 시에 위치한 기숙의 아파트 복도를 방유경이 기숙의 이름을 들먹이며 한스러운 울음소리로 채우고 있었다.

타미가 컹컹 짖으며 현관문 쪽으로 내달렸다. 기숙은 소리 내어 젓가락을 내려놓고 곱슬머리를 한바탕 쥐어뜯은 다음 일어섰다.

현관문이 열리는 것과 동시에 방유경이 울며 들어왔다.

연노란색 원피스에 흰색 볼레로를 입고 손바닥만 한 동그란 백 하나만 달랑 어깨에 걸친 차림이었다. 방유경은 거실 소파에 몸을 던지고 쿠션에 얼굴을 박았다. 이내 콧물 훌쩍이는 소리와 함께 저주의 말이 흘러나왔다.

"권혁붕, 이 나쁜 새끼야! 네가 감히 바람을 피워? 사기꾼 좀팽이 같은 놈 기껏 사람 만들어 놨더니. 응? 개 같은 새끼. 아니 개보다 못한 새끼! 조강지처를 두고 닭발하고 바람을 피워? 지가 누구 덕분에 동 대표 회장씩이나 됐는데? 내가 죽일 거야, 너!"

화나서 하는 말이라고 해도 방유경의 한탄에는 어폐가 많았다. 일단 남자 친구 권혁붕하고는 고작 1년 남짓 사귀었을 뿐 결혼한 사이도 아니면서 조강지처 운운하는 게 맞지 않았다. 평소 이 커플의 소행으로 봤을 때 누가 누구를 사람으로 만들었다는 건지도 아리송한 말이었다. 무엇보다 사람이 닭발하고 바람을 피운다는 건 불가능하다.

금요일 저녁의 평화를 깨뜨린 불청객을 향해 타미가 소파 주변을 맴돌며 우렁차게 짖었다. 기숙은 타미를 안아 올리고 기다란 주둥이를 손으로 말아쥐었다. 거세게 꿈틀거리는 타미를 힘으로 제압하며 기숙은 불청객을 살살 달래 술상 앞에 앉혔다.

"우선 이거라도 먹고 무슨 일인지 천천히 얘기해 봐. 응?"

못 이기는 척 자리에 앉은 방유경은 고소한 기름 냄새에 콧구멍을 한번 벌름거리더니 소매를 걷었다. 그리고 기숙은 한입도 먹지 못한 배추전을 덥석덥석 먹어 치웠다. 막걸리도 한입에 한 공기를 척척 비웠다. 울고 악쓰느라 배가 고팠던 모양이었다. 먹는 속도가 점점 빨라지더니 초간장을 잔뜩 묻힌 배추전을 가슴팍에 털썩 떨궜다.

"천천히 먹어. 다 묻는다."

기숙은 티슈를 뽑아 방유경의 옷에 묻은 양념을 닦았다. 원피스 가슴께에 갈색 간장 양념이 선명하게 배었다. 방유경은 아랑곳하지 않고 남은 막걸리를 병째 입에 들이부었다.

"맥주는 없니?"

맥주와 안주를 사러 나가며 기숙은 왜 하필 이 지역 청약에 당첨이 되었는지 자신의 운명을 탓했다. 권혁붕은 하필이면 왜 이 지역 아파트에 사는 걸까. 나는 왜 방유경과 고등학교 동창인 걸까. 방유경은 왜 데이트 앱을 통해 다른 사람이 아닌 권혁붕을 만나 사귀어서 나를 힘들게 하는 걸까. 자신의 잘못이 아닌 후회가 끝도 없이 이어졌다.

방유경과는 고등학교 3학년 때 책상 같은 줄에 앉았다. 친하지는 않았다. 어떻게 인문계 고등학교에 진학했을까 싶은 생각이 들 만큼 공부를 너무나 못하는 것에 비해 과하게 낙천적인 성격이 기숙과는 맞지 않았다. 졸업하고는 자연히 만날 일이 없었는데 작년 초 지금의 아파트에 이사 와서 타미를 산책시키다가 우연히 마주쳤다.

"어머나! 이게 누구야! 임기숙?"

방유경은 기숙의 손을 부여잡고 발을 굴렀다. 눈앞의 사람이 방유경이라는 걸 알아보는 데 시간이 좀 걸렸다. 몇 번의 성형을 거친 듯 변화된 얼굴이 기억 속 얼굴과 다소 달랐기 때문이었다. 그러거나 말거나 방유경은 운명의 장난으로 연락이 끊긴 절친을 다시 만난 듯 호들갑을 떨며 같이 있던 남자를 기숙에게 소개했다. 구레나룻과 이어지는 턱수염을 기른, 건장한 체격의 남자가 빙글빙글 웃으며 손을 내밀었다. 첫눈에도 바람둥이 같은 인상의 남자였다. 나이는 마흔 언저리로 보였다. 이름은 권혁붕. 이 동네 신축 아파트에 산다고 했다. 기숙의 집과는 걸어서 20분 거리였다. 방유경은 기숙이 자기 남자 친구와 같은 동네에 산다니 앞으로 기숙을 자주 만날 수 있겠다며 좋아했다.

"두어 달 전에 저기 사거리에 닭발집 하나 생겼잖아?"

방유경이 맥주를 들이켜고 과자를 와작와작 씹으며 말했다. 허공을 쏘아보는 눈빛이 이글거렸다.

"그런가…."

기숙은 배달 앱으로 급히 주문한 보쌈과 족발 세트의 포장을 뜯으며 중얼거렸다. 도로변 상가 건물에 몇 달 전 새로 걸린 간판이 어렴풋이 떠올랐다. 흰 바탕에 검은 고딕체로 적은 '낭만닭발'. 닭발집 하면 떠오르는 기존의 이미지를 탈피하는 것에 주력한 간판이었다. 고정관념을 깬 간판이 오히려 손님을 떨어뜨리지 않을까 싶어 기숙은 시키지도 않은 남 걱정을 했었다.

"닭발집 사장, 우리 또래 나이고 싱글이래. 요새 이 동네 남자들 다 낮부터 거기 가서 닭발을 빨고 있다는 소문은 들었어. 근데 권혁붕 그 자식이 그럴 줄은 내가 알았겠냐고?"

젊은 식당 여주인과 바람난 사실혼 남편.

맞장구치기 민망할 정도로 통속적인 이야기라 기숙은 그저 듣고 있을 수밖에 없었다. 방유경은 언젠가부터 권혁붕을 남편이라고 칭했다. 주말마다 와서 같이 지내니 주말부부나 다름이 없고 여건만 되면 당장 내일이라도 결혼할 만큼 사랑하는 사이이니 이미 결혼한 거나 마찬가지라는 것이었다. 자기가 결심만 하면 그게 무엇이든 다 이루어진 걸로 치고 엉뚱한 데 열을 올리는 게 고등학생 때부터 방유경의 특징이었다. 반에서 꼴찌는 맡아두고 있는 아이가 별안간 경찰대학에 갈 거라고 선언하더니 경찰 제복이 잘 어울리는 몸을 만들기 위한 다이어트에 돌입한다던가, 당시 짝사랑하던 남학생이 미국 유학을 가면 따라가야 한다며 하루라도 늦으면 큰일 날 듯이 서둘러 여권을 만들어 두는 식이었다. 매사 열정적이었지만 원하는 것을 얻기 위해 감수해야 할 어렵고 힘든 일은 직시하지 않았고 언제나 오늘만 행복하게 살아갈 뿐 내일은 생각하지 않았다.

아무튼 아내로서 방유경은 권혁붕이 이번에 아파트 동대표 회장 선거에서 당선되는 데 물심양면으로 내조했다. 이것이 권혁붕이 장차 정치권으로 나아가는 중요한 발판이 될 거라고 생각한 방유경은 오늘 동네 곳곳을 돌아다니며 당선 인사를 했다.

얘기를 들어보니 주민들은 이번에 당선된 모 아파트 입주자대표회의 권혁붕 회장의 와이프 되는 사람이라는 방유경의 넉살을 대부분 예의 있게 받아준 모양이었다. 그러나 아파트 앞 삼미슈퍼에서 계산원 아르바이트를 하는 아주머니는 방유경을 뛰어넘는 오지랖을 부리고 말았다.

"권 회장 와이프라고? 그려? 나는 권 회장이 쩌어기 닭발집 여자하고 그렇고 그런 사이인 줄 알았더만! 호호호."

방유경은 그 자리에서 눈이 뒤집혔고, 아파트 동 대표 회장 와이프의 당선 인사는 바람난 사실혼 남편의 외도 추적극으로 장르가 바뀌었다. 마침 삼미슈퍼에는 저녁 찬거리를 사러 나온 주부들이 모여 있었고 기꺼이 방유경의 조사에 응했다. 모두들 권 회장이 요즈음 닭발집에서 거의 살다시피 하며, 권 회장과 닭발집 여자와의 사이가 아주 오묘해 보였다는 증언을 했다. 누군가는 닭발집 여자가 권 회장 아파트에 드나드는 걸 봤다는 말까지 덧붙였다. 닭발집 여자가 아파트 단지를 서성거리기에 어디로 들어가나 유심히 봤더니, 권혁붕이 사는 309동에 들어가더라는 것이다.

"잠깐, 나 질문 하나 해도 될까?"

여기서 기숙은 참지 못하고 손을 들었다.

"뭔데?"

마뜩하지 않은 기색으로 방유경은 기숙의 질문을 허락했다.

"동네 사람들이 어떻게 권혁붕을 다 알고 있는 거야? 어느 동에 사는 것까지 어떻게 알아? 난 우리 아파트 동 대표 이름 모르는데? 대부분 모르지 않아?"

"야. 혁붕이가 동네일을 그동안 얼마나 열심히 했는데! 다 알지."

방유경이 뭐 그렇게 당연한 것에 의문을 갖느냐는 듯 말했다.

기숙은 방유경에게 권혁붕에 관한 얘기를 종종 들어왔지만, 들으면 들을수록 권혁붕이 뭐 하는 사람인지는 참으로 모호했다. 방유경도 정확히는 모르는 것 같았다. '비상장주식 전문 투자 상담가'라고도 했다가 '부동산 재개발 컨설턴트' 일을 한다고도 했다가 시민단체가 설립한 무슨 연구기관에서 경제 사회학인지 시민 사회학인지를 연구하는 자리에 있다고도 했다. 최근에는 전에 말한 그런 일들은 다 부수적인 것이고 본래 직업은 '지역사회 활동가'라고 일축했다. 아파트 동 대표는 물론 주민센터 주민자치위원회 위원, 시립청소년회관 운영위원, 시립도서관 도서선정위원을 비롯하여 시민체육센터 설립촉구위원회 위원장 등의 직함을 두루 맡으며 아파트와 이 지역의 권익을 위해서라면 두 팔을 걷어붙이고 나서니 이 동네에서 권혁붕을 모르면 간첩이라는 게 방유경의 설명이었다.

"…그런 직함들은 어떻게 얻는 거야?"

서행물산 내부에서 벌어지는 사내 정치 이외 세상 물정

에는 다소 어두운 편인 기숙이 물었다.

“어떻게 얻긴. 위층 박 국장이 많이 도와주지. 얼마 전엔 박 국장과 사바사바하더니 시청에 건의해서 마을버스 노선도 바꿨잖아. 아마 그 일로 주민들이 혁붕이를 많이 알게 됐을걸.”

위층 박 국장이란, 권혁붕의 집 위층에 사는 시청 간부를 말하는 거였다. 권혁붕 전에 초대 동 대표 회장을 했다는데, 시청에서 무슨 과장직을 맡고 있다고 했다. 과장인데 왜 국장이라고 부르냐고 일전에 기숙이 방유경에게 물은 적이 있었다. 방유경은 공직자들은 한 직급 높여 불러주면 다들 좋아하고, 원래 다들 그렇게 하며, 자꾸 국장이라고 불러줘야 그 사람이 진짜로 국장이 될 수 있는 그런 원리가 있다고 답했다. 방유경은 실제로 박 국장은 이번 상반기에 있을 국장 승진심사에 목숨을 걸고 있는데, 그 점에서 권혁붕과 서로 도움을 주고받는 상생 관계를 유지하고 있다는 설명을 덧붙였다. 권혁붕의 두드러진 지역사회 활동이 곧 권혁붕을 추천한 자신의 성과로 인정됨으로써 시청에서 자신의 입지가 강화되는 효과를 노린다는 것이다. 박 국장은 부인이 부동산 투자를 착실히 한 덕에 꽤 많은 재산을 축적했다고 알려졌다. 그러면 자녀들도 일찌감치 다 결혼시켜 내보냈겠다 부부끼리 유유자적한 생활을 즐겨도 좋으련만, 어떻게든 퇴직 전까지 고위공무원 자리에 올라가고 싶은 욕심에 관직을 놓지를 못한다는 것이다. 올해부터 부인은 지방 소속기관으로 발령이 나서 주말부부 생활을 하면서도 자기 관리에 빈틈이 없었다. 철저한 자기 관리도 권혁붕과의 관계도 다 고위공무원이 되기 위한 포석이 아니겠느냐는 게 방유경의 평가였다.

"됐어. 끝났어! 방금 완전히 끝장내고 오는 길이야."

방유경이 양손에 얼굴을 묻고 흐느꼈다. 삼미슈퍼에서 권혁붕의 외도 사실을 알게 된 방유경은 바로 씩씩거리며 권혁붕의 집으로 향했다. 박 국장을 비롯한 몇몇 주민들이 권혁붕의 동 대표 회장 당선을 축하하기 위해 케이크를 사들고 와서 권혁붕의 집에 모여 있었다. 방유경은 사람들 다 보는 앞에서 권혁붕에게 닭발집 여자와의 외도 사실을 추궁하고 망신을 주며 울고불고하다가 장렬하게 이별을 통고하고 나왔다는 얘기를 길게 늘어놓았다. 자신이 얼마나 그 자리를 화끈하게 뒤집어엎었는지 생생하게 설명했다.

기숙은 방유경의 장광설을 들으며 꾸역꾸역 맥주를 따라 마셨다. 대꾸할 말이 없으니 맥주나 마시는 게 상책이었다.

"아니야, 기숙아. 나 그냥 순순히는 못 헤어져. 위자료 다 받아낼 거야. 권혁봉 그 자식 때문에 나 카드도 정지됐잖아. 오늘 안양에서 여기까지 현금 내고 버스 타고 왔다니까. 나 지금 단돈 천 원도 없어."

방유경은 다시금 결연한 표정을 지으며 티슈를 뽑아 코를 풀었다.

"카드가 왜 끊겨? 돈 빌려줬어? 사업자금 대달라 하고 돈 뜯어 가든?"

방유경은 메고 온 동그란 백을 집어 들어 기숙 앞으로 툭 던졌다. 납작한 원통형 백으로 검은 가죽 표면에 샤넬 로고가 박혀 있었다. 흔히 '샤넬 동그리백'이라고 불리는 미니 백이었다. 기숙은 구경 삼아 백의 지퍼를 열어보았다. 안에는 휴대전화와 립스틱, 손수건, 동전 몇 개뿐이었다.

"얼마 전에 이거 사주면서 곧 큰 건 터질 거라고 하잖아. 투자 진행했던 게 아주 대박 났다고. 이까짓 건 편의점 갈 때나 걸치고 다음엔 에르메스 백을 어깨가 떨어져 나갈 만큼 메고 다니게 사주겠다고 하더라니깐? 내가 그놈을 몰라? 진짜 뭐가 터지긴 한 거 같았어."

기숙은 난해한 문제를 맞닥뜨린 수험생마냥 눈에 힘을 주었다. 평소 맥락을 몇 단계씩 뛰어넘는 말을 불쑥 던지는 통에 친구들 사이에서 '불쑥쟁이'라는 별명으로 불리는 사람은 기숙이건만, 방유경에게 자신의 특징마저 잡아먹힌 기분이었다.

"권혁붕이 대박이 났는데 네 카드가 왜 끊겨?"

"곧 큰돈 들어온다고 하니까 미리 좀 썼지. 살 것 좀 사고. 돈 갚을 것도 좀 갚고. 엄마 아빠 선물도 사드리고. 야, 아무리 그래도 그렇지. 현금서비스 한 번 못 막았다고 카드 바로 끊어지는 건 또 뭐니?"

방유경은 아파트 동 대표 회장 당선 축하도 축하지만, 카드 정지를 풀 돈을 받으러 오늘 권혁붕을 찾아온 셈이었다.

"돈 들어오면 그걸 닭발하고 알콩달콩 쓰겠지? 나 에르메스 사줄 돈으로? 내 돈으로? 나 그 꼴은 못 봐! 헤어지는 건 헤어지더라도 받을 돈은 악착같이 받을 거야!"

"무슨 투자가 성공했다는 건지는 들었어?"

"대박 터질 때까지 내조는 다 내가 했는데. 고생한 년 따로 있고 돈 쓰는 년 따로 있고. 억울해!"

"얼마나 벌었대?"

"나 그냥 권혁붕 개 죽일 거야! 바람난 놈 죽이고 나도 죽지 뭐. 칼로 푹 찔러서 죽여버릴 거야! 아니, 뻥하고 찌를 거야. 뻥! 권혁뻥!"

"주식이야, 부동산이야?"

대화인지 아닌지 모를 대화가 이어지며 술병이 빠르게 비워졌다.

방유경의 푸념을 들어주며 주거니 받거니 하던 기숙은 어느새 취했다. 전쟁 같았던 한 주간의 피로가 한꺼번에 닥친 탓도 있었다. 기숙은 눈을 끔뻑끔뻑하며 졸다가 쓰러져 술상 앞에 드러누웠다.

"야, 임기숙? 자니?"

어느 순간 혼자 말하고 있다는 걸 깨달은 방유경이 물었다. 기숙은 대꾸 없이 입으로 풀무질 소리를 내뿜었다. 타미가 타박타박 발톱 소리를 내며 다가가 기숙의 옆구리에 파고들었다.

이런 기막힌 상황에서 친구라고 하나 있는 게 저 혼자 태평하게 잠들어 버리다니. 방유경은 서러움에 눈물이 핑 돌았다.

"그래, 나는 혼자야. 언제나 나는 혼자였어. 흐흑…."

방유경은 마지막 남은 맥주병을 들고 나발을 불었다. 맥주의 반은 삼키고 반은 옷에 쏟았다. 초반에 초간장 물이 든 것을 비롯하여 이 집에 있는 동안 흘린 온갖 음식 자국들로 연노란색 원피스는 엉망이 되었다.

이제 술도 떨어졌고, 기숙은 아침까지 잘 기세다.

"그래, 간다. 가! 간다고!"

방유경은 비틀거리며 일어나 동그리백을 챙겨 들었다. 현관문 쪽으로 몸을 돌리는 순간 방유경은 자신을 바라보는 어떤 시선을 느끼고 흠칫했다. 제 주인 옆에 똬리를 틀고 누운 타미가 방유경을 올려다보고 있었다. 검은 구체의 눈을 커다랗게 뜨고 방유경의 행동을 주시하는 타미.

뭐야. 지금 내 옆에, 나를 걱정하는, 깨어 있는 생명체가 있었던 거야?

"타미야!"

방유경은 큰 감동을 받았다.

"그래. 타미야. 너라도 오늘 나와 함께 있어주지 않으련?"

방유경은 타미를 집어 들고 품에 와락 안았다. 타미는 저항 없이 안겨 방유경의 뺨을 핥았다. 서러움에 가득 찼던 마음이 사르르 풀리는 듯했다. 그래, 인간 따윈 필요 없었다. 타미가 최고였다.

발길을 옮기려다 방유경은 신용카드가 정지된 사실을 알맞게 떠올렸다. 수중엔 진짜 단돈 천 원도 없는 슬픈 현실. 방유경은 타미를 내려놓고 잠든 기숙의 몸을 흔들었다.

"기숙아! 임기숙! 잠깐 일어나 봐!"

기숙은 얼마나 깊게 잠이 든 건지 꿈쩍도 하지 않았다. 방유경이 흔드는 리듬에 맞춰 고개를 도리도리 돌릴 뿐이었다. 방유경은 술기운에 지쳐 "아구구" 소리를 내며 주저앉았다. 바닥에 놓여 있는 기숙의 휴대전화가 눈에 들어왔다.

방유경은 기숙의 휴대전화 케이스에 꽂혀 있는 신용카드를 빼서 주머니에 넣었다.

뭐, 쓰고 갚으면 되니까.

방유경은 타미를 끌어안고 기숙의 집을 떠났다. 기숙은 무슨 일이 벌어지는지 모른 채 자신의 집 거실에 혼자 남아 깊은 잠을 이어갔다.

2

삼미슈퍼를 나온 방유경은 권혁붕의 집으로 뛰어갔다.

"권혁붕! 이 배신자 새끼야!"

일갈하며 들어서니 거실에 둘러앉은 예닐곱 명의 사람이 일제히 돌아봤다. 아파트 각 동 대표들이었다. 전임 동대표 회장인 박 국장도 보였다. 거실 탁자에는 '축 당선'이라고 적힌 케이크와 와인병, 와인잔이 놓여 있었고 이제 막 불어서 끈 듯 케이크에 꽂은 초 심지에서 연기가 피어나고 있었다.

그 자리의 주인공인 권혁붕이 벙찐 얼굴로 일어나 방유경을 막고 섰다.

"왜 그래? 무슨 일이야?"

"허이고, 바람이나 피우는 새끼가 회장 됐다고 좋다고 케이크를 처먹고 있네? 권혁붕이 너! 닭발집 여자하고 그렇고 그런 사이라며? 좋냐? 좋든? 아주 깨가 쏟아지든?"

권혁붕의 유들유들한 얼굴이 하얗게 질렸다. 권혁붕은 삿대질하는 방유경의 손목을 잡고 뒤에 모여 있는 사람들을 돌아보며 쩔쩔맸다.

"유경아. 나가서 얘기하자. 무슨 오해가 있는 모양인데…."

"오해? 야, 이 새끼야. 바람을 피우려거든 몰래 피울 것이지! 동네 여자들 중에 너랑 닭발 사이를 모르는 여자가 없더라? 닭발이 이 집에도 드나든다며? 응? 그랬냐?"

방유경은 권혁붕의 손을 뿌리치며 패악질 수준의 말을 쏟아부었다. 내가 너 때문에 지금 카드까지 끊기고 아무것도 남아 있지 않을 만큼 너 하나만 바라보고 내 모든 것을 바쳤건만, 네가 사람의 탈을 썼다면 내게 이럴 수가 있느냐,

이 잡놈의 새끼야 운운하며 목 놓아 소리쳤다. 급기야 동 대표들이 하나둘씩 방유경에게 다가와 진정하라고 말리는 지경에 이르렀다.

"박 국장님! 눈 시퍼렇게 뜨고 있는 마누라 놔두고 딴 여자랑 바람피우는 이런 인간은! 선거고 나발이고 동 대표 회장을 할 자격이 없습니다! 안 그렇습니까?"

방유경은 이 난리통에 혼자 꼿꼿이 자리를 지키고 앉아 있는 박 국장을 향해 말했다. 오랜만에 본 박 국장은 그간 힘든 일이라도 있었는지 살이 푹 내려앉았고 안색이 좋지 않았다. 박 국장의 변한 모습에 방유경은 그 와중에도 좀 놀랐다. 승진심사일이 아직 먼 걸로 알고 있었는데 혹시 일정이 당겨져 그사이 승진에서 미끄러졌나 싶었다.

박 국장은 퀭한 눈으로 권혁붕을 찌를 듯이 노려보았다.

"권 회장… 그런 사람이었소?"

"아니, 아니요. 아닙니다. 저기, 그러니까…."

권혁붕은 말을 더듬으며 손을 내저었다.

"이 사람이 오해하는 거라고요. 다 오해라고요. 아닙니다, 박 국장님. 그런 거."

권혁붕은 방유경의 팔을 잡고 한쪽으로 끌어냈다.

"나중에 다 설명할게. 응? 사업 때문이었다고. 제발 좀!"

권혁붕은 박 국장을 힐끔거리며 녹아내릴 듯이 움츠러들었다. 의지하며 따르는 어른 앞에서 도덕성에 치명상을 입고 궁지에 몰린 남자의 얼굴. 방유경은 내장 깊은 곳에서부터 욕지기가 올라왔다. 방유경은 권혁붕의 얼굴에 대고 어제 먹은 배추전부터 시작해서 차례차례 구토를….

"꾸에에엑…."

기숙은 구역질하는 반동으로 몸을 일으켰다. 부은 눈꺼풀이 열렸다. 거실 창문으로 밝은 햇살이 들어와 거실 탁자에 남겨진 어젯밤의 흔적을 환히 비췄다. 방유경에 빙의하여 어제 낮 권혁붕의 집 거실에서 벌어진 사건을 재현했던 장면은 싹 걷혔다. 방유경이 주민들 보는 앞에서 권혁붕을 어떻게 잡도리했는지 하도 생생하게 말하는 바람에 꿈에서 기숙은 방유경이 되었던 것이다.

"아이고, 머리야!"

일어서려다 말고 기숙은 지끈거리는 머리를 싸쥐고 주저앉았다. 바닥을 구르는 맥주병이 발에 차였다. 숙취의 고통에 신음을 내뱉으면서도 기숙은 일말의 불길함에 등골이 시원해지는 걸 느꼈다.

왜 이렇게 조용하지?

일단 방유경이 없었다. 어젯밤의 불청객은 메고 온 샤넬 동그리백과 함께 사라져 버렸다. 방유경이 언제 갔는지 기억이 나지 않았다. 하지만 기숙의 불안감을 자극하는 이 조용함의 원인은 따로 있었다. 아침에 눈을 뜨는 것과 동시에 숨이 턱 막히도록 기숙의 명치에 뛰어오르는 검은 생명체가 없는 것이다.

"타미야!"

미아를 찾는 어미의 심정으로 기숙은 방방마다 돌아다녔다. 없었다. 집 안을 몇 번이고 뱅뱅 돌면서 타미의 부재를 확인하는 기숙은 속이 탔다.

8년 동안 불안견 타미를 키우며 기숙은 타미가 차라리 없어지길 바랐던 적이 없지 않았다. 낮 동안 타미가 쉴 새 없이 짖고 하울링해대는 통에 이웃의 민원을 받고 사는 집에서 쫓겨날 위기에 처했을 때도, 타미의 불안감을 달래기 위해 한겨울에도 새벽 칼바람을 뚫고 1시간씩 산책을 시켜준 뒤 출근해야 했을 때도, 월급의 3분의 1을 들여 애견 행동교정훈련사를 고용하여 반복적이고 지난한 분리불안 교정 훈련을 해야 했을 때도, 타미가 짖고 있지 않을까 노심초사하다가 퇴근 시간이 되기 무섭게 집으로 뛰어가야 했던 그 수많은 나날 사이에서도 기숙은 잠깐 눈을 뗀 사이 타미가 알아서 사라져 줬으면 좋겠다는 생각을 한 번씩 했다.

죄책감이라는 무게가 더해진 불안감에 기숙은 이성을 잃을 지경이었다. 안절부절못하며 집 안을 서성거리다가 기숙은 문득 소리쳤다.

“야 이 씨! 방유경!”

간밤에 사라진 불청객이 타미의 소재를 알고 있을 가능성이 컸다. 타미를 멋대로 데리고 갔거나 밖에 나가게 방치했거나 둘 중의 하나이리라. 기숙은 휴대전화를 들고 방유경에게 전화를 걸었다. 통화연결음이 한참 울린 끝에 상대가 전화를 받았다.

“야! 방유경!”

“네. 방유경 씨 핸드폰입니다. 여보세요?”

수화기 저편에선 뜻밖의 남자 목소리가 흘러나왔다.

“앗. 누구세요?”

마구 쏘아붙이려던 기세를 접고 기숙은 목소리를 낮췄다.

“안녕하십니까. 저는 K 경찰서 수사과 양인덕 형사라고 합니다. 지금 사건 수사 중인데요.”

“형사님이라고요?”

"네. 경찰입니다. 그래서 말인데, 이 전화 주인인 방유경 씨와는 어떤 관계시죠?"

"아… 유경이요? 친군데요."

잃어버린 타미로 가득 차 있던 기숙의 생각은 난데없이 경찰과 통화하게 되면서 엉뚱한 곳으로 튀었다. '타미의 실종'과 '경찰'이라는 정보가 유의미하게 연결돼 버린 것이다.

"저기, 우리 타미를 찾은 건가요?"

"타미요?"

"네. 뭔 상황인지 잘은 모르겠지만 형사님이 유경이 핸드폰을 갖고 있는 게 우리 타미 때문인가 하고…."

양 형사는 2초쯤 머뭇거리다가 말했다.

"타미가 누군데요?"

"강아지요. 우리 집 개. 아침에 일어나 보니 유경이도 없고, 타미도 없어졌어요. 잃어버렸다고요."

"아, 개…."

양 형사는 잠시 통화를 제쳐두고 옆에 있는 다른 사람과 수군거렸다. 동료 형사와 같이 있는 모양이었다. "개가 없어졌대", "그럼 그 개가 그 갠가?", "그 개가 친구 개였던 거네"라는 식으로 이어지는 대화가 들렸다.

"그러니까, 어제 방유경 씨와 같이 있었다는 거죠?"

통화에 복귀한 양 형사가 물었다. 뭔가 중대한 일이 벌어진 듯한 분위기였다. 그제야 기숙은 방유경에게 무슨 일이 일어났구나 싶었다. 기숙은 어젯밤 집에서 방유경과 같이 술을 마셨고, 먼저 취해 잠들었다가 아침에 일어나 보니 방유경도 타미도 사라졌다는 설명을 했다. 양 형사는 당장 찾아가겠다며 기숙의 집 주소를 물었다. 기숙이 주소를 댔고 양 형사는 10분 안에 도착할 거라고 하며 전화를 끊었다.

기숙은 도대체 무슨 일이 벌어진 걸까 오래 생각할 시간도 없었다. 이를 닦고 세수를 하고 찬물 한 잔을 마시고 굴러다니는 술병을 겨우 치웠을 때 차임벨이 울렸다.

현관문을 열자 덩치 큰 남자 두 명이 들어왔다. 두 형사는 키도 몸집도 나이도 옷차림도 비슷해서 얼핏 봐서는 구분이 되지 않을 성싶었다. 한 명은 각진 안경테 너머의 눈두덩이 부은 듯 두둑했고, 다른 한 명은 어디 아픈 데라도 있는 것마냥 인상을 찌푸리고 있었다. 눈두덩이 두둑한 남자가 자신이 전화를 걸었던 양인덕 형사라고 했다.

"방유경 씨가 지금 어디에 있을지 짐작 가시는 곳이 있습니까?"

마실 것을 내오겠다는 기숙의 제안도 거절하고 거실 탁

자 앞에 앉으며 양 형사가 물었다.

"글쎄요. 집에 없어요?"

양 형사는 굳은 얼굴로 고개를 가로저었다. 기숙은 방유경이 집에 없다면 어디 갔을지는 자기도 모르겠다고 답하고 무슨 일 때문에 방유경을 찾는지 물었다. 양 형사는 동료 형사와 눈짓을 한번 주고받더니 말했다.

"권혁봉 씨 아시죠?"

"네. 유경이 남자 친구요. 이 근처에 사는데요."

"어젯밤에 권혁봉 씨가 누군가로부터 공격을 받아 크게 다쳤거든요. 지금 중환자실에 입원해 있습니다."

기숙은 놀라서 숨을 들이마시며 입가에 손을 모았다.

"헉! 다쳤다고요? 얼마나요? 중환자실? 심각한가요? 주… 죽어요? 죽는 거예요? 권혁봉 씨?"

"아니요. 생명에는 지장이 없을 것 같다는데. 그래도 꽤 중상이라, 죽을 수도 있었다고 하더라고요. 수술을 막 끝내서 아직 제대로 된 진술은 듣지 못한 상태고요."

양 형사와 같이 온 형사가 여전히 인상을 찌푸리며 말했다. 찌푸린 표정이 그 형사의 평소 표정인 듯했다. 말투도 시큰둥했는데, 마치 권혁봉이 죽지 않아 애석해하는 것처럼 들렸다.

"유경이가! 유경이가 그런 거예요? 형사님?"

기숙이 소리쳤다. 가슴이 뛰었고 혼란스러웠다.

'나 그냥 권혁봉 걔 죽일 거야! 바람난 놈 죽이고 나도 죽지 뭐. 칼로 푹 찔러서 죽여버릴 거야!'

어젯밤 방유경이 했던 말이 뇌리에 되살아났다.

"왜 그렇게 생각하시죠? 방유경 씨에게 그럴 만한 이유라도 있습니까?"

양 형사가 눈 사이를 좁히며 떠보는 듯한 말투로 물었다.

기숙은 답변을 늦추고 잠시 생각했다. 방유경이 비록 철없고 즉흥적이며 제멋대로이기는 해도 사람을 죽이려는 시도를 할 만한 사람은 아니라는 믿음은 있었다. 어제는 권혁봉에 대한 배신감에 세상이 끝난 듯 난리를 쳤으나 며칠 지나면 언제 그랬냐 싶게 새로운 사랑을 찾아 나설 친구인 것이다. 어느 날 하루에 잃어버린 사랑으로 그렇게 엄청난 뒤끝을 남길 친구가 아니다.

그러나 기숙은 합당한 권위에 순응하는 모범적인 민주 시민이었다. 기숙은 어제 방유경이 권혁봉의 외도를 의심하고 흥분한 상태였으며 권혁봉에게 이별을 통고한 뒤 울면서 자신의 집을 찾아왔다는 얘기를 했다. 그러나 방유경이 권혁봉을 칼로 찔러 죽일 거라는 말을 했다는 건 뺐다.

화나서 한 말이지 결코 진심은 아니었을 것이다.

"방유경 씨가 어젯밤 11시쯤 권혁붕 씨 집을 방문한 게 아파트 CCTV로 확인이 됐습니다. 개 한 마리를 안고 왔더라고요."

양 형사가 말했다.

"개! 우리 타미! 우리 타미예요. 닥스훈트죠? 까맣고 다리 짧은 애. 맞죠?"

타미를 떠올리고 기숙의 마음은 다시 타들어 갔다.

"그런 것 같습니다. 아파트에 들어가고 약 20분 뒤에 나왔는데요. 개를 안고요. 아파트 앞에 서서 2, 3분 동안 울면서 아파트를 향해 소리를 치는 듯한 장면이 찍혀 있습니다."

그 뒤 행방이 묘연하다는 얘기였다. 방유경이 사라지고 얼마 뒤 권혁붕의 신고로 119 구급대가 도착했고 집 안에서 피를 흘린 채 쓰러져 있는 권혁붕을 발견해 병원으로 후송했다. 권혁붕의 집 식탁에는 방유경이 두고 간 것으로 보이는 휴대전화가 놓여 있었다. 경찰이 증거품으로 가지고 있다가 기숙이 건 전화를 받았던 것이다.

"어머나, 세상에. 뭐라고 소리를 친 걸까요?"

"뭐, 바람피운 놈은 다 죽어도 싸다, 그런 말이죠. 한밤에 얼마나 크게 소리를 질러댔는지 그 아파트 사는 사람은 다 들었답니다."

찌푸린 인상의 형사가 말했다. 더 말 안 해도 알 만했다. 결코 방유경에게 유리한 정황은 아니었다.

양 형사는 기숙의 집을 새삼 크게 둘러보더니 물었다.

"혹시 집에 없어진 칼이 있습니까? 확인해 주시면 좋겠습니다만."

"칼이요?"

형사의 질문이 품은 의도를 간파하고 기숙은 긴장했다. 기숙은 일어나 주방으로 갔다. 형사 두 명이 바짝 따라왔다. 기숙은 부엌칼과 과일칼, 빵칼이 제자리에 있는 걸 확인했다.

"칼 다 있는데요."

기숙은 싱크대 하부장 문에 붙은 칼꽂이에 꽂은 세 종류의 칼을 형사들에게 보여줬다.

"흠… 다른 칼은 없습니까? 그게 다인가요? 확실합니까?"

찌푸린 인상의 형사가 인상을 조금 더 찌푸리며 말했다. 압박감에 밀려 기숙은 잠시 머뭇거리다가 식기를 넣어두는 싱크대 서랍을 열었다.

"나이프도 다 있어요."

기숙은 톱니가 달린 스테이크 나이프를 하나 꺼내 내밀었다.

찌푸린 인상의 형사는 가소롭다는 듯 혀를 찼다.

"아니, 이런 거 말고. 좀 날카로운 걸로 접는 칼 같은 거 없습니까? 날 길이는 그 정도 되는 걸로요."

기숙은 스테이크 나이프를 빤히 보며 생각했다. 날 길이가 10cm 남짓 될 것 같았다. 우리 집에 날 길이가 10cm 정도 되는 접는 칼이 있었던가? 기숙은 머리를 갸웃했다. 부엌에서 쓰는 칼 말고는 문구용 커터뿐이다. 등산용이나 낚시용 칼도 소지하고 있지 않다.

형사들이 실망할 것 같아 미안했지만, 기숙은 없다고 말하며 고개를 저었다.

"방유경 씨와 연락되는 즉시 여기로 전화 주십시오. 꼭이요. 아시겠죠?"

자리에서 일어서며 양 형사는 기숙에게 명함을 내밀었다.

"형사님들도 우리 타미 찾으면 바로 연락 주실 거죠? 우리 타미도 찾아보실 거죠? 그렇죠?"

현관에서 신발을 신는 형사들 뒤통수에 대고 기숙은 애

원했다.

"아, 네… 네네, 뭐 그러죠."

양 형사는 마지못한 듯 답했다.

형사들이 떠나고 기숙은 소파에 무너지듯 주저앉았다. 무서운 일이 벌어졌다. 권혁붕이 하마터면 죽을 수도 있었다고 하니 이건 최대 살인미수죄까지 적용될 수 있는 중범죄인 것이다.

방유경이 정말 권혁붕을 칼로 찌른 걸까? 죽일 생각으로? 그렇다면 그렇게 끔찍한 일을 저지르고 방유경은 지금 어디서 뭘 하고 있을까? 우리 타미는? 지금도 방유경이 타미를 데리고 있을까? 아니라면?

기숙은 거칠게 마른세수를 했다. 응접탁자에 올려둔 휴대전화가 짧게 몸을 떨었다. 손가락 사이로 기숙은 새로 온 문자메시지 내용을 읽었다.

[Web발신]

삼송카드 승인 임기숙

63,000원(일시불) 04/07 09:53

오마이독 찜질방

기숙은 문자메시지와 대치하듯 휴대전화의 액정화면을 뚫어지게 보았다. 뭔가 깨달은 기숙은 휴대전화를 집어 들어 서서히 뒤집었다.

휴대전화 케이스의 신용카드 넣는 곳이 비어 있었다.

3

오마이독 찜질방은 기숙의 집에서 버스로 네 정거장 거리에 떨어져 있는 반려견 동반 찜질방이다. 가격은 꽤 비싸지만 반려견과 함께 스파를 즐기고 하룻밤 잘 수도 있는 찜질방이 전국을 통틀어 흔하지 않으므로 기숙은 타미를 데리고 몇 번 이용해 봤다. 가장 최근에는 하릴없이 놀러 온 방유경도 데리고 가줬다.

버스에서 내려 기숙은 오마이독 찜질방까지 가는 길가에 있는 모든 걸 살폈다. 방유경이 아직 근처에 머무르며 시간을 보내고 있을지도 모른다는 희망을 품고, 거리 구석구석 빠짐없이 시선을 주었다. 상점마다 유리문 안쪽을 들여다봤고 지나는 모든 사람을 확인했으나 방유경과 타미의 모습은 보이지 않았다.

기숙은 허무한 표정으로 오마이독 찜질방을 바라보고

섰다. 한시바삐 방유경을 잡아야 했다. 중범죄자로 몰리고 있는 친구를 경찰보다 먼저 찾아내 어찌 된 영문인지 말을 들어봐야 했고, 타미와 신용카드를 무사히 돌려받아야 했다.

하지만 어떻게?

무력감에 땅이 꺼질 듯 한숨을 내쉬는 찰나였다. 막 찜질방에서 나온 여자가 말을 걸어왔다.

"타미 보호자님 아니세요?"

아래위로 트레이닝복을 입은 기숙 또래의 여자였다. 말개진 두 뺨에는 홍조가 남아 있었다. 옆에는 검은색 털이 중간중간 섞인 진한 갈색 개가 기숙을 보고 꼬리를 쳤다.

"군밤이 보호자님!"

동네 하천을 중심으로 조성된 산책길을 타미와 매일매일 산책하다 보니 기숙은 이 동네 반려견 커뮤니티에 자연스럽게 속하게 됐다. 그것은 누가 이름을 붙인 적도 없고 구성원이 정해져 있는 것도 아니지만 분명히 존재하는, 느슨한 듯 보이지만 알고 보면 끈끈한 집단이었다. 군밤이는 산책할 때마다 마주치며 근황과 정보를 주고받는 커뮤니티의 중심에 있는 개였다. 갈색 푸들과 블랙 시츄가 섞인 듯한 외모를 갖고 있는데, 특히 귀 가장자리에 검은 털이 배치된 것이 딱 껍질 일부가 탄 군밤이 연상되는 아이였다.

"군밤이, 엄마랑 같이 찜질하고 나왔어? 좋겠네? 아이고, 개운해라."

기숙은 엉거주춤 쭈그려 군밤이를 쓰다듬었다. 성격 좋은 군밤이가 하반신 전체를 흔들며 꼬리를 쳤다. 이 와중에도 개는 귀엽다.

"타미 데리러 오셨어요? 타미는 아까 가는 것 같던데."

기숙은 두더지 게임의 두더지처럼 급히 몸을 일으켜 세웠다.

"우리 타미 보셨어요?"

"아, 네…."

군밤이 보호자는 기숙의 기세에 약간 움찔했다가 말을 이었다.

"어젯밤에요. 아무리 봐도 타미처럼 보이는 애가 모르는 사람이랑 둘이 왔길래 물어봤죠. 혹시 타미 아니냐고. 그랬더니 타미 데리고 오신 분이 타미 보호자님 친구라고 하면서요. 타미 보호자님은 지금 술에 취해 집에서 자고 있다고, 깨워도 못 일어나는 상황이라고…."

기숙은 자기도 모르는 사이에 술에 취해 반려견의 돌봄을 방치한 알코올중독자가 됐다.

"그나저나 친구분 참 재밌는 분이시더라고요."

군밤이 보호자가 풋, 하고 혼자 웃고는 말했다.

"왜…요?"

기숙은 앞으로 나올 말이 겁이 났지만 물어보지 않을 수 없었다.

아니나 다를까 방유경은 반려견 찜질방에서 만난 초면의 사람을 붙잡고 권혁붕과의 관계에서부터 어제 권혁붕의 외도를 알게 된 후 벌어진 갖가지 사건 등을 미주알고주알 속도 없이 늘어놓은 모양이었다. 기숙은 대신 부끄러움을 느끼며 군밤이 보호자의 수다를 들었다.

이야기가 방유경이 기숙의 집을 나와 권혁붕의 집으로 쳐들어갔던 지점에 이르자 기숙은 긴장했다.

"…절절히 외로운 마음에 타미를 끌어안고 집을 나와 남친 집으로 갔는데, 불은 환히 켜져 있는데 남친이 없더래요."

"없었다고요?"

"네. 어디로 내뺐는지 전화도 안 받고. 혹시 어디 숨었나 하고 집을 막 뒤지고 다니다가요. 이게 다 무슨 소용인가 싫어서 다시 나왔는데, 자기 성질을 너무너무 못 이기겠더래요. 헤어지는 건 헤어지는 거고 망신이라도 줘야겠다 싶었대요. 아무튼 친구분 참 재밌는 분 같아요. 호호호."

군밤이 보호자가 웃었고 기숙은 억지로 따라 웃었다.

"그래서 그 밤에 타미를 안고, 아파트를 바라보며 고래고래 욕을 했대요. 그러고 나니 맘이 좀 후련해지면서 자기도 이제 쓸 거 쓰고 누릴 거 누리고 행복하게 살아봐야겠다, 저놈보다 더 잘 살아야겠다는 생각이 들었대요. 어쨌거나 그 시간에 당장 타미를 데리고 갈 수 있는 데를 생각해 보니 여기라서 왔다고 했어요. 그런데 와보니 핸드폰을 남친 집에 두고 왔더라지 뭐예요? 호호호."

언제나 오늘만 사는 방유경이 쓸 거 못 쓰고 누릴 거 못 누리고 산 적도 없거니와, 쓰고 누리는 건 좋다 치더라도 그걸 왜 내 카드로 쓰고 누리는 건데?

기숙은 속이 부글부글 끓었다. 군밤이는 기숙의 다리에 몸을 비비며 애교를 피우고, 군밤이 보호자는 기숙의 '재밌는 친구'처럼 살면 인생이 정말 행복할 것 같다는 등의 말을 이어가는 중에 기숙의 휴대전화로 또 하나의 문자메시지가 도착했다.

[Web발신]

삼송카드 승인 임기숙

27,500원(일시불) 04/07 10:31

나랑개랑 브런치

"야! 이 씨! 방유경!"

기숙이 사자후를 내뿜었다.

군밤이 보호자는 놀라 입을 닫았다. 군밤이가 기숙을 보며 컹컹 짖었고 지나던 사람들의 시선이 기숙을 향해 모였다.

4

기숙은 냅다 나랑개랑 브런치로 향했다. 기숙이 사는 동네에 있는 반려견 동반 브런치 카페로 반려견 커뮤니티 구성원들의 집합소 같은 곳이었다.

"27,500원이면 타미에게는 반려견 파스타 시켜주고 저는 에그 베네딕트 세트에 양송이수프까지 시켜서 알뜰하게 처먹었네. 방유경 인생 야무지게 누리고 있네. 내 카드로."

분노의 혼잣말을 중얼거리며 기숙은 뛰어가는 닥스훈트 모양의 간판을 매단 나랑개랑 브런치에 도착했다. 브런치를 즐기기에는 다소 이른 시간이었지만 부지런한 이 동네 개 보호자 네 명이 입구 쪽 테이블 두 개를 점령하고 담소를 나누고 있었다.

보호자 발치에 듬직하게 앉아 있던 골든두들이 기숙을 보고 몸을 일으켰다. 대형 솜뭉치 같은 외모에 밝은 성격이 매력적인 '노아'였다.

"타미 보호자님 오시네. 안녕하세요?"

노아의 보호자인 젊은 부부가 기숙에게 나아가려는 노아의 몸을 잡고 인사했다. 둘은 대형견의 힘에 밀려 즐겁게 비틀거리며 웃었다.

"안녕하세요."

전혀 안녕하지 못한 상황이었지만 기숙은 눈을 마주치며 인사를 나눴다.

"타미 없이 혼자 오셨네요?"

'우유'의 보호자가 무릎에 앉은 우유를 쓰다듬으며 말했다. 우유는 얼마 전 이 동네 반려견 커뮤니티에 데뷔한 7개월 된 코통 드 튈레아즈 종 개였다. 아직은 털이 짧아 몰티즈나 비숑프리제처럼 보이지만, 성견이 되면 털을 길게 길러 바닥을 쓸게 만들겠다고 보호자는 계획하고 있다.

"아, 네. 저, 그게…."

기숙이 보호자들을 각 반려견의 이름으로 기억하는 것처럼 이들도 마찬가지였다. 타미가 없는 기숙은 이 공간에서 불완전했다.

"타미는 아까 어떤 이모랑 여기 있다가 나갔는데요."

동네 미용실의 젊은 여자 원장이 토스트를 우물거리며 말했다. 미용실의 마스코트인 베들링턴 테리어 '테리'는 원장의 발치에 앉아 뒷발로 귀 뒤를 긁고 있었다. 남편과 함께 미용실을 운영하는 원장은 미용실 문을 열기 전 아침을 먹으러 들어왔다가 막 브런치 카페를 떠나는 방유경과 타미를 본 듯했다.

"우리 타미를 보셨나요!"

기숙이 외쳤다.

"타미는요. 문 열자마자 이모랑 와서 아침 맛있게 먹고 갔어요."

어느새 쟁반을 들고 다가온 카페 사장이 노아 보호자들 앞에 커피잔을 내려놓으며 말했다. 언제나 친절한 나랑개랑 브런치 카페 사장은 강아지가 잔뜩 그려진 노란색 앞치마를 두르고 환한 미소를 지어 보였다.

"뭐 먹었어요?"

"네?"

"타미랑 제 친구, 뭐 먹고 갔어요?"

"어, 음… 타미는 반려견 파스타 먹었고요. 친구분은 에그 베네딕트 세트에 양송이수프 드셨는데요. 왜요?"

카페 사장은 쟁반을 가슴에 안고 눈을 크게 떴다.

기숙은 다음으로 무슨 말을 해야 할지 몰라 머리가 멍했다. 어떻게 하면 방유경의 꼬리를 잡을 수 있을까. 그나저나 방유경이 뭘 시켜 먹었는지는 굳이 왜 물어봤을까. 이 상황에서 그걸 꼭 확인해야 했을까. 못났다. 임기숙.

"어, 어땠어요? 제 친구? 어때 보였어요?"

"뭐가요?"

바람난 애인을 칼로 찌르고 나와 돌아다니는 사람 같던가요.

기숙은 실제 하고픈 말을 입술 안으로 씹어 삼키며 머뭇거렸다.

다들 기숙의 태도가 이상하다고 느낀 것 같았다. 노아 보호자들은 커피를 마시면서, 테리 보호자는 토스트를 씹으면서, 우유 보호자는 치아바타 샌드위치 조각을 손에 든 채로 기숙과 카페 사장과의 대화에 귀를 기울였다. 순간 보호자의 무릎에 앉아 있던 우유가 샌드위치 조각을 향해 목을 뻗었다.

"우유야!"

우당탕탕 소리와 함께 샌드위치 조각이 해체되며 식탁 주변에 떨어졌다. 소스가 잔뜩 묻은 양상춧잎이 우유 보호자의 셔츠에 척 달라붙었다. 우유는 자기가 일으킨 소동에 놀라 몸을 움츠리고 눈치를 봤다.

"하하. 눈앞에 계속 들고 계시니까 못 참았나 봐요. 이걸로 닦으세요."

카페 사장이 주방에서 물수건을 가져와 내밀었다.

"아이고, 내가 못 산다. 못 살아."

우유 보호자가 물수건으로 셔츠에 묻은 소스를 닦았다. 노란색의 소스는 잘 지워지지 않고 흔적을 남겼다. 우유는 주인의 따가운 눈총을 피해 딴청을 부렸다.

그 모습을 지켜보던 미용실 원장이 뭔가 생각난 게 있는지 킥킥거리며 웃었다.

"타미 이모도 옷에 뭘 잔뜩 흘렸던데. 사장님도 봤어요?"

카페 사장이 빙그레 웃으며 고개를 끄덕였다.

"네. 주문하실 때 보니까 노란 원피스에 간장 같은 게 많이 묻었더라고요."

"초면에 말씀드려야 하나 말아야 하나 고민했어요. 빨려고 둔 옷을 잘못 입고 나오셨나? 후후."

잘못 입고 나온 게 아니라 옷을 버리고 집에 들어간 적이 없어서 그렇답니다. 어제 찜질방에서 잤거든요.

우리 타미랑, 내 신용카드를 가지고.

기숙은 머리가 지끈 아팠다.

그때 카페 문이 열리고 '베리'가 깡충거리며 들어왔다. 베리는 미니푸들과 비숑프리제의 혼종으로 추정되는 소형견으로 폐업하는 번식장에서 구조되어 보호소를 통해 입양된 아이였다.

"어? 타미 보호자님 여기 계셨네요?"

베리 보호자가 기숙을 보고 말했다. 작지만 땅땅한 체구의 베리 보호자는 크고 작은 가방 세 개를 하나는 등에 메고 하나는 어깨에 걸치고 또 하나는 손에 들었다. 각 가방에는 베리를 위한 용품이 가득 들어 있을 거였다. 베리 보호자는 이 지역 최고의 반려견계 타이거 맘이었다.

"친구분이 아까 전에 베리 이동가방 빌려 가셨는데. 언제 만나서 돌려받지요?"

베리 보호자가 엄지로 문밖을 가리키며 말했다.

"누가요? 뭘 빌려 가요?"

기숙은 순간적으로 베리 보호자의 행색을 아래위로 훑었다. 여기에 원래는 베리 이동가방까지 들고 다녔다는 말인가? 가방 세 개에 이동가방까지? 그것이 가능한가?

"여기 오다가 타미 안고 가는 친구분과 마주쳤거든요. 제가 '타미다!' 하고 아는 척하니까, 친구분이 타미 보호자님을 아느냐고 묻더라고요. 안다고 하니 저보고 이동가방 지금 안 쓰면 좀 빌려줄 수 없겠냐고 하더라고요. 타미 데리고 스타필드에 가야 한다면서. 요새 애들 가방에 넣지 않으면 차 타기 어렵잖아요. 나중에 타미 엄마에게 돌려받으면 된다고 해서 빌려드렸어요."

"스타필드요?"

기숙은 혈압이 치솟았다.

"네. 옷 사러 간다던데요."

베리 보호자는 사람들 옆에 자연스럽게 자리를 잡았다. 따로 약속을 하지 않았어도 반려견을 동반한 공간에서 만나면 자리를 함께하는 것이 이 동네 반려견 커뮤니티의 특성이었다.

"옷 사신대요? 그거, 양념 묻은 옷 갈아입으려고 하나 보다."

"저희도 오후에 한번 가볼까 했는데."

"봄옷 사려고요?"

"노아 데리고 산책 겸해서요. 신발도 하나 사고."

"전 지난주에 갔었는데. 봄 신상 많이 나왔더라고요."

반려견 동반이 가능하다는 점 때문에 반려견을 키우는 이 지역 보호자들은 특별히 살 것이 없어도 산책이나 나들이 삼아 스타필드에 자주 들렀다. 넓은 복도를 사이에 두고 끝이 보이지 않게 이어진 의류 브랜드의 화려한 간판을 떠올리고 기숙은 아찔했다. 각자의 개들을 동반하고 작정한 듯 이어지는 거대한 소비의 행렬.

실연의 고통을 핑계 삼아 스타필드를 다 사버릴 듯이 매장을 들쑤시고 다니는 방유경의 상기된 얼굴과 그 손에 들린 기숙의 신용카드.

다음 주부터 다시 시작될 전쟁 같은 직장 생활과 월급의 노예가 된 대가로 받는 쥐꼬리만 한 월급마저 카드 대금으로 빠져나가 만질 수조차 없게 되는 암담한 미래.

"안 돼!"

기숙은 소리치며 나랑개랑 카페를 뛰쳐나왔다.

5

[Web발신]

삼송카드 승인 임기숙

178,000원(일시불) 04/07 11:27

COS 스타필드점

택시를 타고 스타필드로 향해 가는 중에 문자메시지가 왔다. 택시에서 내리자마자 기숙은 스타필드 2층 COS 매장을 향해 뛰어갔다. 강아지용 유모차를 끄는 사람들, 주인을 따라 느긋하게 걷는 골든리트리버와 비숑프리제와 비글과 화이트테리어 등을 제치고 숨을 헐떡이며 뛰었다.

거의 도착할 때쯤 기숙이 손에 든 휴대전화가 진동했다.

[Web발신]

삼송카드 승인 임기숙

140,000원(일시불) 04/07 11:41

나이키 스타필드점

"아이 씨! 운동화냐?"

기숙은 몸을 돌려 3층으로 올라가는 에스컬레이터를 찾았다. 이번에 잡아야 했다. 기숙은 에스컬레이터 계단을 쿵쾅거리며 올랐다.

벽 하나를 가득 채운 나이키 로고가 눈에 들어왔다. 기숙은 복도를 크게 둘러보았다. 목표물이 보이지 않았다. 기숙은 나이키 주변 매장을 뒤지기 시작했다. 탈주범을 쫓는 형사처럼 매장을 뛰어다니는 기숙을 보고 손님들이 길을 터주며 수군거렸다.

기숙은 아레나 매장에서 범인을 잡았다.

방유경은 타미를 넣은 이동가방을 한쪽 어깨에 메고 수영복을 고르고 있었다. 어깨끈이 달린 검은색 원피스를 입고 한가롭고 여유로운 표정으로 주황색 수영복을 몸에 대보는 중이었다.

"타미야!"

기숙을 알아본 타미가 "컹" 하고 짖으며 이동가방에서 꿈틀거렸다.

"어? 기숙아. 어떻게 알고 여기…."

기숙은 방유경의 손목을 거칠게 잡아끌었다. 방유경이 왜 이러는 거냐고 소리치며 저항했으나 화가 잔뜩 난 기숙의 완력을 당해내지 못했다. 방유경은 바닥에 내려놓은 쇼핑백을 간신히 주워 들고 매장 밖으로 끌려 나왔다.

"야야! 이거 놓고 얘기해!"

주차장으로 나가는 통로 구석에서 기숙은 방유경의 손을 놓았다. 방유경이 균형을 잃고 바닥에 넘어졌다. 그러거나 말거나 기숙은 방유경의 어깨에서 이동가방을 벗겨내고 타미를 안아 들었다.

납치 아닌 납치를 당했다가 오랜만에 주인을 만난 타미가 미친 듯이 기숙의 뺨과 입을 핥았다. 기숙은 버둥거리는 타미를 품에 꽉 끌어안았다. 익숙한 타미의 냄새. 다시 내 품에 돌아온 나의 개. 몸 안에 퍼지는 안도감을 느끼며 기숙은 타미의 등 털에 얼굴을 비볐다.

"야? 내가 개만도 못해? 너무한 거 아냐?"

방유경이 일어나 무릎을 털며 구시렁거렸다.

"내놔."

기숙은 손바닥을 펼쳐 방유경의 눈앞에 내밀었다.

"뭘?"

기숙은 대답 대신 눈을 부라렸다.

방유경은 주춤하더니 이내 얼굴을 찡그렸다.

"야. 갚을 거야. 내가 떼먹을 생각으로 훔친 거겠냐? 너는 깨워도 안 일어나지 돈은 없지 외롭지. 날 바라봐 주는 존재는 이 세상에 타미밖에 없지. 그러니까 잠깐 빌린 거라고. 카드도 타미도. 권혁봉 그놈 집에 갔다가 핸드폰을 두고 오는 바람에 연락할 수도 없었다고! 치, 옜다!"

방유경은 동그리백에서 기숙의 신용카드를 꺼내 쥐고 기숙의 손바닥에 찰싹 소리가 나게 내려놓았다.

기숙은 눈살을 찌푸리며 목소리를 낮게 깔았다.

"너, 지금 무슨 일이 벌어졌는지 알기나 해?"

"그래그래. 찜질방에서 하룻밤 자고 브런치 사 먹었다. 나 혼자 자고 나 혼자 먹었냐? 타미, 네 새끼 재우고 먹였다고. 그리고 옷 한 벌 사 입고 운동화 사고. 마음이 허하잖냐. 미안하다, 미안해. 권혁봉 그놈에게 위자료 받아내서 꼭 갚을게. 응?"

천연덕스러운 방유경의 말투에 기숙은 고개를 설레설레 저었다.

"됐고. 지금 경찰이 눈에 불을 켜고 너 찾아다니고 있는 거 아냐고?"

"뭐?"

안 그래도 큰 방유경의 눈이 튀어나올 듯 커졌다.

"어머, 너무한다. 임기숙! 내 말은 한번 들어보지도 않고 경찰에 신고부터 하냐? 명색이 친구가 그럴 수 있는 거야?"

"권혁붕 어젯밤에 칼 맞았다."

방유경은 씩씩거리던 숨을 멈추고 입을 떡 벌렸다.

기숙은 오늘 아침 경찰이 찾아온 얘기를 들려줬다. 방유경의 눈에 어린 공포의 빛이 점점 커졌다. 기숙은 권혁붕이 많이 다치긴 했지만 생명에는 지장이 없다고 안심시켰다.

"내…내가 안 그랬어!"

방유경이 떨리는 목소리로 외쳤다.

"내, 내가 그런 거 아니야! 진짜야! 내가 갔을 때 혁붕이는 집에 없었어! 나, 난 만나지도 못했다고! 나, 나 아니야!"

기숙이 결백을 밝혀줄 최종 판정자라도 되는 듯 방유경은 기숙의 소매를 붙잡고 매달렸다.

"알아. 안다고. 빨리 경찰서 가서 있는 그대로 사실을 말해. 그러면 돼."

기숙은 방유경의 손을 슬며시 밀어내며 달랬다. 힐끔거리는 사람들의 시선이 신경 쓰였다. 방유경은 잔뜩 겁을 집어먹어 제정신이 아닌 듯했다.

"너, 너도 내가 그랬다고 생각하는 거지? 그렇지? 응? 나 잡혀가게 그냥 두려는 거지? 응? 나 넘기려는 거지, 경찰에? 응?"

"아니라고!"

기숙은 방유경의 손에서 쇼핑백을 낚아챘다. 기숙은 COS 쇼핑백 안에서 방유경이 어제 입었던 연노란색 원피스를 꺼내 탁, 소리를 내며 펼쳤다. 배추전을 찍어 먹은 초간장 양념을 비롯해서 갖은양념이 잔뜩 묻은 부분을 가리키며 기숙이 말을 이었다.

"너, 우리 집 나와서 찜질방이며 브런치 카페까지 이 옷 입고 다녔잖아! 음식 흘린 자국은 있어도 핏자국은 없지 않냐고 경찰에게 가서 보여줘! 네가 가까운 거리에서 권혁붕을 찔렀다면 옷에 피가 묻었을 거 아니냐고. 응?"

나랑개랑 브런치 카페에서 사람들이 방유경의 옷에 묻은 양념 자국 얘기를 꺼냈을 때, 기숙은 방유경의 무죄를 확신했다. 그전까지는 찜질방에서 피 묻은 옷을 빨았을 수도 있겠다는 생각을 했지만, 양념 자국을 계속 달고 있는 걸 보면 그건 아닐 터였다.

방유경은 눈을 끔뻑이며 연노란색 원피스를 받아 들었다. 아직 반신반의한 표정이었다.

"그리고 칼."

"칼?"

"너 칼 없잖아."

"…그게 왜?"

기숙은 길게 한숨을 쉬고, 형사들이 기숙에게 집에 있는 칼 중에 날 길이가 10cm 정도 되는 접이식 칼이 없어진 게 있는지 확인해 달라고 했던 것을 얘기했다.

"현장에 칼이 없었던 거겠지. 권혁붕 집에 있던 칼을 쓴 것도 아닌가 봐. 범인이 가져와서 다시 가져간 거야. 그래서 형사들은 네가 우리 집에서 칼을 갖고 간 게 아닐까 생각하고 내게 그런 질문을 한 거고."

기숙은 방유경의 동그리백을 가리켰다.

"그 백에 들어가려면 접이식 칼이어야 할 테니까. 하지만 우리 집에 그런 칼은 없고, 그날 너에겐 권혁붕을 찌를 칼이 없었어."

"다, 당연하지! 그런데 왜! 경찰이 왜 날 의심하는 거야? 응?"

"CCTV 상 네가 권혁붕을 마지막으로 찾아온 손님이니까. 사람들 다 듣게 길바닥에서 바람피운 놈은 죽어야 한다느니 어쩌느니 고래고래 소리도 질러댔으니 동기도 충분하고. 하지만 지금쯤이면 경찰도 진범을 잡지 않았을까 싶네. 그러니까 제발 좀 안심을 해."

"진범? 그게 누군데?"

방유경이 마음이 좀 놓이기는 했는지 호기심을 담은 말

투로 물었다.

“글쎄. 아마 같은 아파트 주민이겠지.”

기숙은 타미를 이동가방에 넣으며 무심하게 떠날 채비를 했다.

“같은 아파트 주민이라고? 무슨 말이야?”

방유경이 기숙에게 바짝 다가섰다. 충분한 설명을 들을 때까지는 기숙을 놓아주지 않을 것 같았다.

기숙은 피로감을 느꼈지만 설명을 해주기로 했다. 아마도 방유경과 대면하는 건 이게 마지막일 거라는 생각을 하니 선심을 써도 좋을 성싶었다. 그리고 친구라는 이유로 할 말을 못 하거나 돌려 말할 필요도 더는 없겠다는 생각이 들었다.

“CCTV를 보고 용의자를 너로 특정한 건 그날 외부에서 권혁붕을 찾아온 다른 손님은 없었다는 뜻 아니겠어? 그럼 범인은 아파트 같은 동 주민일 가능성이 있는 거고. 모르긴 몰라도 난 박 국장인가 뭔가 그 사람이 의심스럽네.”

“박 국장? 뜬금없이?”

“뭐, 어디까지나 내 상상이지만. 난 닭발집 여자와 바람을 피우는 사람은 박 국장이라고 생각해. 닭발집 여자가 아파트에 들락거리는 건 네 잘난 권혁붕이 집에 가는 게 아니라 주중엔 집에 혼자 있다는 박 국장 집에 가려는 거라고. 그리고…."

기숙은 방유경의 동그리백을 손가락으로 찔렀다.

"네 남친인지 남편인지 하는 권혁붕은 그걸 알아채고 박 국장을 협박해서 돈을 뜯어내고 있는 거고. 불륜 사실이 시청에 알려지면 진짜 국장 승진은 날아가는 걸 테니. 양아치가 호재를 만난 거지. 이 백 사준 돈이 어디서 났겠냐? 설마 정직하게 일해서 벌었을 거라는 생각을 하는 건 아니지? 실체도 없는 투자가 성공했다고, 진짜 그렇게 생각하는 건 아니지?"

"우리 혁붕이는 그런 사람이 아니…."

"너의 혁붕이는 그런 사람이야. 눈을 크게 뜨고, 현실을 직시하고, 지금이라도 권혁붕이 생양아치라는 걸 인정해. 물론 자기가 협박범이라는 건 숨겼을 거야. 하지만 네가 어제 박 국장도 있는 자리에서 권혁붕이 닭발집 여자와 바람을 피운다고 깽판을 치는 바람에 박 국장은 협박범의 정체를 알게 된 거지. 배신감이 얼마나 컸겠어. 칼로 찌를 만큼 분노가 폭발하지 않았을까."

"아, 아니 그런 게…."

"됐고!"

기숙은 주머니에서 만 원을 꺼내 방유경의 손바닥에 소리 나게 올려놓았다.

"택시 타고 당장 경찰서 가서 진술해! 그리고 내 카드값은 한 달 안에 갚아! 안 갚기만 해봐라. 진짜 경찰서 잡혀가서 콩밥을 먹게 만들어 줄 테니까 명심해!"

기숙은 으르렁거리듯 쏘아붙이고 타미를 담은 이동가방을 어깨에 메고 돌아섰다.

타미가 뒤에 남겨진 방유경을 보고 컹, 하고 짖었다. 방유경은 연노란색 원피스와 쇼핑백과 돈 만 원을 손에 쥐고 떠나가는 기숙의 뒷모습을 멍하니 바라보았다. 처음 보는 기숙의 단호한 모습에 단단히 놀란 것이었다.

기숙은 방유경에게 못 다한 욕을 혼잣말로 구시렁거리며 부지런히 발을 옮겼다.

/ 멸망한 세상의 셜록 홈스:
주홍색 도시

정명섭

1973년 서울에서 태어났으며, 대기업 샐러리맨과 바리스타를 거쳐 2006년 역사 추리소설 《적패》로 작가 활동을 시작했다. 일반 소설부터 동화, 청소년 소설, 논픽션까지 다양한 분야의 글을 쓰고 있다. 대표작으로는 《빙하 조선》, 《기억서점》, 《미스 손탁》, 《어린 만세꾼》, 《유품정리사: 연꽃 죽음의 비밀》, 《온달장군 살인사건》, 《무덤 속의 죽음》 등이 있으며 다양한 앤솔러지를 기획하고 참여했다. 그 밖에 웹소설 《태왕 남생》을 집필했고 웹툰 《서울시 퇴마과》를 기획했다. 2020년 《무덤 속의 죽음》으로 한국추리문학대상을 수상했다. 현재 한우작가 모임에서 활동 중이다.

"내 이름은 셜록 홈스, 대영제국에서 태어났고, 지금은 멸망한 세상 속에서 살고 있지. 설명하기에는 굉장히 복잡하지만 최대한 쉽게 해볼게. 젊은 시절에 여왕 폐하의 명령으로 런던을 공포에 떨게 만든 잭 더 리퍼를 추적했지. 그리고 화이트채플에서 드디어 놈을 붙잡았는데 알고 보니 놈이 뱀파이어였어. 놈에게 물려버리는 바람에 나도 뱀파이어가 되고 말았지. 인공 혈액을 발명해서 그걸로 어찌어찌 버텼지만 영생의 삶은 피할 수 없었지. 그래서 라이헨바흐 폭포에서 떨어졌을 때에도 살아남았고, 형을 비롯한 가족들과 왓슨이 죽은 이후에도 계속 살아남았지, 홀로 말이야. 내 얘기 잘 듣고 있니?"

어두운 밤이었고, 모닥불밖에 없긴 했지만 상대방이 고개를 끄덕거리는 건 볼 수 있었다. 몸에 걸친 검은색 망토를 추스른 셜록 홈스는 이야기를 이어갔다.

"그 이후, 전 세계를 떠돌면서 살았지. 21세기에는 대한민국으로 갔었어. 영어 원어민 교사 노릇을 하면서 여고생들과 함께 악당 뱀파이어를 붙잡았던 때가 기억나는군. 그리고 얼마 후에 세상이 멸망했어. 왜냐고? 인간들 때문이지. 환경을 마구 파괴하는 바람에 지구가 망가졌고, 기후 악화로 인해서 식량난이 발생하니까 그 문제를 해결한답시고 다른 나라를 쳐들어갔다가 핵전쟁으로 이어진 거지."

그때를 떠올린 셜록 홈스는 고개를 절레절레 저었다.

"덕분에 전 세계 인류의 90퍼센트가 넘게 사망했고, 그 이후 몇 년 사이에 생존자들의 상당수가 죽었어. 굶주림과 전염병 때문에 말이야. 지구가 엉망이 되어서 식량은 눈을 씻고 찾아봐도 없었거든. 인간들은 그걸 대파괴라고 불러. 내가 제1, 2차 세계대전과 냉전까지 모두 겪어봤지만 이런 식으로 인류가 지구를 파괴할 줄은 정말 몰랐어. 남은 인류는 여기저기 흩어져서 작은 무리를 지어서 살고 있지. 침식자들을 피해서 말이야. 너, 침식자가 뭔지 아니?"

상대방이 말없이 눈을 깜빡거리자 셜록 홈스는 답답하다는 표정을 지었다.

"에드윈 바이러스에 침식당한 사람들을 침식자라고 부르잖아. 원래는 좀비라고 불렀는데 어감이 너무 안 좋아서 침식자라고 불러. 에드윈 바이러스는 광견병과 비슷한 증상을 보이는 데다가 전염성이 강해서 한번 물리면 그대로 감염이 되어버리지. 대파괴 직후에 침식자들이 넘쳐흘렀던 적이 있었지. 그나마 남은 국가들은 그들 때문에 모두 사라져 버렸어. 뱀파이어들도 침식자들의 피를 마시면 비슷한 증상에 시달려. 지금은 침식자들이 거의 사라졌어. 왜인지 알아?"

상대방이 아무 대답도 하지 않자 셜록 홈스는 혀를 찼다.

"먹잇감이 될 인간들이 확 줄어버린 거지. 지금은 침식자들이 많이 사라졌지만 언제 또 나타날지 몰라. 그러니까 조심해야 해. 어쨌든 지금은 모든 게 사라져 버렸어. 국가도 없어지고, 과학기술도 흔적도 없이 증발했지. 살아남은 인간들은 황야로 변해 버린 땅 여기저기에 작은 도시들을 이루고 살고 있어. 도시라는 이름이 어색할 정도로 작고 초라해졌지만 말이야."

말을 끝내자 어둠 너머에서 짐승이 울부짖는 소리가 들렸다. 움찔한 셜록 홈스는 몸을 일으켜 그쪽을 살펴봤다. 무너진 아파트의 모서리에 모닥불을 피워놓아서 밖에서는 보이지 않았지만 자신도 모르게 겁이 난 것이다. 더 이상 소리가 들리지 않자 셜록 홈스는 도로 주저앉았다. 그리고 모닥불 너머에 앉아 있는 상대방에게 계속 말을 건넸다.

"참, 오래 살고 볼 일이야. 증기기관을 보고 대단하다고 생각했는데 자동차와 비행기가 나오고, 나중에는 우주까지 진출하더군. 컴퓨터랑 휴대폰은 또 어떻고? 2백 년 동안 인간은 정말 엄청나게 발전했어. 그리고 폭주하다가 망해버렸지. 뱀파이어들에게는 나쁘지 않은 상황이야. 왜냐하면 지구가 두꺼운 구름에 가려져 버리는 바람에 태양광이 엄청 약해졌거든. 그래서 대낮에도 마음껏 돌아다닐 수 있게 되었지. 물론, 피를 빨 수 있는 인간들이 엄청 줄어들긴 했지만 말이야."

시무룩해진 셜록 홈스는 모닥불 건너편에 앉아서 얌전하게 얘기를 듣는 상대방에게 말했다.

"웃기는 건 말이야. 이 와중에도 살인을 비롯한 범죄가 줄지 않았다는 거지. 어쩌면 더 늘어났을 수도 있어. 지금은 경찰도 없고, 재판 같은 것도 없으니까 말이야. 예전에는 돈을 내고 사거나 혹은 빌려야 하는 걸 이제는 간단하게 사람을 죽이거나 두들겨 패고 빼앗지. 그게 더 편하고 쉬우니까. 폐허가 된 땅에는 침식자들은 물론이고, 떠돌이들도 다니고 있지. 살인과 약탈을 아무렇지도 않게 저지르는 자들 말이야."

한숨을 쉰 셜록 홈스는 부서진 의자 조각을 모닥불에 던져 넣었다. 타닥거리며 타오르는 불똥이 튀자 상대방은 삐빅거리는 경고음을 냈다. 그 소리를 들은 셜록 홈스가 심드렁하게 대꾸했다.

"뜨겁지도 않으면서 엄살 부리지 마. 왓슨."

그에게 왓슨이라고 불린 요양 보호용 효도-173형 로봇은 하나밖에 없는 렌즈를 깜빡거렸다. 대한민국 정부에서 75세 이상 독거노인에게 지급하던 로봇이었다. 왓슨이라는 이름을 붙여줬는데 반영구적인 제라늄 연료전지에 인공지능이 탑재되어 있어서 말동무를 하고 집안일을 하기에 적합했다. 세상이 망하기 전에 대한민국에서 쭉 지냈던 셜록 홈스가 연령상으로 노인이 되면서 지급받은 것이다. 험한 세상을 살아갈 수 있도록 몇 가지 개조를 거친 후에 발로 한 번 세게 걷어찼다. 그 때문인지 가끔 엉뚱한 얘기를 하거나 삐빅거리는 소리를 낼 때가 많았다. 제대로 관리를 못 하자 주황색으로 칠한 몸통은 페인트가 벗어지고 녹이 슬었다. 그 때문인지 한쪽 발을 살짝 질질 끌었는데 그걸 보면 예전 동료인 왓슨이 아프가니스탄에서 입은 총상으로 다리가 불편했던 것이 묘하게 떠올랐다. 몇 번 더 경고음을 내던 왓슨이 갑자기 일어났다. 그리고 머리 뒤쪽에서 안테 나를 펼쳐서 주변을 살펴봤다. 셜록 홈스 역시 이상한 낌새를 채고 일어났다.

"어느 쪽이야? 왓슨."

왓슨이 고개를 돌리는 순간, 총성이 들려왔다. 왓슨은 머리 한쪽이 부서지면서 요란한 금속성 소리와 함께 뒤로 넘어졌다. 셜록 홈스 역시 가슴에서 피가 튀면서 쓰러졌다. 둘이 쓰러진 이후에도 모닥불은 여전히 타올랐다. 잠시 후, 어둠 속에서 헬멧을 쓰고 개조한 총기를 든 사람들이 여럿 나타났다. 주변을 살핀 그들은 주변에 아무도 없는 걸 확인하자 헬멧을 벗었다. 리더로 보이는 깡마른 남자가 말했다.

"가지고 있는 거 샅샅이 찾아봐."

리더의 지시를 받은 부하들이 쓰러진 셜록 홈스와 왓슨을 살폈다. 부서진 왓슨의 머리를 낡은 군화로 살짝 밟은 부하 한 명이 리더를 돌아봤다.

"대장. 로봇은 부품이 멀쩡한 게 좀 있습니다. 주황색 도시로 가져가면 제법 돈이 되겠는데요."

고개를 끄덕거린 리더는 쓰러진 셜록 홈스 쪽을 살펴보는 부하들을 돌아봤다.

"어때?"

"별거 없습니다."

"무기도 없이 황야를 가로질러 가다니, 미친놈이었네."

이해가 가지 않는다는 표정으로 고개를 절레절레 저은 리더는 부하들에게 말했다.

"어서 가자. 황야는 한밤중에 오래 머물 곳이 아니야."

부하가 부서진 로봇을 챙기다가 머리를 떨어뜨리는 바람에 큰 소리가 났다.

"조심하라고 했지."

눈을 부라린 리더에게 부하가 굽실거렸다.

"잘못했습니다."

리더가 짜증을 내면서 머리를 집었다. 그런데 뒤쪽에서 이상한 소리가 들리자 무심코 고개를 돌렸다.

"뭐, 뭐야?"

그가 본 건 총에 맞고 쓰러졌던 셜록 홈스가 부하의 목에 송곳니를 꽂은 모습이었다. 눈을 까뒤집은 부하를 본 리더가 권총을 꺼냈다.

"침식자다!"

다른 부하들도 일제히 총을 꺼내서 셜록 홈스를 향해 쐈다. 대부분은 목을 물린 부하가 맞았지만 셜록 홈스도 여러 발을 맞고 쓰러졌다. 다들 서둘러 재장전을 하는 가운데 부하 하나가 리더에게 물었다.

"침식자 같지는 않았는데요. 어찌 된 걸까요?"

"그러게."

리더의 대답이 끝나기가 무섭게 쓰러졌던 셜록 홈스가 벌떡 일어났다. 그리고 입고 있던 망토로 모닥불을 덮어서 껐다. 순식간에 어둠이 다가오고, 그 어둠 안에서 셜록 홈스가 속삭였다.

"내 정체가 궁금해?"

작게 날개가 펄럭거리는 소리가 들리고, 방금 전에 리더에게 말을 건넸던 부하가 비명을 질렀다.

"으악!"

놀란 리더가 돌아봤지만 부하는 삽시간에 사라졌다. 잠시 후, 저 멀리서 뭔가가 떨어지는 소리와 함께 부하의 비명 소리가 아련하게 들려왔다. 리더와 남은 부하들은 공포감을 못 이겨 사방으로 총을 쏴댔다. 하지만 어둠은 조용히 총알을 집어삼켰다. 총알이 떨어진 권총이 찰칵거리는 소리를 내자 리더가 흥분한 목소리로 외쳤다.

"너, 정체가 뭐야!"

리더는 바로 뒤쪽에서 느껴지는 인기척에 고개를 돌렸다. 어둠에 얼굴이 가려진 셜록 홈스가 나지막하게 대꾸했다.

"뱀파이어."

셜록 홈스가 손을 뻗어서 리더를 가리켰다. 리더는 손가락을 보고는 눈을 깜빡거렸다. 셜록 홈스가 그를 향해 말했다.

"무릎을 꿇어."

리더는 졸린 것 같은 표정으로 천천히 무릎을 꿇었다. 한쪽 무릎을 꿇은 셜록 홈스가 리더의 눈을 뚫어지게 바라봤다.

"너는 나의 노예다. 내가 시키는 대로 한다."

"저는 당신의 노예입니다. 시키는 대로 하겠습니다."

리더가 힘없이 대답하자 셜록 홈스가 말했다.

"너는 스스로 네 목을 부러뜨릴 거다."

셜록 홈스의 지시를 받은 리더는 두 손으로 스스로의 목을 잡고 힘을 줬다. 뼈가 부러지는 소리와 함께 리더는 옆으로 쓰러졌다. 쓰러진 그를 내려다본 셜록 홈스가 덧붙였다.

"그리고 탐정이지."

모닥불에서 불붙은 장작 하나를 꺼낸 셜록 홈스는 세뇌를 시켜서 죽인 리더를 비롯한 떠돌이들의 시신을 뒤져서 쓸 만한 것들을 찾았다. 하지만 나온 건 별로 없었다. 장작을 도로 모닥불에 던져 넣은 셜록 홈스가 중얼거렸다.

"하긴, 가진 게 없으니 약탈을 저질렀겠지."

떠돌이들의 시신을 뒤로한 채 셜록 홈스는 부서진 왓슨에게 다가갔다. 머리 한쪽에 난 구멍에서 연기가 새어 나왔고, 가슴에 부착된 연료전지 역시 불이 나간 상태였다. 등 뒤쪽에 달린 비상 구동 버튼을 눌러봤지만 소용이 없었다.

"젠장!"

짜증이 난 셜록 홈스는 애꿎은 땅을 발로 걷어찼다. 마른 먼지가 모닥불에 흘러들어 가면서 타닥거리는 소리를 냈다. 아까 앉았던 곳에 도로 주저앉은 셜록 홈스는 다리를 뻗으며 중얼거렸다.

"주홍색 도시로 가야겠네."

다음 날, 셜록 홈스는 부서진 왓슨을 죽은 떠돌이들의 옷을 찢어서 만든 들것에 든 채 움직였다. 한쪽은 바닥에 질질 끌리고, 날까지 더워서 짜증이 났지만 다행히 태양광은 거의 내리쬐지 않아서 걸을 만했다. 멀리 주황색 도시의 입구인 주황색 문이 보이자 걸음을 멈춘 셜록 홈스는 한숨을 쉬면서 두 손을 들었다. 문 옆에 있는 감시탑에 무기가 없다는 걸 보여줘야 했기 때문이다. 잠시 후, 감시탑에서 목소리가 들려왔다.

"누구야?"

"떠돌이요. 같이 다니던 로봇이 부서져서 수리하러 왔소이다."

"여긴 떠돌이는 출입 금지야."

"로봇만 고치고 얌전히 떠나겠습니다. 물론 비용은 지불하고요."

"잠깐 기다려."

잠시 후, 주황색 문이 열리고 총기로 무장한 감시자들이 나타났다. 철판을 두드려서 만든 갑옷과 오토바이 투구를 쓴 주민들은 셜록 홈스를 빙 둘러쌌다. 그리고 부서진 로봇과 셜록 홈스의 몸을 살펴봤다. 셜록 홈스는 어제 죽인 떠돌이 리더에게 빼앗은 권총을 건넸다. 권총을 챙긴 감시자들 한 명이 총구를 까닥거리며 말했다.

"들어가도 좋아. 하지만 말썽을 부리면 바로 추방이나 처벌이야."

대답 대신 고개를 끄덕거리고는 로봇 왓슨이 실려 있는 들것을 질질 끌고 주황색 문을 통과했다. 문 때문에 주황색 도시라고 불리는 이곳은 한반도 중부에 있는 정착지 중에서 손꼽히게 큰 곳이었다. 특히, 로봇이나 기계를 고칠 수 있는 기술자들이 많아서 기계 도시라고도 불렸다. 대파괴 이전에 있던 로봇과 기계들은 굉장히 귀중한 존재이기 때문에 그걸 수리할 수 있는 주황색 도시는 늘 방문자들로 붐볐다. 예전에는 50층이 넘는 아파트들이 빽빽하게 들어선 곳이었는데 지금은 전부 허물어진 상태였다. 그래도 몇십 미터 높이의 장벽이 생겼고, 놀이터였던 공간에 무너진 아파트의 잔해로 만든 집과 시장, 그리고 로봇과 기계를 수리하는 장인들의 작업장이 옹기종기 모여 있었다. 안정적인 정착지라서 그런지 다른 곳에서는 보기 힘든 아이들이 여럿 보였다. 황야를 달리면서 사람과 물자를 운반해 주는 증기자동차들이 줄줄이 서 있는 것도 보였다. 거대한 바퀴와 연통을 가진 증기자동차에는 기관총을 비롯해서 각종 방어용 무장들이 달려 있었다. 주변에는 이제 막 도착했는지 먼지가 잔뜩 묻은 가죽옷 차림의 드라이버들이 보였다. 드라이버들 곁에는 호기심 많은 아이들과 청년들이 어슬렁거렸다. 한때 여행을 위해 드라이버 노릇을 했던 적이 있던 셜록 홈스는 잠깐 쳐다봤다가 다시 발걸음을 옮겼다. 출입문처럼 도시 곳곳에서 주황색으로 칠한 벽과 지붕들이 많았다. 들것을 끌고 장인들이 있는 곳을 간 셜록 홈스는 그중에서 가장 나이가 들어 보이는 장인 앞에 섰다. 금이 간 돋보기를 쓰고 지저분한 러닝셔츠를 입은 장인은 셜록 홈스와 부서진 왓슨을 번갈아 보았다.

"이곳 사람은 아니군."

"선량한 떠돌이입니다."

"앞뒤가 안 맞는군. 선량한 떠돌이는 없어. 있다고 해도 죽었겠지."

퉁명스럽게 대꾸한 장인에게 셜록 홈스가 대꾸했다.

"그럼 유령이라고 하죠. 어차피 사는 것과 죽는 게 별반 차이가 없으니까요."

눈빛이 살짝 바뀐 장인이 셜록 홈스를 바라봤다.

"원하는 게 뭔데?"

"로봇을 고쳐주십시오."

머리통이 부서진 왓슨을 힐끔 본 노인이 고개를 저었다.

"머리가 작살났잖아. 저걸 어떻게 고쳐?"

"주황색 도시에서는 모든 걸 고칠 수 있다고 하지 않습니까?"

"황야를 떠도는 풍문이지. 발 없이 돌아다니는 소문들을 전부 다 믿지 말라고."

"그럼 착한 떠돌이가 없다는 얘기도 믿지 않겠습니다."

멋지게 반박한 셜록 홈스는 장인에게 금화를 하나 보여줬다. 돋보기 너머 장인의 눈빛이 달라졌다.

"떠돌이가 가지고 다닐 만한 건 아닌데?"

"로봇을 고쳐주시면 이걸 드리죠."

금화를 도로 주머니에 넣은 셜록 홈스에게 장인이 말했다.

"못해도 사흘은 걸릴 거야."

"기다리죠."

돌아서려는 그에게 장인이 물었다.

"그런데 그 비싼 금화까지 쓰면서 왜 로봇을 고치려고 하는 거지?"

부서진 왓슨을 내려다보던 셜록 홈스가 대답했다.

"친구라서요."

돌아선 셜록 홈스의 귀에 장인의 코웃음 치는 소리가 들렸다. 홀가분해진 그는 천천히 시장을 가로질러 갔다. 큰 도시라 그런지 사방에서 온 물건들이 널려 있었다. 곳곳에 감시탑이 있고, 입구의 주황색 문처럼 감시자들이 총을 든 채 경계하는 중이었다. 부서진 아파트 사이에 걸쳐놓은 나무다리 아래 총을 거래하는 비닐 천막으로 된 상점이 있었다. 등이 굽은 노인과 건장한 청년이 나란히 서서 진열대를 지켰다. 비닐을 걷고 안으로 들어간 셜록 홈스가 말없이 소총들을 보여줬다. 손잡이와 개머리판에는 원래 주인이었던 떠돌이들의 피가 묻어 있었지만 노인은 무심하게 천으로 쓱쓱 닦아냈다. 그리고 청년이 건네받고는 분해해서 총열과 노리쇠를 이리저리 살펴봤다. 입으로 후후 불어서 안에 있는 먼지를 털어낸 청년이 노인을 바라봤다. 분해된 소총들을 살펴본 노인이 셜록 홈스를 바라봤다.

"상태가 별로 좋지 않군."

"그래도 없는 거보다는 낫죠."

낮은 목소리로 대꾸한 셜록 홈스는 주머니에서 따로 챙긴 총알 한 움큼을 꺼내서 건넸다. 총알들을 나무 테이블 위에 올려놓고 이리저리 살피던 노인이 말했다.

"총알은 그나마 상태가 좋군. 먹을 걸 원하나? 아니면 금화로?"

"사나흘 여기 머물 겁니다. 숙소와 떠날 때 챙길 먹을거리가 필요합니다."

사실 뱀파이어인 셜록 홈스에게 인간이 먹는 음식들은 딱히 필요가 없었다. 하지만 떠돌이가 도시를 떠나면서 식량을 가져가지 않으면 의심을 받기 쉬웠다. 허리에 손을 올린 채 잠깐 고민하던 노인이 말했다.

“저기 뒤쪽에 있는 숙소에서 나흘 동안 지내. 식량과 물도 공급해 주지. 떠날 때는 마른 빵 다섯 개와 물 한 병 어때?”

“좋습니다.”

“내 아들이 안내해 줄 거요.”

노인 옆에 있던 건장한 청년이 따라오라는 메마른 말과 함께 뒤로 나갔다. 셜록 홈스가 나가려는데 노인이 불쑥 물었다.

“여긴 처음이시오?”

“예전에 왔었습니다만.”

사실은 굉장히 오래전이지만 그 얘기를 할 수는 없었기 때문에 애매모호하게 대꾸했다. 노인이 분해한 소총을 만지작거리며 대답했다.

“꽤 오래전에 본 거 같은데 하나도 안 늙었네.”

“잘못 보셨을 겁니다.”

가볍게 고개를 숙인 셜록 홈스는 서둘러 비닐 천막 밖으로 나갔다. 시장이 있는 놀이터 뒤쪽에는 위쪽이 무너진 아파트가 보였다. 입구로 들어가자 낡은 플라스틱 의자에 앉은 채 무릎에 총을 올려놓은 남자가 보였다. 검은색 티셔츠 차림이었는데 가슴에는 테크노 짐이라는 글씨가 희미하게 적혀 있었다. 노인의 아들이 눈짓을 하자 남자가 셜록 홈스를 힐끔 봤다. 안으로 더 들어가자 오래전 엘리베이터가 있던 통로가 보였다. 널빤지로 만든 발판들이 그곳을 대신 채우는 중이었다. 노인의 아들을 따라 계단을 올라가자 먼지가 가득한 복도에 중년의 남자가 물통이 든 외발 수레를 끌며 다가오고 있었다. 외발 수레에는 긴 막대기 하나가 꽂혀 있었다. 노인의 아들을 본 남자가 고개를 숙여서 인사를 했다. 노인의 아들은 그에게 물을 한 통 가져오라고 얘기했다. 그리고 손가락에 열쇠를 빙빙 돌리면서 걸어가던 노인의 아들이 녹이 슨 문 앞에서 멈췄다. 그리고 열쇠로 자물쇠를 풀고 문을 열면서 말했다.

"아침과 저녁에 먹을 걸 가져다 드립니다. 물은 좀 있다 한 통 가져다 드릴 테니까 그걸로 여기 지내는 동안 쓰시면 됩니다. 다 쓰고 추가로 요구하면 비용을 더 내셔야 합니다. 그리고 중간에 감시자들이 한 번 올 겁니다. 낯선 사람들은 항상 조사하거든요."

"알겠어."

"옆방에 누가 살고 있는지 관심 가지지 마세요. 여기서는 관심은 곧 도둑질로 이어져서요."

"그러지. 조용히 숨만 쉬고 지내다 가겠네."

"문단속 잘 하시고요. 문제가 생기면 우리도 골치 아프거든요."

열쇠를 던져준 노인의 아들이 자물쇠를 안쪽 걸쇠에 걸어주고는 잘 쉬라는 말을 남기고 문을 닫았다. 열쇠로 자물쇠를 채운 셜록 홈스는 며칠 동안 머물 집 안을 이리저리 살펴봤다. 예전에는 가족들이 단란하게 살았을 보금자리였던 아파트는 잔해로 변해서 떠돌이나 주민의 거처가 되었다. 화장실이었던 곳과 부엌인 곳을 살펴본 셜록 홈스는 가족사진 같은 게 걸려 있는 흔적이 남은 거실을 지나 베란다로 향했다. 베란다 쪽에는 낡고 오래된 소파가 있었다. 하지만 그런 것조차 편안한 잠자리가 된 것이 현실이었다. 소파에 털썩 주저앉은 셜록 홈스는 창밖을 바라봤다. 회백색의 두툼한 구름이 하늘을 뒤덮었다. 해는 보이지 않았지만 지구 온난화의 영향으로 인해 1년 내내 무더위가 계속되었다. 그 때문에 농사를 짓는 건 불가능했고, 바다와 하천도 오염되어서 물고기를 비롯한 해양 생물들은 싸그리 전멸했다. 그래서 물과 식량 모두 귀중한 것이 되어버린 지 오래였다. 먹고 마시기 위해서는 정말 목숨을 걸어야 하는 시대가 온 것이다.

소파에 앉아서 하염없이 생각에 잠겨 있던 셜록 홈스는

그대로 누웠다. 위쪽은 비닐과 널빤지로 얼기설기 엮은 지붕이 보였다. 어차피 비도 잘 오지 않아서 햇빛을 막는 정도면 충분했다. 집 안을 살펴보는데 갑자기 문을 두드리는 소리가 났다. 셜록 홈스가 문가로 다가가자 다시 문을 두드리는 소리와 함께 메마른 목소리가 들렸다.

“손님, 물을 가져왔습니다.”

열쇠로 문을 연 셜록 홈스 앞에 아까 복도에서 만났던 남자가 보였다. 정면에서 보자 얼굴에 크고 작은 상처가 많았다. 대파괴 이후 질병과 상처를 제대로 치료할 수 없어서 얼굴과 몸에 상처가 있는 사람들이 많았다. 한 손에 지팡이를 들고 있었는데 아까 본 외발 수레의 그 나무 막대기였다. 굽실거리던 그는 플라스틱 물통을 안으로 밀어 넣었다. 그 모습을 보며 셜록 홈스가 말했다.

“고맙네. 한 모금 마시고 주게.”

“감사합니다.”

굽실거린 남자가 조심스럽게 한 모금을 마시고 건네줬다. 잠깐 그의 눈을 본 셜록 홈스는 문을 닫고 자물쇠를 채운 다음 물통의 물을 한 모금 마셨다. 비릿한 냄새가 느껴졌지만 나름 정수를 잘했는지 마실 만했다. 물을 한 모금 더 마신 그는 소파에 누워서 잠을 청했다. 잠이 막 들려는 찰나, 갑자기 옆집에서 쿵쿵거리는 소리가 들렸다. 셜록 홈스는 그쪽을 바라봤지만 아까 들은 얘기를 떠올리며 그냥 잠을 청했다.

꿈속에서 셜록 홈스는 과거로 돌아갔다. 뱀파이어가 되고 나서 가장 궁금했던 건 꿈을 꿀 수 있느냐였다. 물론 꿈은 꾸었다. 하지만 너무 생생하고 현실적이어서 오히려 꿈을 꾸고 나면 더 지치고 힘들었다. 잭 더 리퍼가 뱀파이어가 되어버린 줄 모르고 쫓다가 물리면서 그 역시 뱀파이어가 되었다. 처음에는 어떻게든 인간으로 돌아갈 방법을 찾았다. 그래서 모리어티와 라이헨바흐 폭포에서 떨어져 죽었다고 알려진 후, 잠적해서 전 세계를 떠돌았다. 아시아의 내륙 깊숙한 곳부터 온갖 곳을 다니면서 뱀파이어의 비밀을 풀어보려고 했다. 그가 알아낸 것은 다소 충격적이었다. 뱀파이어들은 아주 오래전부터 인간들 사이에서 존재했으며, 나름대로의 규칙을 통해 자신들의 정체가 드러나는 걸 숨겼다. 나이를 전혀 짐작할 수 없는 뱀파이어의 여왕이 통치했는데 직접 만나본 그에게 절망적인 얘기를 남겼다.

"한번 뱀파이어는 영원히 뱀파이어지."

그녀의 말을 믿지 못하고 몇 년 동안 전 세계를 떠돌았지만 결국 인간으로 돌아갈 방법을 찾지 못했다. 다시 런던으로 돌아와서 탐정으로 일하면서 나이가 들어 보이게 분장했지만 결국 주변 사람들이 늙어서 죽는 것을 지켜봐야만 했다. 조수이자 동료인 왓슨과 레스트레이드 경감, 그리고 형 마이크로프트와 허드슨 부인까지 모두 죽고 난 이후에도 셜록 홈스는 여전히 살아남았다. 안타깝게도 꿈은 죽은 사람들을 보는 것이 대부분이었다. 반갑기도 했지만 깨어나면 다시 현실로 돌아온다는 사실도 동시에 깨달을 수 있었다. 그래서 셜록 홈스는 꿈을 꾸고 싶지 않았다. 하지만 동시에 오래전 친구들을 만날 수 있어서 꿈꾸기를 갈망했다.

꿈에서 막 깨어날 즈음, 셜록 홈스는 시끄럽게 문을 두드리는 소리를 들었다. 그리고 소파에서 몸을 일으킬 때 문이 안으로 부서져서 힘없이 넘어지고 말았다. 메마른 먼지들이 자욱하게 일어나는 가운데 무장한 감시자들이 들어왔다. 제일 마지막으로 불만스러운 표정을 지은 무기 상인의 아들도 보였다. 소파에서 일어난 셜록 홈스는 두 손을 들어 무기가 없다는 걸 내보이면서 물었다.

"무슨 일입니까?"

그의 물음에 대답한 건 마스크를 쓴 덩치 큰 감시자였다.

"옆집에 사는 노인이 죽었다."

팔에 노란색 완장을 두른 그의 얘기를 들은 셜록 홈스는 아까 옆방에서 들렸던 소리가 떠올랐다.

"잠들기 전에 옆방에서 뭔가 넘어지는 소리를 듣긴 했습니다. 그게 전부입니다."

노란색 완장을 두른 감시자가 성큼성큼 다가와 그를 쏘아봤다.

"거짓말하면 매질을 하고 알몸으로 쫓아낼 거야."

"정말입니다. 제가 죽였다면 진즉에 자취를 감췄겠지, 여기서 잠이나 자고 있었겠습니까?"

셜록 홈스가 목소리를 높이자 노란색 완장을 찬 감시자가 아무 말 없이 듣고 있다가 갑자기 아랫배를 주먹으로 때렸다. 크게 아프지는 않았지만 멀쩡해하면 의심받을 게 뻔했기 때문에 일부러 아랫배를 움켜쥐고 바닥을 뒹굴었다. 때린 감시자는 그런 셜록 홈스를 내려다보면서 말했다.

"뻔뻔하게 반항하는 걸 보니까 이놈이 범인임에 틀림없다. 감옥으로 끌고 가."

다른 감시자들이 쓰러진 그를 일으켜 세웠다. 이러다가

진짜 감옥에 끌려갈 수도 있다는 생각에 셜록 홈스는 다급하게 말했다.

“혀, 현장을 보여주면 누가 범인인지 찾아내겠습니다.”

하지만 노란색 완장을 찬 감시자는 들은 척도 하지 않았다. 끌려 나가기 직전 셜록 홈스가 외쳤다.

“주황색 도시에서는 이렇게 떠돌이들에게 누명을 씌우고 가진 것을 약탈합니까? 여기가 아무리 커도 떠돌이들이 물건을 사러 오지 않으면 이 도시도 쇠락하고 말 거요.”

셜록 홈스의 말에 노란색 완장을 찬 감시자가 총구를 들이댔다.

“우리는 즉결 처분을 할 수도 있어.”

“그러지 마시게.”

입구에서 들려오는 목소리의 주인공은 총을 받고 방을 빌려준 무기 상인이었다. 구부정한 자세로 걸어 들어온 그를 본 노란색 완장의 감시자가 살짝 긴장하는 게 보였다. 무기 상인이 주름진 손가락으로 셜록 홈스를 가리켰다.

“레이드 대장. 떠돌이건 뭐건 내 손님일세. 정당한 가격을 지불했고, 사람을 죽일 만한 이유가 없잖아.”

무기 상인의 말에 레이드라고 불린 감시자가 머뭇거리며 말했다.

“다른 곳은 옆집과 통하지 않습니다. 하지만 여긴 저쪽 문만 열면 오갈 수가 있거든요.”

듣고 있던 셜록 홈스가 끼어들었다.

“나는 그런 문이 있다는 걸 알지도 못했습니다.”

함께 들어온 무기 상인의 아들이 나지막하게 말했다.

“알려주지 않았어요.”

감시자 레이드가 옆집과 통하는 문으로 향했다. 쓰레기로 가득한 안방의 모서리에 작은 구멍이 나 있었다. 하지만 쓰레기들로 가득 차 있어서 사람은커녕 개도 통과하기 힘들어 보였다. 그걸 본 노인이 레이드를 노려봤다.

“이런 식으로 일 처리를 하라고 월급을 주는 건 아니라고 생각하네만.”

“죄, 죄송합니다. 여러모로 의심스러워서 끌고 가서 조사하려고 했습니다.”

레이드가 사과하는 것으로 위기는 넘겼지만 셜록 홈스는 호기심을 억누를 수 없었다.

“옆집을 좀 보고 싶은데요.”

눈살을 찌푸린 레이드가 말했다.

“봐서 뭐 하게?”

“범인 찾고 싶지 않습니까?”

셜록 홈스의 대답에 레이드는 대놓고 기분 나쁜 표정을 지으며 따라오라는 손짓을 했다. 복도로 나간 레이드는 오른쪽에 있는 옆집으로 들어갔다. 역시 문이 부서져 있었고, 감시자 한 명이 소총을 들고 지키고 있었다. 레이드를 본 감시자가 고개를 까닥거리고 옆으로 물러났다. 집 안으로 들어가자 피비린내가 풍겨왔다. 시신은 아까 셜록 홈스가 소리를 들었던 거실의 벽 맞은편에 쓰러져 있었다. 쓰러졌다기보다는 구겨져 있다는 표현이 더 맞을 정도였는데, 셜록 홈스가 한쪽 무릎을 구부리며 시신을 살펴본 결과 몸에 외상이 없었다. 40대 정도로 되어 보였고, 앙상한 머리카락에 쪼글쪼글한 피부를 가지고 있었다. 대파괴 이전이라면 한창나이였겠지만 지금은 평균 수명을 훌쩍 넘긴 상태였다. 구부러진 코에 눈썹이 짙은 편으로, 머리에 상처가 있고 피가 조금 흘러나왔는데 그건 넘어지면서 생긴 것 같았다. 집 안은 셜록 홈스가 머무는 옆방과 구조가 비슷했다. 주변을 돌아보며 무릎을 편 셜록 홈스가 감시자 레이드에게 물었다.

"이 사람은 누굽니까?"

레이드는 어깨를 으쓱거리며 말했다.

"1년째 지내고 있는 거주자야."

“혼자였습니까?”

고개를 끄덕거린 레이드가 대답했다.

“이름은 김이녹, 특별히 하던 일은 없었어.”

“여기에서 일을 하지 않고 지낼 수 있습니까?”

레이드는 무기 상인 노인을 바라봤다. 노인이 시신을 바라보며 말했다.

“금화를 여러 개 가지고 있었어.”

“얼마나 머물 수 있을 정도였습니까?”

“죽을 때까지 살 수 있을 정도로.”

“금화를 그렇게 많이 가지고 있었던 게 죽은 원인일까요?”

옆에 있는 레이드를 힐끔 본 노인이 대답했다.

“모르지. 여기도 황야만큼은 아니지만 사람들이 계속 죽어 나가고 있으니까. 하지만, 금화 때문은 아닐 거야.”

“왜요?”

“전부 나한테 맡겼거든. 하지만 연줄도 없는 노인이 이런 곳에 계속 머물고 있다는 걸 알면 누군가 탐을 낼 수도 있었을 거야.”

노인의 대답을 들은 셜록 홈스가 감시자 레이드에게 물었다.

"문은 어땠습니까?"

"부서지거나 억지로 연 흔적은 없었어."

레이드는 문을 가리며 말했다.

"집 안을 뒤진 흔적이나 싸운 흔적도 없으니 도둑 소행은 아닌 것 같습니다."

주변을 살펴보며 말한 셜록 홈스는 이곳을 관리하는 노인의 아들을 바라봤다.

"낯선 사람은?"

"여긴 낯선 사람이 못 들어옵니다. 저나 아버지 없이 혼자서는 못 들어오거든요."

입구에서 총을 들고 지키고 있던 경비병을 떠올린 셜록 홈스가 말했다.

"그렇다면 범인은 여기 안에 사는 사람이고, 죽은 사람과 안면이 있으면서도 원한을 가진 사람이겠군."

"안면이 있다는 뜻은 서로 알고 지냈다는 말인가?"

노인의 말에 셜록 홈스는 감시자가 지키고 있던 문을 바라봤다.

"문은 안에서만 열 수 있으니까요. 거기다 순순히 열어줬다는 건 아는 사람이었고, 상대방이 원한을 가지고 있다는 걸 눈치채지 못했다는 뜻이기도 합니다."

셜록 홈스의 얘기를 들은 노인이 아들을 바라봤다. 잠시 생각하던 아들이 고개를 저었다.

"1년 동안 지켜봤지만 얘기를 길게 나눈 사람도, 찾아온 사람도 없었습니다."

"정말 죽은 듯이 살았군."

"그런 셈이죠."

대답을 들은 셜록 홈스가 레이드를 바라봤다.

"그렇다면 저 사람에게 답이 있겠군요. 시신은 살펴봤습니까?"

"아직."

짧게 대답한 레이드를 뒤로하고 셜록 홈스는 천천히 시신을 살펴봤다.

"몸이 완전히 굳지 않은 걸로 봐서는 사망한 지는 오래되지 않았어. 외상이 없는 걸로 봐서는 독살이나."

눕힌 시신의 목을 살핀 셜록 홈스가 덧붙였다.

"교살입니다. 목에 졸린 흔적이 있어요."

시신이 입고 있는 낡은 셔츠의 옷깃을 펼치자 앙상한 목에 붉은 줄이 보였다. 그걸 보여준 셜록 홈스가 말했다.

"그래서 비명 소리가 나지 않고 쓰러지는 소리만 들렸군."

"손으로 목을 졸라서 죽일 정도라면 힘이 꽤 세야 할 거 같은데."

레이드의 대답을 들은 셜록 홈스가 고개를 저었다.

"손이 아니라 밧줄 같은 걸로 졸랐습니다. 흔적이 달라요."

"밧줄로 졸랐다면 어디에 걸고 당겼어야 하는데 여긴 그럴 만한 곳이 없어."

주변을 살핀 레이드의 얘기에 셜록 홈스가 말했다.

"다른 방법을 썼겠죠. 손에 상처가 없어요."

"그게 무슨 뜻이지?"

"반항을 안 했다는 얘깁니다."

"누군가 내 목에 밧줄을 걸고 당기는데 저항하지 않았다고?"

어처구니없다는 듯 콧방귀를 뀐 레이드를 무시한 셜록 홈스가 다시 시신을 꼼꼼하게 살폈다. 그러다가 오그라든 손을 살펴보고 소매를 걷었다가 깜짝 놀랐다. 손목 안쪽에 희미한 문신의 흔적을 발견했기 때문이었다. 어깨너머로 보고 있던 노인이 물었다.

"무슨 문신이지?"

"하트 모양 안쪽에 눈이 한 쌍 그려져 있어요. 환생교의 흔적 같습니다."

"환생교라면 평양 쪽에 있던 신흥 종교 집단 아니었나?"

"맞습니다. 사람이 죽으면 대파괴 이전으로 환생할 수 있다고 주장하던 종교 집단이었죠. 몇 년 전에 지도층이 분열을 일으켰고, 죽은 사람들의 가족들에게 공격을 받으면서 붕괴된 걸로 알고 있습니다."

"그게 이자의 죽음과 연관이 있을까?"

"환생교에서는 환생하려면 목이 졸려서 죽어야만 한다고 했거든요. 그 방식으로 죽은 걸 보면 죽인 자도 환생교 신도였을 겁니다."

"환생을 시키려고?"

"원한이었겠죠. 여기 와서 죽은 듯이 지낸 걸 보면 도망쳐 온 게 분명합니다."

"어떻게든 알아차리고 복수를 하러 왔군."

뒷짐을 진 노인이 셜록 홈스를 바라보며 덧붙였다.

"어떻게 들어왔을까? 여긴 외부인이 쉽게 들어올 수 없어."

"출입문은 아까 거기밖에 없습니까?"

"딱 한 군데야. 그리고 거긴 경비원이 지키고 있고, 밤이 되면 안에서 잠그고 말이야."

"여기 구조는 어떻습니까? 출입문을 제외하고 들어올 수 있는 곳은요?"

"위층은 전부 무너졌고, 4층까지 남아 있어. 1층은 무기를 비롯해서 상품들을 두는 창고로 2층과 3층은 숙소로 쓰지. 4층은 농장이고."

"농장이요?"

"날씨가 이상해서 밖에서 농작물을 못 키워. 그래서 건물에 흙을 채우고, 몇 가지 채소들을 기르고 있지. 거기도 창문이 있긴 하지만 3층과 연결되어 있지 않아."

"그럼 거긴 어떻게 드나듭니까?"

"뒤쪽에 도르래를 이용한 승강기를 만들었지. 그쪽은 벽이 없어서 2층이나 3층으로 들어갈 수 없어."

"아까 보니까 베란다가 뻥 뚫려 있던데요."

셜록 홈스의 물음에 노인이 고개를 저었다.

"그렇긴 하지만 시장 쪽에서 잘 보여. 밤중이면 모르겠지만 대낮에 누가 기어 올라가면 눈에 안 띌 수가 없지."

둘의 대화를 듣고 있던 레이드가 끼어들었다.

"환생교와 관련된 내부 사람이 범인일 수밖에 없겠군."

셜록 홈스가 가볍게 웃으며 대꾸했다.

"지금까지는 그렇습니다."

"이 건물에 있는 사람 중에 환생교 문신이 있는 자를 찾아보면 되겠네."

손짓으로 감시자들을 불러 모은 레이드가 말했다.

"지금부터 이 건물 안에 있는 자들의 손목을 살펴본다. 손목 안에 환생교 문신이 있는 자가 있는지 찾아보고 발견 즉시 체포한다."

그러고는 환생교 문신에 대해서 설명해 줬다. 지시를 받은 감시자들은 사방으로 우르르 흩어졌다. 노인은 아들에게 따라가라고 눈짓을 했다. 문밖으로 나갔던 레이드가 다시 모습을 드러내며 말했다.

"협조해 줘서 고맙네."

무기 상점의 노인과 셜록 홈스에게 깍듯하게 인사를 한 그가 밖으로 나갔다. 노인은 아들과 감시자들이 모두 나간 것을 보고는 셜록 홈스를 돌아봤다.

그 모습을 본 무기 상점의 노인이 혀를 찼다.

"무식한 놈 같으니."

"감시자들의 대장입니까?"

"그런 셈이지. 힘 좋고 사격 솜씨도 뛰어나거든. 어쨌든 손님에게 폐를 끼쳤군. 이럴 줄 알았으면 감시자들을 부르는 게 아니었는데 말이야."

"죽은 사람에 대해서 더 알려주십시오."

이제는 반듯하게 누인 시신을 본 노인이 고개를 갸웃거렸다.

"자네 얘기를 듣고 나서 그런지 이해가 안 가는 부분이 많아."

"예를 들어서요?"

"처음 만났을 때를 생각하면 겁에 질려 있었어."

"떠돌이들 중에 원한을 사지 않거나 나쁜 짓을 하지 않은 자들은 찾기 어렵죠."

"마치 누군가 바짝 쫓아오는 것처럼 굴었지. 여기에 살면서 밖으로 잘 나오지 않았고, 누구를 만나지도 않았어. 오히려 누군가 자기를 찾아오는 걸 두려워했어. 그래서 나와 아들에게도 자기가 여기 있다는 걸 아무에게도 말하지 말라고 하더군."

"복수를 당할까 봐 두려워했군요. 환생교 문제와 관련해서요."

"환생교가 그렇게 나쁜 짓을 많이 했나?"

"사람들을 환생시켜 준다며 목을 졸라 죽였죠. 가지고 있던 재산을 가로챘고, 남은 가족들을 노예로 삼았습니다. 그러다 반항할 기미가 보이면 환생시켜 준다고 하면서 또

목을 졸라 죽였고요. 결국 견디다 못한 신도들이 일제히 들고일어나면서 붕괴되었습니다. 지도부의 상당수가 죽었지만 일부는 행방을 감췄습니다. 그동안 모은 귀중품들을 가지고 말입니다."

"내가 받은 금화에서는 피비린내가 나지 않았는데 말이야."

착잡한 표정을 지은 무기 상점의 노인에게 셜록 홈스가 말했다.

"당연히 모르셨잖아요."

"그러긴 해도 찜찜한 건 어쩔 수가 없군. 어쨌든 도와줘서 고맙네. 원한다면 며칠 더 머무르게. 물도 한 병 더 가져다주라고 하겠네."

"고맙습니다. 범인이 잡히는 걸 보고 싶습니다만."

셜록 홈스의 얘기가 끝나기 무섭게 노인의 아들이 헐레벌떡 뛰어들어 왔다.

"아버지."

놀라고 당황한 아들의 표정을 본 셜록 홈스는 노인을 바라봤다.

"잡히긴 잡힌 모양이군요."

노인의 아들을 따라 1층으로 내려간 셜록 홈스는 입구에 감시자들이 잔뜩 몰려 있는 걸 봤다. 바닥에는 아까 만났던 검은색 티셔츠 차림의 경비병이 엎어져 있었다. 계단을 내려온 셜록 홈스를 본 레이드가 의기양양한 표정으로 말했다.

"범인을 잡았어."

"이자가 범인입니까?"

"손목 안쪽에 환생교 문신이 있었어."

레이드가 눈짓을 하자 감시자 하나가 쓰러진 경비병의 손목을 뒤집었다. 가까이 가서 살펴보자 죽은 김이녹과 같은 문신이 보였다. 얻어맞았는지 얼굴이 퉁퉁 부은 경비병이 애처롭게 말했다.

"억울합니다. 저는 살인자가 아니에요."

셜록 홈스가 노인을 바라봤다. 노인이 한숨을 쉬었다.

"이름은 신일준이고 몇 달 전에 고용했네. 떠돌이였다가 재작년 여기에 왔지."

"환생교 신도인 걸 아셨습니까?"

"몰랐지. 문신이 있는 것도 몰랐고."

둘이 얘기를 주고받는 사이, 레이드가 감시자들에게 신일준이라는 경비병을 일으켜 세우라고 지시했다. 양쪽 팔이 잡힌 채 끌려 일어난 신일준이 애원했다.

"어르신, 저는 죽이지 않았습니다. 억울합니다."

그런 신일준에게 다가간 레이드가 아까 셜록 홈스에게 했던 것처럼 아랫배를 한 대 후려쳤다. 그리고 연이어 정강이를 걷어찼다. 신일준이 비명을 지르며 몸을 비비 꼬았다. 코웃음을 친 레이드가 말했다.

"감시자의 탑으로 끌고 가. 자백을 받고 처벌한다."

감시자들이 억울하다고 외치는 신일준을 질질 끌고 사라졌다. 레이드가 노인에게 정중하게 말했다.

"새 경비병을 구하셔야겠군요."

레이드가 사라지자 노인의 표정이 어두워졌다.

"그럴 놈이 아닌데."

"범인이 아니라는 뜻입니까?"

"내가 떠돌이인 저놈을 왜 고용한 줄 알아?"

셜록 홈스가 고개를 젓자 노인이 대답했다.

"멍청해서 그래. 원한은커녕 어제 일도 제대로 기억하지 못해. 그냥 시키는 일만 죽어라 하지. 그러니까 하루 종일 여기 앉아서 지나가는 사람들을 감시할 수 있던 거였지."

"그것도 그렇지만 범인이라고 하기에는 이상한 점이 하나 더 있습니다."

"뭔가?"

"만약 김이녹이 환생교 교인들을 피해서 여기 숨어 있던 것이라면 같은 교인이 경비병으로 있는 이곳에 있을 이유가 없죠. 더군다나 죽일 원한을 가진 자라면 말입니다."

"교단의 지도부라면 일개 교인을 못 알아볼 수도 있지. 궁금해하는 것 같은데 자네가 진범을 찾아줄 수 있겠나?"

"제가요?"

"30년 전쯤에."

잠깐 얘기를 멈춘 노인이 아들에게 상점으로 가보라고 말했다. 아들이 서둘러서 자리를 뜨자 노인이 말을 이어갔다.

"여기에서 기묘한 사건이 하나 벌어졌지. 당시 도시의 지배자 중 한 명인 김종아가 갑작스럽게 죽는 일이 있었지. 편지를 받고 죽은 건데 편지 내용이 도통 이상했단 말이지. 다들 어쩔 줄 몰라 하는데 이곳을 지나가던 떠돌이 하나가 편지 내용을 해석했어. 암호로 적혀 있던 건데 한번 보고 풀어낸 거지. 그때, 편지를 해석한 떠돌이가 딱 자네랑 비슷하게 생겼던 걸로 기억해."

"30년 전이었다면 그 떠돌이는 죽었을 겁니다."

대수롭지 않게 대답한 셜록 홈스가 덧붙였다.

"황야를 떠돌면 그렇게 오래 살지 못하니까요."

"그렇겠지. 어쨌든 그때 일이 떠오르는군. 자네가 좀 해결해 주게. 멍청해서 시키는 일만 하는 경비병을 또 찾기는 어렵거든."

잠깐 고민하던 셜록 홈스가 노인에게 말했다.

"감시자의 탑에 가서 경비원을 만나보겠습니다."

"고맙네. 감시자의 탑은 밖으로 나가서 오른쪽으로 좀 걸으면 나오네. 내 소유의 아파트에서 벌어진 사건이니까 방해하지는 못할 거야."

"레이드가 별로 좋아하는 것 같지 않던데요."

"힘만 세지 머리가 나빠서 그래. 예전에는 머리를 쓰는 게 필요했지만 요즘은 힘만 세면 되니까 저런 놈들이 득세하는 거지. 여기는 내가 꽉 잡고 있는 곳이야. 그러니까 걱정 말게."

"그럼 갔다 오겠습니다. 시신은 다시 살펴봐야 하니까."

셜록 홈스의 얘기를 들은 노인이 딱 잘라 말했다.

"그대로 놔두겠네."

"고맙습니다. 그리고 2층과 3층에 누가 사는지, 그리고 사건이 일어났을 때 어디에 있었는지도 알아봐 주십시오."

"돌아오는 대로 알 수 있게 해주지."

얘기를 마친 셜록 홈스는 밖으로 나왔다. 아까보다 따가워진 햇살이 은근 불쾌했지만 망토에 달린 후드를 써서 빛을 가렸다. 예전에 자전거와 사람들이 다녔을 아파트 안의 도로는 모두 파헤쳐져서 맨땅이 드러났다. 군데군데 웅덩이가 보였고, 아이들이 거기에서 물을 퍼내는 중이었다. 오염된 땅의 물이라서 그걸 마시면 오래 살지 못하지만 그것조차 마음 놓고 마실 수 없는 것이 지금의 삶이었다. 그들 사이를 지나치는데 빡빡머리 아이들 몇 명이 나타나서 물을 퍼내고 있는 아이들에게 시비를 걸었다. 우리 거라는 말에 구멍이 난 티셔츠를 입은 아이 하나가 발끈해서 소리쳤다.

"땅에서 솟아나는 물이 왜 너희들 건데?"

그러자 빡빡머리 아이들은 그 아이를 바닥에 쓰러뜨린 다음에 마구잡이로 두들겨 팼다. 주변의 어른들은 신경도 쓰지 않았다. 걸음을 멈춘 셜록 홈스가 다가가자 빡빡머리 중 하나가 소매에서 짧은 칼을 꺼냈다.

"그냥 가요, 아저씨. 칼 맞기 싫으면."

셜록 홈스는 아이의 눈을 똑바로 바라봤다. 세뇌가 된 아이의 눈빛이 힘없이 풀렸다.

"가서 대장을 찔러. 죽이지는 말고."

고개를 끄덕인 빡빡머리 아이는 돌아서서 대장으로 보이는 아이의 등을 살짝 찔렀다. 놀란 아이가 돌아보자 다시 허벅지를 찔렀다.

"너! 미쳤어."

놀란 대장이 빡빡머리 아이를 끌어안고 쓰러졌다. 그 사이에 몰매를 맞던 아이가 물속에서 꺼낸 돌로 한 명씩 두들겨 팼다.

"우리 가족들이 마실 물이라고. 건드리는 놈들은 다 죽여버릴 거야!"

괴성을 지른 아이를 본 빡빡머리 아이들이 뿔뿔이 흩어졌다. 칼에 찔린 대장도 끙끙거리다가 일어나서 어디론가 사라졌다. 대장을 찌른 아이도 혼란스러운 표정을 짓다가 셜록 홈스를 힐끔 보고는 부리나케 도망쳤다. 홀로 남은 아이는 셜록 홈스에게 고맙다는 눈빛을 던지고는 도로 앉아서 웅덩이의 물을 펐다. 짧게 일어난 소동을 뒤로하고 계속 걸어가던 그의 눈에 감시자의 탑이 보였다. 원래는 아파트의 상가 건물이었는데 옥상에 커다란 망루 같은 걸 세워놓은 게 눈에 띄었다. 쏟아지는 햇살을 피해 조심스럽게 고개를 든 셜록 홈스가 중얼거렸다.

"저거 때문에 감시자의 탑이라고 불렀군."

감시자의 탑 건물 앞에는 레이드가 서 있었다. 이제 막 순찰을 마치고 돌아온 부하들과 얘기를 나누는 것 같았다. 그러다가 다가오는 셜록 홈스를 보고는 의아한 표정을 지었다.

"이런 더위에 온몸을 가리는 후드라니, 녹아버리기로 작정한 거요?"

비웃기는 했어도 아까 그의 능력을 보아서였는지 말을 함부로 하지는 않았다. 가볍게 웃은 셜록 홈스는 레이드에게 말했다.

"신일준 씨를 만나러 왔습니다."

"그자는 왜?"

"진범인지 아닌지 확인을 해봐야 할 거 같아서요."

"참 호기심이 넘치는군."

"궁금한 건 못 참아서 말이죠."

셜록 홈스의 대꾸에 가볍게 웃은 레이드가 감시자 한 명에게 지시를 내렸다.

"이 친구를 데려다줘."

지시를 받은 감시자가 따라오라는 말과 함께 안으로 들어갔다. 그리고 곧장 지하로 내려갔는데 빛이 한 점 없는 복도에는 횃불이 몇 개 켜져 있었다. 앞장선 감시자가 발밑을 조심하라고 했다. 하지만 어두운 곳에서도 문제없이 볼 수 있었던 셜록 홈스는 건성으로 대답했다. 복도 끝에는 쇠창살로 만든 문이 있었고, 신일준은 그 안에 있었다. 끌려오면서 더 맞았는지 얼굴이 퉁퉁 부은 그는 손목과 발목에 쇠고랑이 채워져 있었다. 문이 열리는 소리가 들리자 신일준이 몸을 웅크리면서 구석에 숨는 게 보였다. 문을 열어준 감시자가 비아냥거리는 말투로 말했다.

"손님 왔어."

"누, 누구십니까?"

온통 어둠뿐이라서 신일준은 눈을 연거푸 껌뻑거렸다. 안내해 준 감시자가 옆으로 물러나면서 셜록 홈스에게 말했다.

"복도 끝에서 지켜보고 있겠습니다."

감시자가 자리를 뜨자 셜록 홈스는 신일준에게 말했다.

"2층 손님. 네 고용주가 보내서 왔어."

그의 목소리를 들은 신일준이 두 손을 꼭 잡은 채 애원했다.

"저는 아무것도 모릅니다. 안 죽였어요."

"사람은 말이야. 억울하면 자신은 결백하다고 주장을 하지. 하지만 조금이라도 켕기는 게 있으면 증거를 가져오라고 소리쳐. 너는 억울하다고 한 걸 보니까 살인과 연관되어 있는 거 같지는 않아."

셜록 홈스의 얘기에 신일준이 정신없이 말했다.

"맞습니다. 저는 김이녹을 죽이지 않았어요. 정말입니다."

문가에 기댄 셜록 홈스가 신일준을 바라보며 얘기했다.

"불가능한 것을 제외하고 나서 남는 것이 아무리 믿기 힘들다고 해도 그것이 진실인 법이지."

"뭐, 뭐라고요?"

신일준의 물음에 셜록 홈스가 혀를 찼다.

"죽은 김이녹은 분명 아는 사람에게 문을 열어줬다가 목을 졸렸다. 끈으로 교살을 당하면서 반항한 흔적도 별로 없었지. 아주 가까운 사이거나 자신을 해치지 않을 것이라는 절대적인 확신을 한 상황이었을 거야. 그런데 그자는 죽기 전까지 철저하게 외부인과의 만남을 꺼려왔어. 그런 사람이 별 의심 없이 문을 열어주고 방심했다는 것은 찾아온 사람이 무의식이었다는 거지."

"무, 무의식이 무슨 뜻입니까?"

"아! 좀 친절하게 설명해 줘야겠네. 죽은 김이녹은 누군가를 피하기 위해서 여기에 숨어 있었어. 그러니까 낯선 방문객은 무조건 피하거나 만나지 않았겠지. 그런데 문을 열어주고 안으로 들어오게 했다는 건 상대방에 대한 두려움이 하나도 없었다는 뜻이지. 예를 들어 매일 마주치는 너 같은 사람 말이야."

"저, 전 아닙니다. 말도 해본 적이 없어요."

셜록 홈스의 추궁에 신일준은 손사래를 쳤다. 그 바람에 손에 채워진 쇠고랑이 요란한 소리를 냈다.

"같은 환생 신도였으면서?"

"신도들은 수천 명이었고, 조각조각 나누어진 상태였습니다. 그래서 같은 신도라고 해도 얼굴을 모를 때가 많아요. 그래서 손목 안쪽에 문신을 했던 거고요."

"하지만 김이녹은 지도부였어. 매일은 아니라고 해도 설교를 위해 신도들 앞에 모습을 드러냈는데 모를 수가 있겠어? 정확하게는 처형자였잖아."

"그, 그걸 어떻게?"

놀란 신일준의 눈이 커지는 게 어둠 속에서 보였다. 셜록 홈스는 자신의 소매를 걷었다. 손목 안쪽에 희미하지만 환생교의 문신이 새겨져 있었다. 물론 신일준의 눈에는 보이지 않았다. 소매 속에 손목을 감춘 셜록 홈스가 대답했다.

"나는 모든 걸 볼 수 있거든. 그자가 매주 환생을 시켜준다면서 신도들의 목을 졸라서 죽였잖아. 자기 말을 안 믿거나 환생을 의심하거나 아니면 재물이 많은 신도들을 말이야. 너는 그 옆에서 목을 졸리는 자의 가족이나 친구들이 오는 걸 막는 가시 몽둥이 역할을 했었고."

"거짓말이야. 난 그런 적 없어. 증거 있어? 증거 있냐고!"

신일준이 거친 목소리로 대꾸하자 셜록 홈스는 고개를 절레절레 저었다.

"아까 말했지. 뭔가 감추는 게 있으면 억울하다고 하는 게 아니라 증거 내놓으라고 소리친다고 말이야. 지금은 아까랑 다르네."

자신의 실수를 알아챈 신일준이 필사적으로 고개를 저었다. 그런 신일준에게 셜록 홈스가 차가운 목소리로 말했다.

"그러다가 어느 날 문제가 생겼지. 지도부들 사이에서 주도권 다툼이 벌어졌고, 죽은 사람들이 늘어나고 그들이 가진 재물들을 지도부가 독차지한 걸 알게 된 거지. 결국 성전은 무너지고, 지도부 상당수는 몰살을 당했고 말이야."

셜록 홈스는 화가 나면 점점 뾰족해지는 송곳니를 혀로 느꼈다. 예상 밖의 얘기를 들은 신일준은 필사적으로 대답했다.

"나는 그냥 시키는 대로 했을 뿐이에요. 가시 몽둥이 역할이 그거라고요."

"가시 몽둥이를 제대로 휘둘렀지. 항의하던 신도들을 마구잡이로 때려눕히고, 심지어 죽이기까지 했잖아. 그리고 성전이 무너지자 김이녹과 함께 모아둔 귀중품을 가지고 도망쳤고, 여기 주황색 도시에 숨었고 말이야. 그자는 거주자로 들어왔고, 너는 경비병으로 일한 거잖아. 이곳에서도 여전히 그를 지켜주는 역할을 했군."

"우, 우연이었어요. 서로 알고는 있었지만 그자가 부탁해서 모르는 척한 겁니다. 그게 전부예요."

"맞아. 그게 전부지. 너는 살인자가 아니야. 그리고 살인자가 누구인지도 몰라."

셜록 홈스의 대답을 들은 신일준이 고개를 끄덕거렸다.

"알고 계셨군요. 제발 저의 억울함을 풀어주십시오."

흐느끼는 신일준의 코앞으로 다가간 셜록 홈스가 중얼거렸다.

"10년 전에 죽은 사람을 다시 살릴 수 있다고 해서 찾아갔었지. 알고 보니 신도들의 재산을 갈취하기 위한 사기극이었어. 그건 상관없는데 내가 잠깐 자리를 비운 틈에 사랑하는 그녀를 죽였어. 자기들을 무시하고 나를 좋아했다는 이유로 말이야. 그래서 복수를 하려고 했는데 너희 둘만

못 찾았지. 그러다가 주황색 도시에 숨어 있다는 것을 알게 되었어."

"다, 당신 누구야?"

"그땐 제퍼슨 호프라고 불렸지. 신도들과 내 애인은 농담 삼아 희망 씨라고 불렀고 말이야."

"뭐, 뭐라고!"

"내 눈을 똑바로 봐."

신일준이 그의 눈을 보면서 차츰 정신을 잃어갔다.

"너는 아까 김이녹의 집으로 찾아가서 그동안 지켜준 대가를 요구했지. 김이녹이 거절하니까 가지고 있던 총으로 위협해서 밧줄을 목에 걸게 한 다음에 당겨버렸어. 그가 쓰러져서 죽는 걸 확인하고 밖으로 나왔지. 그러니까 네가 범인이야."

"제가 범인입니다."

풀린 눈의 신일준이 중얼거리자 셜록 홈스는 뾰족해지던 송곳니가 차츰 들어가는 걸 느꼈다.

"그러니까 억울해하지 말고 처벌을 받아. 너 때문에 억울하게 죽은 사람들이 한둘이 아니잖아."

"처벌을 달게 받겠습니다."

"그래, 내가 떠나면 세뇌도 풀리겠지만 방금 한 대화는 기억하지 못할 거야."

"저는 아무것도 기억하지 못할 겁니다."

셜록 홈스는 눈을 껌뻑거리는 신일준을 두고 천천히 밖으로 나왔다. 복도 끝에서 기다리던 감시자가 다가와서 문을 닫았다. 세뇌가 풀린 신일준이 자기가 무슨 말을 했는지 모르겠다고 중얼거리는 소리가 들렸다. 밖으로 나온 셜록 홈스는 기다리고 있던 레이드에게 말했다.

"계속 잡아떼고 있지만 저자가 범인인 거 같습니다."

"의외로군. 아니라고 할 줄 알았는데."

"외부 침입은 불가능하고, 죽은 자가 아무 의심 없이 문을 열어줬으니까요. 평소 얼굴을 알고 지내던 경비병 말고 그럴 만한 사람이 있겠습니까?"

"그런데 왜 죽였을까?"

"같은 환생교였으니까요. 김이녹은 환생교가 붕괴되면서 미리 챙겨둔 재물을 가지고 여기 와서 편안하게 지내는데 자기는 경비병 노릇을 해야 하니까 화가 났을 겁니다."

"그래서 가진 걸 뺏으려고 했다가 죽인 거군."

레이드의 말에 셜록 홈스는 손으로 총을 쥐는 시늉을 했다.

"그걸 해결할 수 있는 훌륭한 도구가 있었으니까요. 구체적인 자백은 하지 않았지만 정황증거만으로도 충분합니다."

셜록 홈스의 설명을 듣고 흡족한 표정을 지은 레이드가 말했다.

"똑똑한 친구군. 도와줘서 고맙네."

잘 있으라는 말을 남긴 셜록 홈스는 숙소로 돌아왔다. 그리고 무기 상점에 있는 노인을 찾아가서 말했다.

"안타깝지만 경비병이 범인 같습니다."

"아쉽군. 그럴 친구가 아니었는데."

"조사를 좀 해보려고 해도 계속 횡설수설을 해서요. 거기다 둘이 안면이 있는 사이 같았습니다."

"전혀 내색을 하지 않던데?"

"아마 김이녹이 부탁 내지는 명령했을 겁니다. 자기를 아는 척하지 말아달라고 말이죠. 그러다가 결국 신일준이 욕심을 냈고 살인이 벌어진 겁니다."

"김이녹이 별다른 의심 없이 문을 열어준 것도 그런 이유 때문이었군."

"맞습니다. 다른 범인이 있는 것 같았는데 아니었습니다."

"수고했네. 이따가 약속한 물을 보내주지."

"고맙습니다. 그럼 들어가겠습니다."

돌아선 셜록 홈스에게 노인이 말을 건넸다.

"대파괴 이전에는 말이야. 경찰이라고, 이런 일이 벌어지면 해결을 하는 사람들이 있었다고 하더군."

"지금의 감시자들 같은 존재인가요?"

"비슷하지만 달랐다고 해. 요즘이랑 다르게 과학기술을 이용해서 눈에 보이지 않는 증거들을 찾아냈다고 했어. 그리고 경찰들처럼 사건을 조사하고 해결하는 탐정이라는 직업도 있었다고 해."

"흥미롭네요."

"대파괴 이전이라면 모든 게 정상이었지. 지금이랑은 다르게 말이야."

여러 가지 의미가 담긴 미소를 지은 셜록 홈스는 말없이 숙소로 돌아왔다. 경비원 신일준이 있던 자리는 노인의 아들이 대신 있었다. 하품을 하는 그에게 눈인사를 한 셜록 홈스는 2층으로 올라갔다. 문을 열고 들어가서 아까 잠을 잤던 소파에 누웠다. 하지만 잠을 청하지는 않고 조용히 기다렸다. 잠시 후 문을 두드리는 소리가 들렸다. 소파에서 일어난 셜록 홈스가 문을 열자 물을 든 남자가 보였다.

"물을 가져왔습니다. 손님."

물병을 받은 셜록 홈스가 대답했다.

"수고했어. 옆방 남자를 죽일 때 쓴 밧줄은?"

"여기 있습니다."

남자가 들고 있던 지팡이에 감겨 있던 밧줄을 보여줬다. 핏자국 같은 게 있는지 살펴본 셜록 홈스가 말했다.

"아무 흔적이 없으니까 그냥 써. 그리고 내 지시를 받아서 옆방 남자를 죽인 것은 잊어버려. 평생."

"평생 잊어버리겠습니다."

"내가 문을 닫으면 이제 세뇌가 풀릴 거야. 앞으로 잘 지내게."

"앞으로 잘 지내겠습니다."

물을 가져온 남자의 대답을 들은 셜록 홈스는 천천히 문을 닫았다. 그리고 조용히 서서 남자가 외발 수레를 끌고 사라지는 소리를 들었다.

며칠 후, 셜록 홈스는 왓슨을 만나러 갔다. 돋보기를 쓴 장인은 셜록 홈스가 오자 말없이 옆에 있던 검은색 비닐을 벗겼다. 안에는 부서졌던 머리가 깔끔하게 수리된 로봇 왓슨이 보였다.

"고치긴 했는데 작동이 잘 될지는 모르겠어."

말없이 로봇 왓슨에게 다가간 셜록 홈스가 발로 걷어찼다. 그러자 삐빅거리는 소리와 함께 눈에 불이 들어왔다. 잠시 삐빅거리던 로봇 왓슨이 천천히 일어났다. 그걸 본 셜록 홈스가 장인에게 금화를 튕겨서 던졌다. 두 손으로 금화를 받은 장인이 말했다.

"고마워. 이제 어디로 갈 건가?"

"재미있는 일이 벌어지는 곳으로 갈 겁니다."

짧게 대꾸한 셜록 홈스가 걸어갔다. 로봇 왓슨이 뒤뚱거리며 뒤를 따랐다.

/ 진동분교 타임캡슐 개봉사건

최혁곤

주중에는 흔한 직장인으로 살고 주말에는 쓸쓸히 추리소설을 쓴다. 장편소설 《B컷》, 《B파일》, 《탐정이 아닌 두 남자의 밤》, 《은퇴 형사 동철수의 영광》과 야구 미스터리 《수상한 에이스는 유니폼이 없다》(공저), 《몽키스 구단 미해결 사건집》(공저)을 출간했다. 2013년 《B파일》로 한국추리문학대상을 받았다.

겨울은 자작나무 숲이 가장 반짝이는 계절이다. 하얀 수피를 드러낸 늘씬한 나무들이 눈밭 위에서 만들어 내는 은세계는 몽환적이고 황홀경이다. 구름 한 점 없는 파란 하늘까지 더해지면 그야말로 북유럽 그림엽서에서 본 풍경이 완성된다. 이곳 부속실 창문 너머로 보이는 숲 '춘자림' 전경이 바로 그러하다.

내가 북평읍내에서 10분 거리인 수목원으로 내려온 지 오늘로 두 달째. 새벽에 일어나 습관적으로 켜놓은 라디오에서 잔잔한 음악이 흘러나오고, 난로 위에 습도 조절을 위해 올려둔 철제 주전자 물이 끓으면서 쉭쉭 소리를 냈다.

겨울 숲의 아침은 춥다. 뜨거운 물을 따른 머그잔을 두 손으로 감싸며 시선을 창밖에 고정했다. 오래전 초등학교 운동장이었던, 과하게 널찍한 마당 곳곳에 잔설이 쌓여 있다. 그 정면에 폐교를 개조한 길쭉한 회색 단층 저택이 보인다. 저곳에는 '마리하우스'라는 나무 팻말이 붙어 있고 나의 고용주인 요다 여사가 산다.

내 별명은 조 코치. 사람들은 상스럽게 들리지 않도록 약속이나 한 듯 조심스레 부른다. 드넓은 마리하우스 바깥 살림을 맡은 책임자다. 보통 매니저, 실장, 집사, 관리인, 비서 등등 뭐 그런 이름으로 불리며 이런저런 잡다한 업무를 처리하는 사람. 만약 어두운 세계의 일이었다면 해결사라고 불려야 할까.

이 시골로 귀촌을 결심했을 때 요다 여사가 물었다.

"이봐, 조곤 씨. 직함을 무엇으로 하시려나? 맘대로 골라봐."

나는 고민 없이 바로 답했다.

"조 코치로 하겠습니다. 수많은 알바 생활을 전전했지만 그중 수영 코치로 일할 때 가장 인격적으로 대접받아서요. 단지 그 이유지 말입니다."

시골은 일손이 귀하기도 하거니와 비싸다. 당연히 내 밑으로 거느리는 사람은 없다. 그러니 호칭은 말장난일 뿐 어떻게 불려도 상관없는 자리다. '일용잡부 조 씨'로 불려도 딱히 기분 나쁘지 않았다.

사람 손이 한 군데라도 닿지 않으면 또 바로 멈추는 게 시골 일이다. 고용주 요다 여사가 굳이 나를 콕 찍어서 이 골짜기로 불러들인 이유는 명확하다. 젊고 힘깨나 쓰면서 다재다능한, 이 넓고 고요한 저택의 만능 일꾼이 돼주길 바랐다.

이따금 서울에서 손님이 내려오면 읍내 터미널로 마중을 가야 하고, 매일 진돗개 무명이 산책을 시켜야 한다. 정문에서 택배와 우편물을 수령하고, 수도 배관이 터지면 갈아야 한다. 몇몇 곳에 설치해 놓은 CCTV 관리도 내 몫이다. 읍내 하나로마트에서 대량 주문해 놓은 식자재도 정기적으로 날라야 한다. 여름이 오면 핵폭탄이 터진 자리도 뚫고 올라온다는 잔디마당 잡초도 뽑아줘야겠지.

그 외 이런저런 잡무가 많지만 그래도 이곳에선 시간이 더디 흘렀다. 인터넷이 잘 터진다는 게 작은 위안이랄까.

하지만 나는 여가를 되도록 책을 읽거나 영화를 보면서 보냈다. 그중에서도 특히 범죄물. 이건 의도한 일이다. 소파에 퍼져서 유튜브 먹방 채널을 보고 실실대거나, 롤 게임에 몰입하는 일은 소모적으로 느껴졌다.

부속실 책상 위 인터폰이 울렸다. 마리하우스 아침 식사 시간을 알리는 신호. 그새 미지근해진 머그잔을 내려놓고 검은 재킷을 걸쳤다.

요다 여사가 귀촌하기 직전에 그랬다.

“우리 조 코치, 딱 하나만 부탁하자. 근무 시간에는 부디 격식을 차려줘. 별일 아닌 일에 예민하고 까칠해지는 내 성격 알지. 시골이라고 식구들이 떡진 머리하고 추리닝 입고 어슬렁대는 거 나 싫다. 셋업까지는 아니더라도 재킷 정도는 가능하지?”

조건을 듣는 순간 참 보스답다고 생각했다. 마흔아홉에 이른 은퇴를 선언한 악역 전문 배우이자, 강남 부동산 졸부의 키치적인 성향이 강요됐다고나 할까.

사실 어려운 부탁은 아니었다. 옷차림이 매너를 만든다고 하잖은가. 매일 셔츠 다리는 일이 귀찮지만 뭐, 그 정도는 충분히 받아들일 수 있다.

내 나이 서른넷. 군 제대 후 여러 비정규직을 전전하면서 살아온 삶. 지금도 그 삶은 진행형이다. 참 애매한 나이에 맥도날드도 없고, 스타벅스도 없고, 로켓배송도 없는 골짜기 숲으로 향하면서 다짐했다. 고립과 결핍을 견뎌야 하는 시간. 불필요한 감정 소모를 하지 않으리라. 계절마다 변하는 바람의 온도에 추억팔이를 하지 않으리라. 내 초라한 이력으로 넘볼 수 없는 급여. 많은 걸 얻으려면 많은 걸 놓아야 한다. 계산은 충분히 섰다. 인생 재정비 기간으로 여기며 담담히 생활해 나가리라.

잔설이 덮인 잔디밭을 저벅저벅 걸으며 요다 여사와의 첫 만남을 잠시 떠올려 보았다. 한밤 대리운전을 뛸 때였다. 차에서 내리며 특유의 칼칼한 목소리로 이렇게 내뱉었던가.

"사람은 자신과 어울리는 일이 있다고. 운명처럼 말이지."

희한하게 그 말은 지금도 뇌리에 선명하게 저장돼 있다. 그때의 즉흥적인 인연이 이렇게까지 이어질지 몰랐고.

청량한 바람을 가슴 깊이 들이켰다가 내쉬자 하얀 입김이 흘러나왔다.

아침 식사만은 식구들이 함께하는 게 마리하우스 규칙이다. 밥을 먹은 후에는 자연스레 커피 한 잔을 나누는 시간으로 이어진다. 그날 처리해야 할 일을 고용주에게 보고하고 지시받는 자리이기도 하다.

가사를 책임지는 문 보살님이 껍질을 깎지 않은 사과 몇 조각을 함께 식탁 위에 올려주었다. 짧게 자른 은색 단발이 너무 근사한 할머니. 얼굴 주름마저 지적으로 보이고, 고저 없는 나긋한 말투는 또 얼마나 고상한지. 커피 내리는 솜씨까지 좋아서 이름 없는 원두로도 꽤 근사한 맛을 냈다.

이 골짜기에서 매일 신선한 아메리카노를 마실 수 있다는 것만으로 감사하다.

요다 여사의 화장과 옷차림은 오늘 아침에도 흐트러짐이 없었다. 상징 같은 사자 머리는 풍성하게 띄워져 있고 입술 라인은 깨끗하다. 찻잔을 들자마자 식사 때 하다만 얘기를 다시 끄집어냈다.

"남의 집 마당을 막무가내로 파헤치겠다니…. 당황스럽지만 무시할 수도 없고."

그 말대로, 처음 들으면 뭔 개소리 같지만 자세히 들으면 또 사정이 있었다.

이곳 마리하우스가 원래는 오래전 진동분교 터였다. 학령인구가 줄면서 30년 전 폐교됐고, 차로 10분 거리인 읍내 학교로 통합됐다. 당시 분교의 마지막 졸업생들이 추억을 간직하기 위해 교목 아래 타임캡슐을 묻었던 모양인데, 지금에 와서 갑자기 개봉 행사를 하게 됐으니 허락해 달라는 얘기였다. 동기회의 총무란 작자가 집 전화를 걸어와 사실상 일방적인 통보를 해왔노라 했다.

"이모, 사람들 좀 이상하지 않아? 그간 연락 한번 없다가 대뜸 명령하듯 그러니. 마치 자기들 땅처럼 말이지."

마리하우스 재정 담당인 하서라가 시큰둥해하자 요다

여사도 고개를 까딱했다.

“다들 먹고사느라 까먹고 있었다고 하더라. 근데 얼마 전 동창 밴드에서 누가 그 얘기를 꺼냈고, 의기투합해서 행사를 준비하게 됐대. 초등판 홈커밍데이인 거지. 예의 없는 건 맞는데 외면할 수도 없어서 난감해. 우리가 옛 학교 땅을 점하고 있으니 미안한 감도 있고. 어린 시절 하찮은 추억이 지금 누구에겐 하찮지 않을 수 있으니. 다만, 부탁 방식이 일방적이라서 불쾌하다는 거지.”

“이모가 딱 부러지지 못해서 그래. 기껏 만화책이나 장난감, 인형밖에 더 나오겠어? 첫사랑을 고백해 놓은 일기장도 있으려나. 문제는 잔디가 깔린 마당을 파헤쳐야 하는 건데….”

하서라는 확실히 부정적이었다. 학창 시절 일본에서 유학했다는, 이 양 갈래로 딴 노랑머리 동거인은 매사 가부가 명확했다.

내가 사과 한 쪽을 포크로 찍으면서 끼어들었다.

“보스, 타임캡슐을 묻은 위치는 정확하답니까? 마리하우스를 꾸미면서 재건축 수준으로 부수고 파헤쳤으니 싹 바뀌었을 텐데. 30년 전 아이들 기억이 얼마나 신빙성이 있을지.”

"그건 걱정하지 말래. 교목이었던 운동장 느티나무 밑동에서 남쪽으로 2미터. 나무야 오늘도 저기 저렇게 튼튼하게 자라고 있으니."

모든 시선이 일제히 통창 너머 한곳으로 향했다. 내가 머무는 정문 옆 부속실 곁에, 꽤 품위를 지닌 고목이 하늘을 향해 마른 가지를 세운 채 서 있었다.

어정쩡한 침묵이 흘렀다. 요다 여사가 결심한 듯 커피를 크게 삼켰다.

"결국 원주민들과 엮여 버렸네. 이왕 이렇게 된 거 마리하우스 주인이 융통성 없고 까칠하더라는 소문은 만들지 말자. 조 코치가 오늘 읍내 병원 다녀오는 길에 총무라는 사람을 좀 만나봐. 만약 행사가 커지면 하서라가 도와주고. 남의 동네서 살려면 이 정도는 받아줘야지. 마을발전기금 내라고 쪼는 인간 없는 게 어디야. 내 말뜻 알지?"

"그야 이모가 얼굴 알려진 배우니까 함부로 할 수 없어서지."

하서라가 계속 삐딱하게 받자 요다 여사가 조용히 달랬다.

"이장, 부녀회장, 노인회장, 이분들 심기는 건드리지 않는 게 귀촌 국룰. 참아야지. 우리 대업을 위해서라도. 매사 발끈해서 대처하면 먼저 지쳐. 30년 전 졸업생이면 이제 기껏 마흔 초중반. 말이 안 통할 나이도 아니고. 잔디 손상이야 복토 잘 해서 심으면 또 자라는 거니까. 그지?"

우리 대업이라…. 그 말을 요다 여사 입을 통해 듣기는 처음이다. 리조트 개발을 말하는 걸까. 자작나무 숲과 연계해 최고급 힐링 숙박시설을 만든다는 소문이 여기저기 떠도는 상태였다. 자칭 부동산 전문가이고, 타칭 땅 투기꾼이 사업성을 봤으면 틀리지는 않겠지.

요다 여사 스스로 고백했지만 배우 생활 내내 대본 보는 눈이 없어서 톱스타로 뜨지는 못했다. 다행이라면 악착같은 빌런 이미지가 있었다. 시청자들 표현을 빌자면 '욕먹으면서 주목받는 사악한 년'. 그것도 재능이라면 재능이었다. 연기력도 받쳐줘서 주조연급으로는 오랫동안 사랑받았다.

하지만 땅 보는 눈 하나만큼은 남달랐다. 강남 지역 빌딩 매매와 택지개발지구 투자로 돈을 긁어모았다. '악덕'과 '억척' 이미지가 워낙 강해서 부동산 투기 정도는 희석되는 아이러니를 또 봤다. 춘자림은 그 돈으로 꾸준하게 사들여서 가꾼 수확물이다.

그러던 어느 날, 이른 은퇴를 선언하고 무슨 이유인지 이곳으로 흘러들었다. 방송가에선 불치병에 걸려서 요양차

숲으로 갔다는 소문이 나돌았다. 하지만 내가 아는 요다 여사는 원래 건강 체질에다, 초록초록한 대자연과 어울리는 사람이 아니다. 네온사인 반짝이는 대도시의 밤 라이프를 더 좋아한다. 그렇다면, 분명히 이곳 북평 땅에서 큰돈 냄새를 맡은 것이다. 그렇게 해석할 수밖에 없었다. 남북 화해 무드가 무르익던 시절에는 지뢰밭도 팔린다고 했던 곳 아닌가.

대형 리조트 개발을 하려면 투자위험이 크고 수많은 인허가 업무가 따라붙을 테다. 당연히 지역 실세들과 접촉면을 넓혀 우군을 많이 확보해야 한다. 사업 진두지휘를 위해서 몸소 현장으로 내려오지 않았을까. 내가 아는 보스의 귀촌 이유는 그러했다.

아무려나 당장 눈앞의 '진동분교 타임캡슐 개봉 행사'는 내 업무가 돼버렸다. 거부할 수 없는 사실상의 지시. 요다 여사가 냅킨 위에 전화번호 하나를 휘갈겨서 내 앞으로 내밀었다. 곁에서 하서라가 얄밉게 헤죽 웃었다.

열한 자리 숫자와 함께 적힌 이름이 김흥돌. 동기회 총무이자 현재 읍내에서 공인중개사무소를 운영한다고 덧붙였다.

다시 냅킨을 들여다봤다. 이름처럼 흥이 많은 사람일까,

아니면 단단한 사람일까. 두 글자의 조합에서 문득 궁금증이 들었다.

자리에서 일어서는데 문 보살님이 불러세웠다.

"무명이가 많이 짖었어. 그저께 밤에. 잘 좀 돌봐줘."

내가 서울에 일 보러 가고 없던 밤이었다. 시골의 인적 끊긴 한겨울 밤, 홀로 춥고 외로웠나 보다.

개인적인 느낌이지만, 서울 생활을 접고 내려와 석 달 전 개원했다는 읍내 한의사는 실력자였다. 경쟁이 치열한 대도시에서 의술 밑천이 달려서 온 사람이 아니었다. 침은 정확하게 환부를 찔렀고 신경을 찌릿찌릿 자극했다. 부항까지 뜨자 접질렸던 발목이 한결 가벼워졌다.

부잣집 아들내미처럼 얼굴이 희뿌옇고 덩치가 있는 원장이 웃으면서 물었다.

"환자분이 체격은 크신데 기력이 그에 미치지 못합니다. 몸의 균형이 좀 안 맞다고 할까."

"무슨 말씀인지 알겠습니다. 운동으로 극복해 보겠습니다. 다행히 멀리 안 가고도 이렇게 깨끗한 시설에서 치료받을 수 있어서 감사합니다. 솔직히 홈페이지에 비난 글이 많아서 방문을 고민했지 말입니다."

한의사가 이를 다 드러내며 껄껄 웃었다.

"우리 일이 그렇지요. 병을 고치는 일은 인내도 필요하거니와 모두 다 만족시킬 수 없다는. 불만을 가진 환자는 어디에나 있습니다. 결국 실력으로 평정하는 겁니다."

"아, 그렇군요. 선생님은 여기가 고향이신가요?"

"어릴 적 이사 와서 중학교까지 다녔으니 사실상 반은 고향이죠. 그나마 하나 있던 한의원이 재작년 폐원했다는 소식을 듣고 마음이 아팠답니다. 이렇게 귀향해서 환자를 돌보는 일도 약간의 사명감이랄까. 뭐, 주위에서 알아주진 않겠지만."

친절이 밴 말투, 투철한 직업정신, 자신을 낮추는 겸손…. 이 또한 개인적인 느낌이지만 심성이 선한 사람이다. 진짜 마음에 들었던 점은 처음 방문한 외지인에게 이것저것 캐묻지 않았다는 것이다. 내가 어디에 살며, 무슨 일을 하는지. 확실히 배려심까지 있었다.

다시 읍내 거리로 나선 시각이 오후 3시. 탁한 대기를 뚫고 낮은 각도서 내리쬐는 겨울 햇살을 받으니 잿빛 우울감이 덮쳤다.

왕복 4차로 중앙로를 따라 걸었다. 오가는 행인들 시선이 모두 내게 꽂히는 느낌이었다. 기분 탓이 아니라 확실히 그랬다. 검은 선글라스를 끼고 베이지 코트를 걸친 낯선 사내가 규칙적인 구둣발 소리를 내며 활보하니 그럴 수밖에.

북평읍내는 한눈에 봐도 낙후된 동네였다. 인구가 계속 줄고 있다는 땅끝 오지. 북평군 전체를 봐도 한창때 8만이 넘었는데 이제 4만이 위태롭다는 기사를 봤다. 같은 군 단위라도 관광객이 넘치는 양평, 가평 같은 곳과 비교하면 확실히 활기가 없었다.

허름하고 특색 없는 단층 콘크리트 점포들이 쭉 늘어선 거리. 젊은이들 흔적은 찾기 힘들고, 촌로들만 양지에 옹기종기 모여 앉아 담배를 빨아댄다. 곳곳 폐점한 가게들 속에서도 시대상을 반영하듯 사거리 중심가에는 아시안 식자재 마트가 새로 문을 열었다. 까무잡잡한 피부에 턱수염을 기른 이주노동자들이 몰려다니는 모습 또한 낯설지 않았다.

최악의 흉물은 읍내 한중간에 떡하니 치솟은 한 동짜리 고층 아파트였다. 분별없는 도심 계획 하나가 풍광을 완전히 망쳐버렸다. 시공간이 마치 2000년 사회주의국가의 한 도시에 머문다는 인상을 받았다. 삭막한 회색 앵글 속에서 확실히 나만 컬러 느낌으로 살아서 움직이는 사람 같았다.

중앙로 끝에 군청과 경찰서가 나란히 모습을 드러냈다.

거기 조금 못 미쳐 모서리 건물 1층에 '대박공인중개소'라는 큼직한 노란색 간판이 보였다. 통유리 위에 '주택, 토지, 임야 매매 상담'이란 빨간 글자와 함께 매물지가 덕지덕지 붙어 있었다.

문을 밀자 딸랑거리는 방울 소리가 들렸다. 한쪽 벽면을 다 채운 대형 지도가 맨 먼저 눈에 들어왔다. 동시에 칸막이가 세워진 구석 책상 너머에서 민머리가 쑥 올라왔다. 깊은 이마 주름과 큰 광대뼈. 남자는 영락없는 해골상이었다. 많아야 마흔 중반일 텐데 과하게 늙어 보였다. 튀어나온 두 눈마저 희번덕대는 게 확실히 첫인상이 맑지 못했다.

역시 이름과 외모는 무관하다. 몇 마디 섞어보니 바로 판단이 됐다. 김흥돌은 흥이 많지도 단단하지도 않은 사람. 약았다는 편이 맞았다.

내가 방문 목적을 설명하고 어정쩡한 자세로 응접 소파에 엉덩이를 걸치자마자 기다렸다는 듯 요구 사항을 쏟아냈다.

타임캡슐 개봉 행사는 1박 2일로 치르고 싶다, 음식은 자신들이 알아서 준비할 테니 신경 쓰지 마라, 비용이 발생하는 부분이 생기면 경비를 지급하겠다 등등. 한두 시간 가벼운 행사로 끝낼 줄 알았는데 저쪽 생각은 또 완전히 달랐다.

협의가 아닌 통보. 이게 막무가내 시골 스타일인가 싶었다. 내가 즉석에서 판단할 수 없는 문제였다. 무엇보다 '1박 2일'이란 말이 무척 신경이 쓰였다. 잠자리부터 문제였다.

"그럼 소장님, 묵을 장소는 어떻게 하시려고요?"

"뒷동, 그러니까 분교 때 관사로 사용하던 별채를 게스트하우스로 만드셨다고? 인테리어 업자한테 다 들었습죠."

역시 비밀이 없는 동네다. 사실 공사도 깔끔하게 끝났고 보일러 난방도 가능해 숙박에는 문제가 없다. 하지만 아는 손님들이 내려왔을 때 접대 용도로 만든 곳이다.

"거기는 외부에 대여해 주는 곳이 아닙니다."

"아따, 말귀 못 알아들으신다. 숙박비 낸다니까. 술이랑 고기, 그리고 숯도 다 챙겨 갈 것이고. 동창들이 모처럼 옛 모교에서 추억에 한번 젖겠다는데 너무 빡빡하시네. 그냥 팍 민원 넣어버릴까 보다."

해골 소장 목소리가 살짝 까칠해졌다.

예상하지 못한 난감한 상황이었다. 숙박시설 등록도 안 해놓고 돈을 받으면 문제 소지가 있다. 그러니까, 말은 저렇게 해도 애초 숙박비를 낼 의사가 없다는 뜻이다. 영악한 머리 회전. 특히 마지막 말은 초면에 선을 넘었다. 지난했던 나의 20대 시절, 온갖 알바를 전전하면서 절감했다. 수틀리면 바로 사장 불러라, 구청에 신고 넣겠네, 함부로 툭툭 내뱉던 악질들이 주변에 얼마나 많던지. 시골 바닥에서도 그런 인간을 볼 줄이야. 인심 좋은 고장이니, 순박한 사람들이니 하는 말은 접어야 한다.

이 해골 소장, 바로 정나미가 떨어졌다. 목에서 신물이 올라왔지만 애써 삼켰다. 보스가 감정 상해도 참으라고 거듭 당부를 했다. 호흡을 크게 하면서 일단 말문을 돌렸다.

"타임캡슐 크기는 어느 정도일까요?"

"꼬맹이들이 넣어봤자 뭘 얼마나 넣었을까. 기억으론 철제 박스였는데 한 사과 상자 정도?"

"위치는 확실하죠? 여기저기 잘못 파헤치면 복구는 다 제 일입니다."

"젊은 친구가 너무 따진다. 교목 밑동부터 남쪽으로 2미터. 그새 나무가 얼마나 더 자랐을지…. 참으로 궁금하구먼. 헤헤."

역시 믿음직스럽지 않다. 타임캡슐 크기는 확신하지 못하면서 장소에 대한 기억은 확실하다. 말끝마다 면박 주는 스타일은 혐오스러울 정도고.

해골 소장이 책상 옆 장식장에서 앨범을 꺼내 들었다. 색이 거의 다 날아간 컬러 사진을 한 장 꺼내서 보여주었다. 앳된 아이들 여덟이 제각각 크기의 플라스틱 상자를 손에 들고 섰다. 잎이 다 떨어진 느티나무가 뒷배경으로 보였다. 행사 직전에 단체로 찍은 모양이다. 오른쪽 아래에 박힌 촬영 날짜는 30년 전 이 계절이 맞다.

"소장님, 궁금한 게 어떻게 이번 행사를 열겠다고 생각하셨는지?"

"그게, 다들 타임캡슐을 까먹고 있었지. 애 키우고 돈 버느라. 금붙이를 넣어놨던 것도 아니고. 근데 얼마 전 동창 밴드에서 갑생이 형님이 갑자기 얘기를 꺼내는 거야. 총무가 한번 추진해 보라면서. 회장이 시키니 해야지 뭐. 내가 힘이 있나."

"어…. 졸업 동창인데 왜 형님인가요?"

해골 소장이 사진 속 한가운데 아이를 손가락으로 가리켰다.

"우리 집안 종손 형님인데 몸이 아파서 두 해 늦게 입학한 거야. 그 시절 시골에서야 흔한 일이었지. 같은 학년이라도 어쩔 수 없이 대접해 줄 수밖에. 나이 많다고 매년 학생회장 했고, 아직까지 동기회 대장 노릇 하고. 평생 완장처럼."

턱으로 갑자기 출입문 쪽을 가리켰다. 처음에는 무슨 의미인지 몰랐다. 자세히 보니 길 건너편에 '만세건강원'이라는 간판이 보였다.

"갑생이 형님이 저기 사장이야. 몇 달 전부터 장사 안된다고 오만상 툴툴대면서도 이번 일은 되게 적극적이더라고. 원래 그럴 양반이 아닌데."

다시 사진 속 한가운데 아이를 봤다. 기분 탓일까. 6학년 남자애한테서 어른 얼굴이 어른거렸다. 맨 오른쪽 추레한 옷을 입은 아이도 어디서 본 듯한데 기억나진 않는다. 다들 두툼한 방한용 파카 차림인데 혼자만 얇은 점퍼를 입었다. 양말을 신지 않아 앙상한 발목도 드러났고.

해골 소장 얘기를 들으니 대충 상황 파악은 됐다.

"혹시 모르니…. 행사 준비를 위해서 사진 한 장 찍어 가겠습니다."

나는 피사체를 휴대전화 카메라 앵글에 꽉 채워서 셔터를 눌렀다. 자동 보정장치 때문인지 원본보다 사본이 더 진짜처럼 선명했다. 첨단기술의 세계는 늘 놀라웠다.

"그럼, 저희 대표님께 보고 후 다시 연락드리겠습니다."

확답을 아꼈다. 내가 답할 수 있는 최선이었다. 사실, 머릿속에 그림은 그려졌다. 귀찮고 시끄러울 뿐이지 행사를 치를 순 있겠다 싶었다. 겨우 하룻밤이다. 보스 말대로 대립각 세울 필요가 없다. 서운한 몇 마디가 악소문으로 옮겨지는 세상이다. 꼰대 토박이들과 엮이지 마라, 이권 개입에 능한 이장들을 조심하라, 귀 꽉 막은 노인들을 멀리하라는 말. 귀촌을 결심했을 때 그 분야 전문 유튜버들한테 수없이 들은 조언이지만 어이없이 엮여 버렸다.

속상한 점은 새로 단장한 별채 첫 손님이 친분 없고, 질척대는 단체객이라니. 그 또한 보일러가 잘 돌아가는지 시운전해 보는 걸로 퉁치면 된다. 조용하던 춘자림과 마리하우스의 가장 시끄러운 밤이 되리라. 나와 요다 여사는 그렇다고 쳐도, 소음에 예민한 하서라가 조금 신경이 쓰였다.

사무실을 나서는데 해골 소장이 내 등에 대고 엉뚱한 말을 했다.

"거기 배우 언니가 추진 중이라는 리조트 공사, 그거 쉽지 않을 거야. 자작나무 숲 초입에 지방문화재도 하나 알박고 있고."

"그 일은 전적으로 대표팀 몫이라…. 또 숲 관리인이 따로 계시다 보니 저 같은 아랫사람은 모릅니다. 두 분이 잘 결정하시겠지요."

"빨갱이 산신령은 여전히 잘 계신가 보네?"

말뜻을 정확히 이해하지 못했지만 누굴 지칭하는지는 느낌상 알 수 있었다. 숲속 통나무 산막에서 기거하는 백 처사님. 춘자림의 관리인이자 문 보살님의 남편이기도 하다.

“몇 번 못 뵀습니다만, 건강하시더라고요.”

“복 받은 영감님이지. 산속에 돌부처처럼 틀어박혀서 맨날 피톤치드 퍼마셔서 그런지 아프지도 않나 보네. 낄낄.”

해골 소장이 책상 서랍에서 명함을 하나 꺼내 건넸다.

“이거 배우 언니 좀 갖다줘. 혹 내가 도울 일 있으면 힘닿는 데까지 애써 봐야지. 군청 인허가 업무야 빠삭하니. 집안 형님 동생들이 다 그쪽 담당이라.”

역시 질척대는 인간, 그리고 달라붙는 느낌. 내가 모시는 분을 얕잡아 칭하는 것도 마뜩잖고, 당장 ‘우리 대업’을 추진하는 데 방해자들이 많아지리라는 불길한 예감이 들었다.

숙소로 돌아가는데 머리가 복잡했다. 읍내서 10분이면 닿는 거리지만 굳이 차량 속도를 올리지 않았다. 땅거미가 차오르고 스산한 날씨 탓인지 여기저기 방치된 빈집들이 전쟁 폐허처럼 보였다. 집도 사람과 똑같다. 관리 손길을 벗어나면 더 빨리 늙는다.

여러 숙제를 동시에 떠안은 기분이었다. 일단 눈앞의 타임캡슐 개봉 행사부터 잘 치르자고 다짐했다. 그 와중에 희한하게 궁금했다. 저 닳고 닳은 해골 소장은 열세 살 때 타임캡슐에 무엇을 묻었을까. 학창 시절 기억이 아예 없는 나는 그들의 추억 찾기가 부럽기도 했다. 아주, 잠시.

“우리 조 코치, 일을 매듭지으랬더니 도리어 홍보하고 다니면 어떡해.”

오전 업무를 대충 끝내고 소파에 다리를 꼬고 앉아 책을 읽던 중이었다. 보스가 이틀 일정으로 서울에 가서 사실상 땡땡이치는 상황.

하서라가 마른기침으로 인기척을 내더니 부속실 문을 똑똑 두드렸다. 그러면서 퉁명스레 꺼낸 말이 홍보 운운이었다.

“내가? 무슨?”

질문 뜻을 이해하지 못해 되물었다.

하서라가 대답 대신 겨드랑이에 끼고 있던 패드를 열어 식탁 겸용으로 쓰는 책상 위에 올려놓았다. ‘북평군민신문’이라는 조악한 홈페이지 화면이 눈에 들어왔고 큼직한 고딕 제목이 보였다.

'30년 전으로 떠나는 추억 여행'

그 아래 작은 부제가 붙어 있었다.

'진동분교 타임캡슐 개봉 행사, 1박 2일 일정으로 개최'

"이런 미친!"

뒷골이 쩌릿 당겼다. 욕설이 반사적으로 튀어나왔다. 내 반응이 너무 격했는지 하서라가 움찔했다. 그 모습을 보고 내가 또 당황했다.

"아, 아니, 서라 씨한테 따지는 게 아니고 그 동기회 총무. 사람을 완전히 바보로 만드네. 분명히 숙박 문제는 상의해서 답을 준다고 했는데. 게다가 이게 기삿거리가 돼? 무슨 대단한 행사처럼 써놨어."

"대혼돈의 서울 바닥에서 너무 오래 사셨구나. 지루한 천국 캐나다나 뉴질랜드 시골에선 반려견이 실종돼도 지역신문에 난다고."

기사 말미에 '현장 라이브 중계'와 '마리하우스 후원'이란 표현에 더 돌아버릴 지경이다. 분명 기자는 사실 확인도 않고 해골 소장이 불러주는 내용을 그대로 받아 적었다.

"우하하, 이제는 환영 현수막이라도 교문 앞에 내걸지 않으면 성의 없다고 할 사람들이야."

하서라가 웃자고 한 말인데 진짜로 그래야만 할 것 같았다.

"일이 이상하게 꼬여 버렸어. 보스 화내시겠지?"

내 걱정에 하서라가 검지를 세워서 흔들었다.

"아직 우리 이모를 모르네. 은근히 돌발상황을 즐기는 분이니 너무 걱정은 마. 분위기에 맞춰 유연하게 일을 푸시기도 하고. 도와주란 말만 안 했어도 나는 발 빼려고 했는데…. 에잇, 엮여 버렸다."

"행사가 다음 주야. 그새 또 뭔 짓을 벌일지…."

하서라가 허락도 없이 구석의 나무 의자를 끌고 와 맞은편에 턱을 괴고 앉았다.

"자, 들어줄게. 그래서 조 코치는 뭐가 찜찜한 건데?"

찜찜. 맞다. 제대로 짚었다. 짜증이 나 견딜 수 없는 이유도 증명할 수 없는 그런 불길함 때문이었다.

내가 휴대전화를 열어서 사진을 보여주었다. 책상 위에 정리해 뒀던 참가자 명단도 함께 내보였다. 하서라는 눈치가 빨랐다.

"30년 전 타임캡슐을 묻은 주인공들이구나. 다음 주 별채에 묵을 주인공들이기도 하고."

"서라 씨, 한번 들어봐. 우선 별것도 아닌 행사에 왜 다들 호들갑이지? 동기회 총무한테서 확인했어. 당시 학교에서 공식적으로 연 행사가 아니래. 애들끼리 그냥 재미로 벌인 이벤트였다고. 타임캡슐 안에 뭘 넣었는지도 서로 대충 훔쳐봤는데 특별한 건 없었대."

"먹고사느라 까먹었다잖아. 말대로 귀중품을 묻었다면 잊으려야 잊을 수도 없고. 그냥 행사 핑계로 하룻밤 시끌벅적 놀고 싶은 거 아닐까. 염불보다 잿밥인 거지. 중년들의 흔한 친목 파티로 받아주자고. 자, 또 찜찜한 건?"

그 와중에 참가자 명단을 훑어보던 하서라가 엉뚱한 얘기를 했다.

"뭐야, 아무리 다섯 명 중 한 명은 김씨인 나라지만 너무 많네."

"여기가 초야 김씨 거대 집성촌이잖아. 자칭 호국 충정의 고장에서 6백 년 터를 내린 명문가. 집안 인맥들이 여기저기 커넥션으로 엮여 있다더라. 지금까지 군수 선거도 다 그쪽 문중에서 당선자가 나왔고. 21세기 대도시에선 절대 있을 수 없는 일이지. 그래서 말인데, 아무리 서열 따지는 동네의 집안 형님이라도 동기는 동기인데 총무가 너무 쩔쩔매. 직접 행사 총대까지 메고."

"잡일은 원래 총무 몫. 기분 탓일 거야. 또 집안 문제는 이번 행사와 직접적으로 연관 없잖아. 사람 관계 내막은 겉만 봐선 모르는 거고. 신경 꺼. 다음은?"

하서라의 답은 뭔가 통쾌하면서도 계속 다른 궁금증을 유발시켰다.

"사진에는 여덟. 근데 참가자는 일곱. 맨 왼쪽 여자아이 존재를 모르겠어. 당시 뭔 사고가 있었던 모양인데 총무가 말하기를 꺼리더라고."

"음…. 그건 자료 조사의 달인, 내가 서치해 볼게."

"마지막 궁금증이야. 타임캡슐 파묻은 위치는 정확하겠지?"

"왜? 헛심 쓸까 봐? 궁금해? 그러면 가봐야지."

"어딜?"

"현장 답사. 갑자기 신나는데?"

하서라가 패드를 다시 옆구리에 끼면서 의자에서 발딱 일어섰다.

이 사람, 판단이 너무 즉흥적이라 따라잡기가 쉽지 않다. 끊어치는 말투는 아직 적응이 안 되고. 초면부터 네 살이나 많은 내게 다짜고짜 반말이었는데 묘한 친근감이 있어서 싫지는 않았다. 양 갈래로 땋은 노랑머리와 눈 밑 주근깨를 보면 말괄량이 소녀처럼 해맑은데, 새까만 눈동자만은 어떤 신령한 슬픔을 간직한 듯해 가끔은 불편했다.

보스를 이모라고 부를 수 있는 사실상 마리네 2인자. 둘의 진짜 관계가 궁금하지만 물어보지는 않았다. 나처럼 비즈니스로 엮여 있을지도 모를 일이다. 소음과 조명에 병적으로 예민해 동거인으로서 늘 신경 써줘야 하지만, 가끔 그녀가 켜는 바이올린 선율이 창밖으로 흘러나와 시골 밤의 낭만을 더해 주었다.

롱패딩을 걸치고 밖으로 나섰다. 오늘도 숲에서 불어오는 북풍이 찼다. 담장을 따라 30미터 정도 걸어서 느티나무 아래에 섰다. 보호수로 지정해도 될 정도의 거목이었다. 나무 밑동 주변은 풀이 거의 없고 약간의 이끼와 함께 맨흙에 노출돼 있다. 이리저리 바닥이 쓸린 흔적도 보이고. 외져서 그동안 유심히 살피지 않았던 모양이다. 잔디 훼손 걱정은 하지 않아도 될 듯싶었다.

휴대전화 나침반 앱을 이용해 정남향부터 찾았다. 다음에는 나무 밑동에 두 발바닥을 딱 붙이고 바닥에 일자로 드러누웠다. 내 키에서 20센티를 더하면 정확히 2미터. 측정방식이 신기했는지 하서라가 깔깔 웃으면서 돌멩이 하나를 가져와 머리맡에 위치를 표시했다.

아이들 기억이 맞다면 30년 전 타임캡슐을 묻었던 자리. 땅이 얼어서 딱딱할 줄 알았는데 요 며칠 날이 풀려서일까. 물기가 촉촉이 배서 의외로 폭신했다. 삽으로 파내는 데 애먹을 일은 없어 보였다. 행사 후 되메우는 작업도 어렵지 않을 듯했다. 물론 뒷정리는 다 내 몫이지만.

어디선가 하얀 무명이가 달려와 내게 힘껏 안겼다. 머리를 쓰다듬으며 반겨줬더니 꼬리를 흔들며 두 번 왈왈 짖었다. 하서라가 손가락으로 자기 콧등을 문지르면서 중얼거렸다.

"어설퍼. 뭔가가. 요즘 시대에 타임캡슐이라. 이게 얘깃거리가 되려면 여기 사람 뼈라도 묻혀 있어야 하는데 말이지."

그러면서 한쪽 발로 땅을 땅땅 굴렀다.

본채에서 걸어오는 문 보살님 복장을 보고 깜짝 놀랐다. 발목까지 내려오는 남색 치마 작업복에 흰 앞치마를 덧입고 레이스 장식이 있는 머리띠까지.

"보스, 선을 넘었지 말입니다. 체면이 필요한 연장자신데 주위 창피하게."

내가 툴툴대자 요다 여사가 나지막이 속삭였다.

"본인 입으로 그러셨거든? 전통 영국식 메이드 복장 해 보고 싶다고. 이럴 때 아니면 언제 기회가 있겠냐며. 최근 예능 프로에 원로 연예인들이 단체로 맞춰 입고 나왔다는데 그 색감이 기억에 남으셨던 모양이야. 젊은 친구들도 코스프레 숍에서 분장해서 사진 올리고 하잖아. 보살님이라고 못 할 이유는 또 뭔데?"

"어쨌거나 보스가 콘셉트를 설계하신 건 맞잖아요?"

"이 사람이, 내가 무슨 정 마담이야? 설계를 하게. 어차피 치를 행사, 즐겁게 분장해서 함께 즐기자고 한 것뿐이야. 강요가 아니라니까. 옷은 방송국 소품실 인맥 통해서 살짝 빌려 왔어."

"중요한 일로 서울 가신 게 그거 때문에?"

"옷차림이 일의 시작이야. 마음가짐의 외면이기도 하고."

어디까지가 진심이고 어디까지가 농담인지. 요다 여사 능청에 할 말을 잃었다. 변화를 쉬이 받아들이는 문 보살님의 열린 마음은 존경스럽기도 하고.

그야말로 성대한 환영식이었다.

사자 머리를 뒤로 꽉 모아서 끈으로 묶고, 귀족풍의 자주색 벨벳 원피스를 차려입은 요다 여사가 두 손을 모은 채 가운데 자리 잡았다. 그 뒤에 검은 정장 차림의 나와 하서라, 그리고 문 보살님이 나란히 섰다. 내 옆에는 족보 없는 진돗개 무명이가 앞발을 세우고 당당한 자태를 뽐냈다.

〈환영합니다! 진동분교 홈커밍데이〉

옛 교문 위에 플래카드가 내걸렸다. 해커급 자료 조사 능력자인 하서라가 어떻게 찾았는지 당시 학교 마크까지 박아 넣는 정성을 보여주었다. 급히 온라인 주문을 넣었는데 다행히 늦지 않게 택배가 도착해 주었다.

그렇게 마리네 식구들은 정문 앞에 서서 읍내 진상 손님들을 기다렸다. 의외로 요다 여사와 문 보살님, 하서라 얼굴이 모두 밝아 보였다. 지루한 일상 속에서 뭔가 기분전환이 되는 일이어서일까.

약속 시간보다 5분 늦게 읍내로 통하는 외길을 타고 흰색 카니발이 도착했다. 뒷문으로 손님들이 하나둘 내리자 요다 여사가 두 팔을 벌려 마치 연극 대사 읊듯 과장된 발성으로 외쳤다.

“모교 방문을 환영합니다. 옛날보다 더 멋진 추억 만드시길 바랄게요.”

유명 배우의 환대에 다들 입이 떡 벌어졌다. 특히 떡집을 운영하는 부부는 서로 몸을 꼬면서 어쩔 줄 몰라 했다. 행사 실무를 맡은 해골 소장은 제대로 체면이 섰는지 어깨를 으쓱했다.

옛날 사진 속 얼굴은 모두 여덟. 오늘 행사 참가자는 일곱. 다들 나름 격식을 차린다고 품이 큼직한 코트 아니면 유행 지난 원색 재킷 차림이다. 얼굴을 보니 대충 이름과 연결이 됐다. 공인중개소장 겸 총무 김흥돌. 만세건강원을 운영하는 종중 형님이자 동기회장 김갑생. 읍내 부부떡집의 김칠구와 차옥순 내외. 단발머리에 뿔테안경은 강 건너 고진면사무소 주무관 최복희가 분명하다.

그 와중에 마지막으로 차에서 내리는 사람을 보고 내가 어! 했다. 체구가 듬직한 읍내 양철수 한의사와 동시에 눈이 마주쳤고 또 동시에 웃었다. 따로 말을 걸지는 않았다. 어디서 봤다 싶더라니 사진 속 허름한 옷차림의 아이가 바로 그였다.

걸걸대는 차량 엔진 소리가 점점 가까이서 들렸다. 앞 유리에 '북평군민신문'이라고 적힌 빨간 스티커를 붙인 검은색 지프가 들어섰다. 납작한 사냥모자를 쓰고 등산점퍼를 입은 중년 사내가 큰 카메라를 어깨에 메고 내렸다. 이번 행사의 마지막 멤버. 부하직원이 하나뿐인 지역신문사의 사장이자 아직 현역 기자로 뛴다는 맹주섭이다.

팔자주름이 깊은 김갑생 회장이 앞으로 나서자 나머지는 뒤에 도열했다. 한의사만 약간 삐딱하게 줄에서 어긋났다. 한 명 한 명 소개할 때마다 서로 고개를 숙였고, 그런 다음에는 다들 한데 어울려 플래카드를 배경으로 단체 촬영을 했다.

요다 여사가 스타는 스타였다. TV에서 봤던 연예인이 신기한지 다들 달라붙어서 개별 사진을 남겼다.

"우와! 우리 배우님, 직접 보니 얼굴이 진짜 쪼맨하네요."

뽀글 파마를 한 차옥순이 특히 호들갑이다. 크게 확대한 사진이 조만간 읍내 떡집에 내걸리리라. 김갑생 회장만이 뭔가 체통을 지키려는 듯, 뾰로통한 표정으로 한 발짝 떨어져서 뒷짐 지고 섰다.

쓸데없는 걱정이었어. 다 기우였어. 일이란 게 벌이기가 어렵지 막상 시작하면 어떻게든 굴러가는 것을. 괜히 혼자 끙끙 앓았나 싶었다.

환영식이 과하다 싶을 만큼 들썩였다. 들인 공에 비해 짧게 끝나서 아쉬울 정도로. 옥에 티라면 무명이가 소란스러운 분위기에 적응하지 못해 해골 소장을 향해 달려들었다는 점. 순식간의 일이었다. 내가 목줄을 조금만 느슨하게 쥐었더라면 사고가 날 뻔했다.

또 하나, 요다 여사가 굳이 안 해도 될 말을 꺼내버렸다.

"졸업생이 여덟 분이라고 들었는데…. 나머지 한 분은 타지에 계신가 봐요?"

그 순간만큼은 다들 안색이 굳어버렸다.

아…, 그분은 어쩌면 지금 이승에 계시지 않을지도 모릅니다.

내가 미리 이렇게 언질을 줬어야 했거늘. 요다 여사가 이토록 행사에 관심이 많은지 미처 몰랐다.

본채 뒤편 아담한 2층짜리 게스트하우스. 원래 '수정방'이라는 이름이 따로 붙어 있는데 술 이름 같다고 다들 그냥 줄여서 '게하'라고 불렀다. 나중에 알았지만 '춘자'림, '마리'하우스, '수정'방은 다 요다 여사 자신이 출연했던 드라마 배역 이름에서 가져왔다. 참으로 자신을 아끼는, 자기애 듬뿍 묻어나는 발상이었다.

초저녁에 게하를 슬쩍 둘러봤는데, 불이란 불은 다 켜놓아 창문마다 환했다. 보일러 난방과 노래방 기기 사용법을 따로 알려주지 않아도 진상 손님들은 알아서 척척 해결했다. 누군가가 '찐이야'를 불러 젖혔다. 흥겨운 노랫가락은 적막한 밤공기를 찢으며 검은 하늘 높이 흩어졌다.

산골짝서 어쩌다 한 번 이 정도 소음은 괜찮겠다 싶었다. 사람이 모이면 당연히 소리가 나게 마련인데 괜히 과민반응을 했다. 이번 기회에 산짐승, 날짐승들도 살짝궁 놀래주고.

들뜬 분위기에 휩쓸려서 마리네 식구들도 주방에서 맥주를 한 잔씩 했다. 가족처럼 위장한, 사실은 비즈니스로 엮인 이들의 '사내 회식'이랄까. 이게 다 타임캡슐 덕분이다.

"불참자 한 명의 정체를 알았어. 그해 늦봄 실종된 홍은지라는 학생이야. 졸업식 후 불과 3개월 뒤의 일이지. 폭우가 오던 날 읍내 중학교 하굣길에 실종됐고 안타깝게도 콜드 케이스. 즉, 장기 미제사건이란 말씀."

자료 조사의 달인 하서라가 궁금증을 해결해 주었다. 자세한 설명이 좀 더 따라붙었다.

"지금까지 발견된 유류품이 노란 장화 한 짝뿐이라 일명 '노란 장화 실종사건'으로 불려. 가족이 경찰에 신고한 며칠 뒤 배수로에서 발견됐고. 그 외 다른 단서는 없어. 지금처럼 CCTV가 촘촘히 깔려 있지 않던 때라서. 그동안 공중파 고발 프로에서 몇 번 사건을 다뤘는데 결정적인 제보는 없었대."

"서라야, 만약 여학생이 당시 죽지 않고 납치됐다면? 그래서 지금 생존해 있을 가능성은? 그래 봐야 나이 마흔셋인가?"

"이모는 왜 또 방구석 수사관 흉내야. 범죄는 증거로 말해야지. 가능성이 백 퍼센트 없진 않지만 그랬다면 본인이 직접 생존 신고했겠지. 그 외 경우라고 해봐야 자발적으로 숨어 지내거나, 아직까지 감금 상황이라는 건데 왜? 미국이나 중국도 아니고 이 좁은 땅덩이에서 가능해?"

"그렇겠지. 아무튼 내가 손님 앞에서 실수했네. 괜한 말을 꺼내 아픈 기억을 건드렸다고. 사과해야 할까?"

"이모도 참. 그깟 일로 사과는 무슨."

하서라 얘기를 들으니 눈앞에 그려지는 상상만으로 소름이 돋았다. 내가 심야 술집, 대리운전 등 거친 밤의 알바 세계를 떠돌면서 별별 사건 사고를 봐왔지만 살인과 죽음은 여전히 현실 너머였다. 기껏 바에서 마약에 취한 손님이 좀비처럼 난동을 피우거나, 야구 방망이를 든 강남 조폭들의 집단 패싸움 정도였다.

행사와 관련된 이런저런 얘기를 나누다 보니 내가 1시간 전에 목격한 일까지 나와버렸다.

"타임캡슐 파낼 삽을 안 챙겨놓은 게 딱 생각났지 말입니다. 목장갑도 필요해 보였고. 게하에 붙은 창고에 들어가서 물품을 챙기는데, 나무 벽 틈새로 바깥의 남녀 말소리가 흘러드는 게 아니겠습니까."

"창고 뒤에서 남녀가? 어라, 뭔 일이래."

요다 여사와 흥미롭다는 듯 귀를 쫑긋 세웠다.

"어…, 미리 말씀드리지만 불타는 사십춘기 그런 거 아닙니다. 작은 구멍 사이로 밖을 살짝 훔쳐봤더니 담배를 피우고 있었어요. 한 사람은 면사무소 공무원 누님이 확실한데, 다른 사람은 널빤지에 가려서 못 봤고. 근데 이상한 말을 했지 말입니다."

"뭐랬는데?"

"내일 어쩌냐? 공무원 누님이 이렇게 물으니까 남자가 대답했어요. 어쩌기는, 시키는 대로 하면 되지. 이 나이 처먹고 뭔 지랄들인지. 씨발, 내일 보면 똥인지 된장인지 확실히 판가름 나겠지."

"끼리끼리 내부 갈등이구나. 하여튼 동창들은 모이면 으르렁 싸워. 학교 때도 그러더니 사회에 나와서도 그러고. 그래 놓고선 연말마다 영원한 친구 어쩌니 하면서 노래방에서 어울리고. 우리야 신경 끄면 되지 않나?"

“맞습니다, 보스. 이번 행사 준비 과정서 생긴 불만인 듯한데 그게 답입니다.”

“아니야. 케케묵은 분열일 수도 있지.”

이번에도 하서라 생각은 다른 모양이다. 잔에 남은 맥주를 다 들이켜더니 좀 과한 해석을 했다.

“시키는 대로 하겠다는 말은 지시하는 윗선이 있다는 의미고, 똥과 된장은 양쪽이 갈라섰다는 거지. 회장 권위에 대항하는 세력이 포섭전에 나선 게 아닐까? 본능적인 서열 싸움. 이번에 결판내겠다는.”

“어? 서라. 그건 동물의 왕국인데. 그러면 누가? 2인자 총무? 근데 회장이 집안의 형님이잖아. 혹시 더 아랫것들이…. 그럼 민중의 반란인가?”

“들은 말만으로 더 구체적인 정보를 캐긴 힘들지만 장담컨대 내일 분명 뭔 일이 일어나. 행사가 더 흥미진진하겠군. 우린 싸움 구경이나 하자고.”

역시 명석한 두뇌. 대화 몇 마디 듣고서 즉각 논리적으로 해석하는 능력이 부럽다. 하지만 겨우 일곱 모이는 동창 모임에 과도한 의미를 부여했다. 싸움 구경 운운은 철딱서니 없고.

장소 대여 책임자로서 신경이 쓰이지 않을 수 없었다. 순수해야 할 추억 찾기 행사가 더럽혀지게 생겼다. 얼굴 붉힐 사고를 예감하면서도 내막은 알 수 없어 답답증이 몰려들었다.

머릿속을 굴리며 골몰하는데 현관 벨이 울렸다. 주방 벽 모니터에 팔자주름이 선명한 김갑생 회장 얼굴이 떠올랐다.

뭔가를 빌리러 왔구나 싶었다. 와인오프너나 국자 같은. 아닌데? 그런 일로 몸소 납실 분이 아니다. 현관으로 총총 걸어가는 요다 여사를 뒤따르며 생각했다.

문 앞에는 회장님을 위시해 뒤에 두 사람이 더 보였다. 뽀글 파마 차옥순 여사가 한 손에 묵직한 떡 보자기를, 큰 덩치의 한의사는 양손에 한약 상자를 들고 섰다.

“에헴, 숙소를 빌려준 성의에 보답하고자 동기회에서 작은 선물을 준비했습니다. 부담 없이 받아주시죠.”

생색 가득한 회장님 말이 끝나자 차옥순이 이었다.

“인절미입니다. 낱개 포장돼 있으니 냉동 보관하셨다가 출출할 때 하나씩 데워 드셔요.”

뒤이어 한의사가 말을 받았다.

“저는 감기 몸살에 좋은 한약을 좀 지었습니다.”

요다 여사가 고개를 젖히며 진심으로 감격해했다.

"어머, 이러지 않으셔도…. 감사히 받겠습니다."

내 몸 안에 쌓였던 체증도 싹 풀렸다. 일하는 방식이 투박해서 그렇지 완전히 정 없는 사람들은 또 아니구나. 역시 편견을 버려야 한다. 내일 행사에 성심을 다해 도우리라.

날씨까지 도와주었다. 숲에서 불어오던 북풍이 멎었다. 모처럼 투명유리처럼 맑은 볕이 내리쬐었다. 대기는 봄이 머지않았음을 느끼게 했다.

마리네 식구들은 어제와 같은 복장으로 느티나무 아래 행사장을 찾았다. 군민신문사의 젊은 직원이 방문해 생중계를 위한 장비 설치를 막 끝냈다. 큼직한 렌즈를 단 카메라 삼각대가 세워졌고, 그 삼각대를 7인의 손님들이 반원형으로 둘러싸듯 대기하고 섰다. 몇몇은 밤새 술이 과했는지 아직 얼굴이 불콰하다. 뭔가 어수선한 것이 잘못 보면 야외 장례식장 풍경 같기도 했다.

오늘 행사는 한 명씩 자신이 묻은 박스를 열어 보이고 간단히 추억담을 밝히는 방식으로 진행된다. 얄미운 건 신문사 측 상술. 조회 수 빼먹으려고 작정했는지 요다 여사, 즉 배우 장성실이 시골 대저택을 공개하고 특별출연한다고 허락도 없이 홍보했다. 까칠한 보스가 웬일로 그 문제로 불쾌해하진 않았다. '우리 대업'을 위해 인내하는 게 분명했다.

정각 10시. 타임캡슐 개봉을 위한 모든 준비가 완료됐다.

시간에 딱 맞춰 삼각대의 카메라가 돌기 시작하는데, 다들, 그냥, 멀뚱히, 보고만 섰다. 내가 어젯밤 분명히 막삽 한 자루를 현장에 준비해 놨건만.

그제야 깨달았다. 다들 삽자루를 쥐기 싫어한다는 사실을. 체면을 중시하는 종손 회장님과 해골 소장은 애초에 의지가 없었다. 둘 다 짝다리를 짚고 서서 하늘만 올려다봤다. 부부떡집 내외는 팔짱을 낀 채 번갈아 가며 껌 씹는 소리를 냈다. 정장 치마 차림의 면사무소 누님은 뿔테안경을 만지작거렸고, 맹주섭은 한 손에 고프로를 쥐고서 이리저리 촬영하기 바빴다.

한의사 또한 숱이 풍성한 머리만 손바닥으로 매만졌다. 딱 봐도 명품인 갈색 캐시미어 코트에 옥스퍼드 구두 차림이었다. 옛 사진 속 왜소하고 궁핍했던 그 아이가 맞나 싶을 정도로 그중 제일 멋쟁이였다.

역시, 시골에는 일손이 귀하다. 또 사람 손이 닿지 않으면 바로 멈춘다. 난감한 상황이었다. 요다 여사의 눈빛 지시가 떨어지려는 찰나, 내가 반사적으로 나섰다. 검은 재킷을 벗어서 멀뚱히 서 있는 하서라에게 던졌다. 와이셔츠 소매를 접었다. 삽 손잡이를 쥐고 얼결에 바닥에 십자가를 그어버렸다. 왜 그랬는지 모르겠다. 최근 범죄소설에 과몰입했거나, 아니면 지금 상황에 짜증이 치밀었거나. 내 모습을 보고 다들 인상을 찌푸렸다.

"이 자리에 묻은 게 확실합니까?"

당황스러움을 이기려고 일부러 큰 소리로 물었다. 손님들이 시간차를 두고 고개를 끄덕끄덕.

삽날에 발을 얹고 흙바닥을 크게 쑤시려는데, 한의사가 손바닥을 들어 보였다.

"좀 더 오른쪽이 아닐까 합니다. 사실 저희 때는 나침반이 없었거든요. 본관 입구와 국기 게양대를 정남향으로 대충 추측했던 겁니다. 근데 최근 모교 위성 지도를 봤더니 사실은 본관이 약간 삐딱한 동남향이더군요."

배운 사람 한마디에 이번엔 동시에 고개를 끄덕였다. 내가 서너 발짝 옮겨가면서 해골 소장을 째려보자, 민망한지 주름 깊은 이마를 긁적였다.

보란 듯이 목장갑을 끼고 삽 끝을 땅에 꽂았다. 고난의 반복 작업이 시작됐다. 중계 카메라와 사람들 눈이 모두 나만 바라봤다. 체력 소비보다 시선에서 오는 쪽팔림이 더 힘들었다. 유튜브 생중계 접속자가 4백 명이 넘었다는 소리가 들렸다. 막장 배우 장성실의 팬이거나, 아니면 호기심 많은 이곳 주민들일 테지. 추후 자막까지 달아서 편집본 영상을 다시 올리면 더 많은 사람이 볼 것이다.

부부떡집 차옥순이 능글스럽게 한마디 거들었다.

"아따, 서울 총각이 인물만 좋은 줄 알았더니 힘도 좋네."

주변에서 웃음이 깔깔 터졌다.

씨발. 마스크라도 쓰고 나올걸. 뒤늦게 후회가 밀려드는 순간, 삽 끝에 딱딱한 뭔가가 걸렸다.

내내 하늘만 보고 섰던 김갑생 회장이 그제야 나섰다.

"어이! 물건이 많이 삭았을 거야. 조심해서 다루라고."

마치 아랫사람 부리듯이 말했다. 첫 만남부터 느끼긴 했지만 이해가 안 됐다. 다들 기껏해야 마흔 중반. 근데 말투와 행동은 하나같이 쉰도 훌쩍 넘은 겉늙은이들 같았다. 혈연의 위계질서가 지배하는 동네. 급변하는 외부 세계와는 단절된 정서 탓일까. 무게 잡고 움직여야 손해 보지 않는 삶이라고 배웠던 걸까.

빈정 상해서 일부러 삽에 힘을 줘 모서리 부분을 팍팍 쑤셨다. 마침내 네모난 은색 철제 박스가 모습을 드러냈다. 딱 사과 박스만 한 크기였다. 무릎을 꿇고 두 손을 구덩이 안에 집어넣어 타임캡슐을 힘껏 들어 올렸다. 위쪽에 여닫이 뚜껑이 있고 세 자리 다이얼 자물쇠가 채워진 형태였다.

“비밀번호는 207. 마지막 졸업식 날짜라네.”

김갑생 회장이 대단한 정보처럼 외쳤지만 이미 녹이 다슨 상태였다. 삽날로 잠금 부위를 툭 치자 자물쇠와 경첩이 힘없이 떨어져 내렸다.

맹주섭이 손에 쥔 작은 카메라로 철제 박스를 근접 촬영했다. 무슨 거국적인 유해 발굴 행사처럼 다들 주먹을 쥐고 감격에 겨워했다.

하서라의 장담이 맞았다.

행사 종반부, 결국 우려했던 사건이 터져버렸다. 정확히는 우려라기보다 당황스럽다고 해야 할까. 타임캡슐 속 각자의 플라스틱 상자는 비닐로 재포장한 덕에 긴 세월에도 보관 상태가 나쁘지 않았다. 예상대로 고만고만한 소품들뿐이었고, 고만고만한 소감들이 이어졌다. 역시 소꿉장난 수준의 행사에 기대치가 과했던 모양이다. 긴장감 없이 반복되는 진행에 슬슬 맥이 빠질 즈음, 한의사 양철수가 자기 이름이 큼직하게 적힌 상자를 열었다.

안에는 덩그러니 낡은 운동화만 한 켤레 들어 있었다. 앞

밑창은 실밥이 터져 길게 찢어졌고 뒤꿈치는 다 닳아 있었다. '30년 후 미래의 나'에게 보내는 흔한 편지조차 동봉돼 있지 않았다.

"저거 짝퉁 나이키잖아?"

갑자기 김갑생 회장이 손가락질하며 비식 웃고 나섰다. 그 모습과 목소리가 촬영 중인 카메라에 고스란히 담겼다. 돌발 발언이 더 이어졌다.

"가난한 세컨드 집 새끼가 그렇지 뭐? 지금은 마이 성공했다, 그지?"

동조를 구하듯 주위를 휘휘 둘러보는데 다들 호응해 주지 않았다.

"아이고, 형님. 장난이 심하시다. 재미로 하는 행사에 왜 그러시오."

마지못해 해골 소장이 상황 무마에 나섰지만 한의사 얼굴은 이미 붉게 변한 뒤였다.

"다들 왜 가만히 있어? 옛날처럼 한마디씩 해야지."

김갑생 회장이 재차 독려했으나 동기들은 눈빛을 피하면서 침묵했다.

"왜들 가만히 있냐니깐!"

이번엔 버럭 소리까지 내질렀다. 순식간에 분위기가 싸

해졌다.
요다 여사가 내 귀에 속삭였다.
"저 인간, 갑자기 왜 저런대. 미친 거 아냐?"
"네. 사람들 앞에서 대놓고 한의사 면박 주려고 작정했지 말입니다. 이번 행사를 앞장서서 주도했다더니 설마 이러려고…."
"왜? 무슨 이유로?"
"글쎄요. 거기까지는."
맹주섭이 카메라 봉을 손에 쥐고서 다가왔다. 우리는 동시에 입을 다물고 두 손을 공손히 앞으로 모았다.
한의사 눈시울이 붉어졌다. 지금 상황이 창피하거나 분해서 그런 건 아닌듯했다.
"아… 아닙니다. 저는 못난 집 자식이 맞고요, 어릴 땐 그런 엄마가 너무 창피했어요. 장터에서 가짜 신발을 사 왔다고 얼마나 짜증을 냈던지. 엄마는 너무 미안해하며 나를 가슴에 폭 끌어안고 그랬죠. 미안하다, 우리 철수. 그때 가늘게 떨리던 엄마 목소리가 영원히 안 잊혀요. 미안해, 엄마. 미안하다고! 이 낡은 신발을 다시 만날 수 있어서 다행이야. 이제는 부끄럽지 않아. 언젠가는 떳떳하게 친구들 앞에서 엄마를 사랑한다고 크게 외치고 싶었거든. 이제 나는 철이 든 어른이니까. 당당하게 이 운동화와 마주하고 싶었다고. 그래서 오늘 행사를 기다렸어. 엄마, 사랑해. 그리고 미안해. 생전에 잘해 주지 못해서 정말 미안해."

덩치가 곰만 한 한의사가 다 헤진 어린이용 운동화를 가슴에 품고서 눈물을 찔끔거렸다. 지켜보기 딱한 상황인데 의외로 울림이 깊어서 숙연해지는 분위기. 곁의 문 보살님이 소맷자락으로 흐르는 눈물을 훔쳤다. 벙찐 표정으로 서 있던 동기들도 어느새 같이 훌쩍였다. 부부떡집 차옥순은 꺼이꺼이 목 놓아 울었다.

"양철수, 많이 힘들었구나. 그때는 내가 너무 어렸잖아. 어려서 몰랐다고. 맨날 따돌리고 놀려서 미안하다. 사과가 늦었지만 용서해 주라."

뭔가가 어긋났음을 직감했나 보다. 김갑생 회장 눈매가 찢어지고 콧등이 일그러졌다.

다행히 그 정도에서 일이 정리되는가 싶었는데, 더 최악의 상황이 터져버렸다. 진원지는 맨 마지막에 개봉한 회장님의 박스. 처음엔 기대치가 아예 없었다. 이미 헌 신발 때문에 한바탕 난리를 친 터라 진짜 사람 뼈라도 나오지 않은 이상 쳐다보지도 않았을 텐데.

면사무소 최복희 주무관이 갑자기 어! 하면서 가볍게 놀라자 다들 일제히 들여다봤다. 박스 맨 위에 놓인 빨간 카세트 녹음기가 바로 눈에 띄었다. 소니 워크맨이었다.

"옴마! 저게 왜 저기 있냐? 내가 그때 도둑맞았던 거잖아."

부부떡집 김칠구도 눈을 동그랗게 떴다.

"진짜네. 저거 그때 복희가 분실해서 울고불고 난리 쳤잖아. 일본 출장 다녀온 삼촌한테서 선물 받은 거라면서. 쌤들이 샅샅이 책가방 뒤져서 검사하고 그랬지."

옛 기억에 울컥했는지 세상 억울하다는 표정을 지으며 덧붙였다.

"그때 내가 도둑으로 몰려서 한참 맘고생했던 거 알지? 울 엄마한테 빗자루대로 두들겨 맞고. 근데 설마 회장님이?"

모든 시선이 한 사람을 쏘아봤다. 해골 소장도 입을 쩍 벌린 채 적이 놀란 눈치다. 지켜보던 우리도 혼란스러웠다. 카메라는 잘도 돌아가고 있었다.

뒤늦게 김갑생 회장이 눈을 부라리며 소리쳤다.

"왜 이래? 이것들이 갑자기."

이번에는 부부떡집 차옥순이 팔을 걷었다.

"여보슈, 회장님. 다들 해명을 듣고 싶어 하잖아. 그니까,

이게 왜 여기서 나오냐고? 설마 죄책감에 간직할 순 없었고, 이렇게라도 처리하고 싶었던 거야? 그래도 이건 아니지. 온갖 점잔 다 빼고 양반 행세하더니. 칫!"

"몰라. 난 아냐. 묻은 기…기억이 없다고. 그…그게."

그제야 상황이 심상찮다고 판단한 김갑생이 말까지 더듬으며 두 손을 내저었다. 위기를 돌파할 변명거리는 찾지 못했다. 많은 동네 주민들이 지켜보는 카메라 앞에서, 6백 년 명문가 장손이 좀도둑으로 몰리는 순간이었다. 잘 돌아가던 실시간 중계가 급하게 멈췄다.

끝내 분노를 못 이겨서일까. 씩씩대던 김갑생이 갑자기 김흥돌 얼굴을 향해 주먹을 날렸다. 김흥돌이 땅바닥에 나뒹굴었다. 사지를 쭉 뻗은 채 멈춰 있기를 잠시, 상체를 천천히 일으켜 일어나더니 외투에 묻은 흙을 툴툴 털어냈다. 입안에 피가 고였는지 침을 뱉었다. 멋쩍은 듯 씨익 웃을 뿐 감히 형님에게 반격하진 못했다.

심심풀이로 시작했던 추억 찾기 행사, 그 끝은 최악이었다. 두 사람의 명예에 흠집이 났다.

파헤쳐진 땅, 나뒹구는 삽, 뚜껑이 떨어진 철제 박스. 여럿이 뒤엉킨 발자국…. 마치 폭풍이 할퀴고 간 것 같은 자리.

마리네 식구들만 넋 놓은 채 그 풍경을 바라보고 섰다. 당장 치워야 하지만, 다들 뒤통수를 얻어맞은 듯 멍한 상태였다.

어정쩡한 의문을 남긴 채 행사가 끝이 났다. 30년 만에 함께 모교를 찾은 친구들은 불신만 더 쌓고 헤어졌다. 동창회 연놈들은 모이면 싸운다더니, 그 말이 정확했다. 참으로 어처구니없는 일이었다.

그 와중에 요다 여사가 꺼낸 말은 명예 회복이었다.

처음에는 뭔 말인가 싶었다. 누구의 명예? 자신의? 아니면 장소를 대여해 준 마리하우스? 설마 도둑맞은 워크맨과 관련이 없다고 끝까지 우기는 회장님? 명예보다는 정확히는 호기심이 아니었을까.

사실 나도 궁금하긴 했다. 명문가 장손이 한의사를 잡아먹을 듯 헐뜯은 이유가. 막판엔 되치기당해 왜 그런 수모를 겪었는지도. 마음 졸이며 몇 날을 공들여 준비한 행사가 엉망이 돼 씁쓸하기도 하고.

여러 생각이 모이자 희한하게 머릿속은 절로 의문점을 찾아 검색하기 시작했다. 불현듯 몇몇 어색했던 장면들이 눈앞에 스쳐 갔다.

버려진 삽을 주워서 지팡이처럼 짚고 섰다.

"우선, 이번 행사에 가장 적극적인 사람이 김갑생 회장이었죠. 누가 봐도 그 목적은 모임을 이용해 카메라 앞에서 한의사 공개 면박 주기. 왜 그래야 했을까요? 문득 떠오른 생각은 이겁니다. 읍내에 갑자기 없던 한의원이 들어서면 누가 피해를 볼까요?"

하서라가 눈을 반짝이며 거들었다.

"어? 조 코치. 이번 발상은 신선하다. 내 바로 알아들었지. 그니까 회장님의 건강원이 타격이 입을 거란 얘기지. 흑염소나 붕어즙을 찾는 대신 침 맞고 탕약을 드신다는. 그런데 수요층이 막 그렇게 겹칠 것 같지는 않다."

"맞아. 근데 본인이 그렇게 확신해 버리면 어쩔 수 없잖아. 몇 달 전부터 갑작스러운 건강원 매출 하락이 하필 한의원 개원 시점과 딱 겹쳐버렸을 땐, 그쪽에서 핑계를 찾고 원망하고 싶은 거지."

"그뿐일까. 얘기했잖아. 위계 서열 확실히 하려는 길들이기. 학교 때 왕따였던 첩의 아들이 돌아와 읍내에서 존경받는 병원장으로 으스대는 모습이 회장님 눈에 얼마나 아니꼬웠을까. 평생 대장 노릇 했던 자기 처지와 비교하면 더 그렇지. 위기감을 느꼈을 거야. 강한 질투가 겹쳤고. 명색이 종중 장손이라는 중압감까지."

머리를 모으니 확실히 조금씩 실마리가 풀리는 기분이었다.

"서라 씨 말이 맞지 말입니다. 그러면 창고에서 엿들은 말도 설명됩니다. 면사무소 누님 고민이 그거였던 거죠. 김갑생 회장한테서 동조해 달라는 지시를 받았는데 상황을 보고도 그냥 입 닥치고 있기. 그래서 다들 호응을 안 해줬던 거고."

내 말에 요다 여사는 고개를 끄떡였고, 호기심 많은 하서라는 또 갸웃했다.

"큰 의문이 하나 남잖아. 회장님 모함 계략은 실패했다고 쳐. 그럼 자기 박스에서 도둑맞은 워크맨이 나왔다는 건 어떻게 설명해? 치매가 아니고서야 자기가 넣은 물건을 기억 못 할 리 없지. 적극적으로 행사를 추진했을 리도 없고."

맞다. 거기서 막혀 버렸다. 잠시 침묵이 흘렀다. 춘자림에서 불어오는 찬 바람이 두 볼을 할퀴고 갔다. 어디선가 무명이가 꼬리를 살랑살랑 흔들면서 나타났다. 내가 손바닥으로 머리를 쓰다듬으며 눈빛을 마주쳤다. 무명이가 왈왈 짖는 순간 뇌리에 섬광이 번쩍였다. 아아, 어쩌면….

삽을 들었다가 다시 바닥을 힘껏 찍으면서 외쳤다.

"타임캡슐 내용물이 바뀔 수 있습니다. 오직 한 경우

에만."

영리한 하서라는 바로 알아들었다. 보스도 이번에는 이해했는지 고개를 크게 끄덕했다.

"누가? 무슨 이유로? 언제?"

"아직 거기까지는. 이번 행사를 역이용하려고 했으니 최근이라는 건 확실합니다."

말이 끝나기가 무섭게 무명이가 크게 컹컹 짖었다. 희한했다. 마치 내 말을 알아듣고 동조하는 느낌이었다. 참으로 기이한 경험이랄까. 다시 한번 뇌리에 섬광 하나.

"시기도 알 듯합니다. 며칠 전 문 보살님이 제게 당부한 말씀이 단서가 될 수 있습니다."

짚고 섰던 삽을 내던졌다. 바로 부속실로 달려갔다. 식탁 겸 작업대에 앉아서 노트북을 켰다. 2주 동안만 저장되는 보안 CCTV 영상을 확인할 차례였다. 문제의 그날 녹화분은 다행히 살아 있었다. 운이 닿았는지 담장 모서리에 올려놓은 카메라 하나가 아슬아슬하게 느티나무 아래를 비추고 있었다. 렌즈 각도가 살짝만 틀렸어도 사각지대가 됐을 텐데.

언제 뒤따라왔는지 요다 여사가 내 왼쪽 어깨 위에서, 하서라가 내 오른쪽 어깨 위에서 머리를 쑥 내밀었다. 노안기가 있는 요다 여사가 너무 밀착하는 바람에 사자 머리카락이 내 볼에 닿을 정도였다.

무명이가 밤새 크게 짖었다는 밤으로 시간을 설정하고 녹화영상을 네 배속으로 돌렸다. 눈을 모니터에 집중한 채 팔짱을 꼈다. 점잖은 무명이는 춥고 외로워서 짖은 게 아니었다. 낯선 침입자를 봤기 때문이다. 환영식 때 한 진상 손님에게 거칠게 달려들던 모습이 겹쳐졌다.

빙고! 그러면 그렇지. 마침내 영상 속에 검은 그림자 하나가 모습을 드러냈다. 거리가 있고 흐릿하긴 해도 깡마른 체형까지 숨길 순 없었다. 누구인지 특정하는 건 어렵지 않았다. 요다 여사가 입술을 내밀며 비꼬았다.

“민중의 반란이 아니라 피의 반란이었어.”

고개를 끄덕일 수밖에 없었다. 녹화영상은 빼도 박도 못할 증거였다. 칠흑 같은 겨울밤, 큰 나무 아래에서 타임캡슐을 파내고 뭔가를 담아 되묻는 과정이 고스란히 담겼다. 처음에 엉뚱한 곳을 파헤쳤던 장면까지. 인간관계의 추악한 단면이었다. 지켜보는데 입안이 썼다.

“또 하나의 궁금증. 소니 워크맨의 출처.”

내가 혼잣말처럼 읊조렸는데 하서라가 바로 반응했다.

“내게 맡겨. 몇몇 중고 거래 사이트와 SNS 뒤지면 금방

이야."

그 와중에 요다 여사의 잔소리.

"어휴, 조 코치. 우리 좀 치우고 살자. 홀아비 냄새 나. 이게 뭐니?"

뒤처리 곤란한 문제가 하나 남았다. 주인이 없어서 개봉하지 못한 채 방치된 장기 실종자 홍은지의 박스. 행사가 뒤죽박죽되면서 다들 무책임하게 떠나버렸다. 마리하우스에서 임의로 보관할 수도, 함부로 처분할 수도 없었다. 고민 끝에 정한 선택지가 바로 북평군민신문사였다.

사장 맹주섭은 일단 실종자와 동창이고, 어릴 적 친구로 지냈거니와, 들어보니 젊은 시절 사건 해결에 관심을 두고 꾸준히 추적 보도를 해왔다고 했다. 요다 여사가 정중하게 전화 연락을 했더니 흔쾌히 받아들였다.

지금 그 심부름을 가는 길이다. 작은 헬멧을 꽉 눌러쓰고 박스를 가슴팍에 끼운 채 하서라가 모는 스쿠터 뒷자리에 앉았다. 승용차의 안락함과는 다른, 겨울바람과 정면으로 맞서는 야성의 질주랄까.

하서라 운전도 그에 걸맞게 거칠었다. '키티'라는 이름이 붙은 낡은 50cc짜리 핑크색 스쿠터는 그녀 애장품 1호. 일본 유학을 마치고 온 직후에 구입했다니까 8, 9년은 족히 흘렀다.

엉덩이로 전해지는 바퀴 진동이 묘한 쾌감을 일으켰다. 나도 모르게 신이 나서 키득댔다.

"이렇게 꼬불꼬불 시골길을 달리니까 꼭 청춘물 같잖아. 오늘 폼 미쳤다. 빠라바라바라밤!"

"폼이 아니고 내가 미친다, 진짜."

하서라가 슬쩍 브레이크를 잡았다. 내 몸뚱이가 순간 앞으로 출렁. 말조심하라는 경고가 분명했다. 그런다고 졸 내가 아니지만.

신문사는 읍내 군청사 건너편 건물 2층에 세 들어 있었다. 지은 지 수십 년은 된 듯한 외관은 회색 콘크리트가 다 드러나고 곰팡이 같은 얼룩이 더덕더덕했다. 실내에도 퀴퀴한 담배 찌든 내가 났다. 게스트하우스 창고 옆에서 면사무소 누님과 잡담하던 남자가 혹시? 그런 생각이 스쳤다.

"춘자림 수목원 장성실 대표께서 북평군민신문의 지속적인 발전을 위해 후원 약정을 하시겠답니다."

맹주섭 사장 안내로 원형 탁자에 앉자마자 내가 기분 좋을 소식부터 전했다.

"아이고, 이렇게 감사할 때가. 열과 성을 다하겠습니다."

다음은 방문 용건을 전할 차례.

하서라가 문제의 미개봉 상자를 위에 올려놓았다. 맹주섭이 안경을 고쳐 쓰며 고개를 주억거렸다.

"네네. 저희가 잘 보관하겠습니다. 실낱같은 가능성이라도 은지의 생존을 기대하면서. 사건 전모가 드러날 때까지 포기해선 안 되죠."

내가 조심스레 물었다.

"사장님께서 한때 사건 해결하려고 밤낮 뛰어다니셨다던데, 친구라서 애틋함이 더 컸던 모양입니다."

"뭐 그런 이유도 있는데…. 눈치채셨겠지만 군 지역지라는 게 대부분 군수나 의원, 지역 유지들 동정 기사 채워주고 지원받는 시스템이라. 인구 4만의 손바닥만 한 시장에서 어떻게 해야 먹고살 수 있을지는 빤하죠. 까놓고 말해 군정을 대놓고 비판하기 힘듭니다. 우리 아버지가 여기 사장할 땐 그런 행태가 쪽팔려서 뭣도 모르고 사건기자 폼 잡고 다녔죠. 경찰 취재야 주변 눈치 볼 일 없으니. 근데 막상 사업체 물려받아 운영해 보니 아버지가 왜 그랬는지 알겠더라고. 저도 이제 때가 타서 무조건 광고주 쪽으로 움직입니다. 지금 군수, 제 눈엔 완전 꽝입니다. 무능한 인간이 김씨 집안 위세 업고 으스대는 꼴이라니. 그런데 깔 생각은 1도 없습니다. VIP 물주니까. 부끄럽지만 현실입니다."

맹주섭이 납작모자를 벗어 손수건으로 이마에 찬 땀을 닦았다. 보기와 달리 꽤 솔직했다. 정의로운 척하지 않아서 더 호감이 갔다.

내가 살짝 민감한 얘기를 꺼냈다.

"타임캡슐 개봉 행사 생중계 말입니다. 그거 사장님 기획이시죠?"

맹주섭 표정이 살짝 변했다. 우호적인 눈빛에서 경계의 눈빛으로.

"질문 뜻을 정확히 모르겠소만?"

"김갑생 회장님 박스에서 빨간 워크맨이 나오는 순간, 주변 친구들 말과 행동이 순차적으로 착착 맞아떨어지는 느낌이 들었지 말입니다. 정해져 있는 리듬감이랄까. 마치 자기 파트가 있는 것처럼. 혹시 사전에 그런 역할을 주문했나 싶어서요. 신문사의 큰손 후원자가 되실 장성실 대표님이 아주, 많이 궁금해하셔서 대신 여쭙습니다."

어쩔 수 없이 마지막에 비겁한 변명을 달았다. 분위기가 싸해졌는데, 그렇다고 맹주섭이 벌컥 화를 내진 않았다. 후원 약정, 그 힘은 컸다.

"조 코치라고 했나? 그러니까 그 지시자가 나라는 건가? 허허. 아무튼 그 질문엔 답하지 않겠소. 다 끝난 행사 들쑤셔 봤자 무슨 득이 있을까. 갑생이 형 체면 생각해서 원본 영상은 내렸고, 자막 편집본도 안 만들기로 했소이다. 유쾌하지도 않은 궁금증은 그냥 묻어둡시다."

강한 회피는 강한 긍정. 비로소 확신이 섰다.

격주 체제 8페이지로 나오는 종이신문을 한 장씩 넘기다 맨 뒷장을 봤다. 그곳에 실린 큼직한 전면광고가 더 확신을 주었다. 북평읍내서 VIP 다음 급의 물주가 아닐까 싶었다.

무조건 광고주 쪽으로 움직인다고 했던가.

조금 전 들었던 말을 속으로 되뇌었다.

요다 여사를 모시고 예고도 없이 방문했는데 남자는 놀라지 않았다. 그렇다고 차를 내오거나 하는 친절을 베풀지도 않았다. 회전의자에 앉아서 좌우로 몸을 틀며 되레 호기심 가득한 눈빛으로 우리를 올려다봤다.

"두 분, 보기보다 집요하십니다. 보통 타인의 일엔 무관심하기 마련인데. 퇴근 시간 맞춰서 굳이 여기까지 찾아오신 걸 보면."

내가 최대한 딱딱하게 대답했다.

"우리 집 진돗개가 힌트를 줬지 말입니다. 외로움을 잘 견디는 아이인데 간밤 내내 짖었다기에 궁금증이 일더라고요. 엄연한 가택침입인데 그 사실을 안 이상 보안 책임자로서 팔짱 끼고 있을 순 없잖습니까."

"집요함에 책임감까지. 요즘 보기 드문 성실한 친구시로군. 하나, 남의 집 마당쯤은 다들 제집처럼 드나드는 곳에서 가택침입이니 그런 말은 좀…. 거기가 원래 학교 터이기도 하고. 시골은 그런 곳입니다."

하얀 가운을 입은 양철수 원장이 그제야 회전의자에서 일어서며 빙그레 웃었다. 나는 따라 웃지 않았다. 눈에 힘을 주면서 쏘아보았다.

"지난 진료 때 말씀드렸지만, 한의원 홈페이지에 악평이 반복적으로 달린 걸 봤습니다. 동네 침쟁이만도 못한 수준이니, 외국산 싸구려 약재를 쓰니, 그런 내용들. 그거 김갑생 회장님이 아이디 바꿔가면서 쓴 거죠?"

"우습지요. 요즘 시대에 그런 단발적 사고로 상대를 흠집내려고 하다니. 자기 집안 큰 어르신이 허리를 다쳤는데 날 보고 왕진을 다니랍니다. 퇴근 후에 말이죠. 재료비만 쳐서 한약도 좀 짓고. 허허. 기가 막혀서 혀를 찼더니 컴퓨터 앞에 앉아서 그런 짓을 하더군요. 어릴 때나 지금이나 사람 참 변하지 않습니다."

"왜 그냥 두셨습니까?"

"천박하고 유치해서. 답글을 달려니 내 손이 더 창피해서. 어차피 한꺼번에 손봐 주려던 참이었어요. 때마침 타임캡슐 개봉 행사가 있었고, 자기 스스로 무덤을 파더군요. 30년을 벼른 복수라고 해둡시다. 너무 거창한가?"

한의사가 입술을 다물고 다시 가볍게 웃었다. 아무리 봐도 사람 좋은 웃음이다.

어깨를 펴고 반듯하게 서서 대화를 경청하던 요다 여사 끼어들었다. 목소리가 조금 엄했다.

"행사장에서 보여준 눈물 연기, 대단했습니다. 진짜로. 하지만 진심인지 아닌지 내 눈은 못 속이죠."

"그럼요. 연륜 깊은 배우님 눈을 어떻게 속이겠습니까. 하지만 연기가 진심인지 아닌지는 증명의 영역이 아니지 않겠습니까. 평생 손가락질받다가 멀리 떠난 우리 엄마를 향한 그리움만은 진심이었다고 생각하는데…. 그러니 다 떨어진 싸구려 신발을 찾아서, 창피함을 무릅쓰고 행사에 참석했던 거고. 그게 위선적으로 비쳤다면 저 역시 안타깝습니다. 연기가 진심을 못 따라가 버렸으니. 쯧쯧."

사실이다. 제일 설명하기 힘든 부분이다. 타임캡슐 내용물을 알고 있으면서도 기꺼이 행사에 응했다. 어두웠던 가정사가 폭로돼 이미지 타격을 받더라도 감수하겠다는 뜻이다. 무슨 생각이었던 걸까. 하나는 공개 참회로써 엄마에 대한 양심의 가책을 면하는 일이었을 테고, 다른 하나는 주변 조롱을 일거에 뒤집을 카드가 있었다는 의미 아닐까.

양 원장이 하얀 가운을 벗어 옷걸이에 걸고 천천히 코트로 갈아입었다. 단추를 다 잠근 뒤에는 잠시 손목시계를 쳐다봤다. 의미 없이 고개를 한번 주억거리고는 독백처럼 말을 이었다.

"몹시 추웠던 그해 겨울, 짝퉁 나이키를 타임캡슐에 보란 듯 담으면서 이 악물고 다짐했습니다. 이 신발을 되찾는 날이 복수의 날이다. 꼭 성공해서 놀림받았던 치욕을 갚아주마. 마음속으로 흐르는 눈물을 닦았습니다. 지금 생각하면 오글거리는 어린 치기가 분명한데, 한편으론 그 싸구려 신발은 학업 의지가 꺾이려고 할 때마다 지탱해 준 힘이기도 했습니다. 그러니 궁핍했던 과거가 다시 드러난들 뭐가 부끄럽겠습니까. 게다가 지금 정도면 목표를 달성했다고 봐도 되지 않겠습니까? 허허."

"느티나무를 비추는 CCTV를 조사했지 말입니다. 누

군가가 행사 전, 타임캡슐을 미리 파내는 장면이 찍혔습니다."

"그래요? 제 얼굴이라도 나왔답니까?"

"아뇨. 서로 관계가 불편한 회장님이나 원장님이 아닌 왜 중개소 총무님이 등장했을까, 그런 의문만 깊어졌답니다. 온라인 중고장터에서 90년대식 빨간 워크맨 하나가 지난달 거래돼 고진면사무소로 배송된 사실도 알아냈지 말입니다. 식구 중에 해커급 능력자가 있어서."

역시나, 양 원장은 이런 말을 듣고도 놀라는 기색조차 없었다. 전체 판을 위에서 다 지켜보고 있었다는 방증이다.

"글쎄. 그런 질문은 흥돌이나 복희한테 가서 하셔야죠."

"맞습니다. 하지만 원장님은 행사 날 타임캡슐이 묻힌 자리를 정확히 수정해 주셨지요. 혹시 제가 엉뚱한 곳을 파헤칠까 봐. 총무님이 미리 보고하지 않았나 의심이 드는 대목입니다. 그러니까, 원장님은, 일종의 윗선이랄까. 그게 중개소보다 한의원을 먼저 방문한 이유입니다. 그 내막이 못 견디게 궁금해서 말입니다."

"궁금증이라…. 그거 참으면 병 되는데. 좋습니다. 해결해 드려야죠. 참고로 저는 의심이 많은 사람입니다. 어린 시절 트라우마 때문인지 사람을 쉽게 믿지 않습니다. 고치려고 노력해 봐도 쉽지 않더군요. 그래서 남이 알면 약점 잡힐 일, 후환이 있을 일은 직접 처리합니다. 타인을 부리는 일은 언젠가 불만을 부르고 탈 나게 마련이니까요. 인간은 태생이 그렇게 만들어진 겁니다. 그런데 이번 일은 흥돌이가 끝까지 고집을 피우더라고. 자기가 다 알아서 할 테니, 주위에 입 다 맞춰 놓을 테니, 부디 행사만 참석해 달라고. 거의 읍소라고 해야 할까. 서열의 세계에서는 아쉬운 사람이, 알아서, 자발적으로 움직이는 겁니다."

"다 친구들 솜씨다, 이 말씀이시죠."

양 원장은 긍정도 부정도 하지 않고 얇은 웃음을 유지했다.

"그럼 중개소 총무님이 총대 멘 것도 같은 이유겠군요. 회장님을 향한 반기."

"집안 형이라는 이유로 매일 지척 거리에서 이래라저래라 하는 거, 몹쓸 짓입니다. 보셨잖습니까. 김갑생이란 사람이 어떻게 사람을 취급하는지. 이번 행사만 해도 그래요. 1박 2일로 해라, 떡 만들어 와라, 한약 지어라. 자신은 손 하나 까딱 않고 생색은 다 내고. 그 와중에 질투에 눈멀어 나를 공개 면박 주려고 함정까지 파고. 친구들을 평생 부하처럼 부리려는 거, 그거 정신적인 폭력 행사 아닙니까? 이제 그런 세상이 아니라는 걸 몰랐다면 더 무능하고 무지한 거고. 흥돌이는 늘 그 그늘을 벗어나고 싶어 했어요."

"회장님 구태에 폭발한 여섯 멤버가 뒤튼 거군요."

"정확히 하시죠. 다섯입니다. 저는 어떤 관여도 없었습니다. 마음 맞는 친구끼리, 회장님 계략을 역이용해, 나를 위해서 움직인 거죠. 그렇다고 다들 뭔가를 바라지도 않았고. 북평읍내 최고 엘리트 양 원장이 자신들과 둘도 없는 친구 사이다, 그런 소문만으로 흡족해할걸요. 아, 혹시나 해서 말씀드리는데 당연히 금전거래 따윈 없었습니다."

신문 맨 뒷면의 한의원 전면광고 얘기를 꺼내려다가 말았다. 지역 언론 발전을 위한 순수한 후원입니다. 그렇게 받아치면 할 말이 없다.

모든 단서가 일직선상에서 이어졌다. 사건 전모를 알고 나면 개운해야 맞는데 더 답답하고 찜찜했다.

양 원장이 차근차근 내뱉는 말투는 좋아서 긴장하기보다 되레 당당한 여유가 느껴졌다. 비로소 깨달았다. 저 사람, 지금 우리 앞에서 자랑하고 있는 거라고. 30년 벼른 복수극을 혼자만 알고 있기에는 억울하니까. 그 무용담을 즐기면서 배설하는 중이라고.

선한 얼굴 이면의 진짜 얼굴이 궁금해지기 시작했다. 무엇이 사람을 저렇게 변화시켰을까. 가난과 세월, 독기 뭐 그런 것들의 응어리가 아니었을까.

양 원장이 이번에는 요다 여사를 향해 따지듯이 물었다.

"그래서 배우님, 어떡하시겠다는 건가요? 동네방네 소문이라도 내시겠다는 건가요? 하하. 상대가 쳐놓은 덫을 알면서 가만히 당하는 것도 웃기잖습니까. 그건 워크맨을 이용해 시나리오를 만든 복희, 한밤중 담장을 넘어 타임캡슐을 깐 흥돌이, 바람잡이에 나선 떡집 친구들, 생중계로 결정적 장면을 포착해 준 주섭이 노력을 무시하는 일이죠. 누구 하나 다친 사람 없고 금전적 피해도 없습니다. 이해 당사자가 아닌 3자가 문제 제기를 하면 어떻게 풀어야 할까요. 잘 몰라서 솔직히 여쭙는 겁니다."

도발적인 말끝에 역시 조롱이 묻어 있다. 어디 맘대로 해 보라는.

이보세요. 그런 발상이 또 다른 서열을 만드는 겁니다. 나이가 아니라 지위를 이용해 친구들을 부리는 더 나쁜 방식이고. 이건 복수도 뭣도 아닙니다. 천박한 굴레의 재탕일 뿐. 깨닫지 못했다면 김갑생이란 사람과 다를 바 하나 없다고요.

자격지심 때문이었을까. 희한하게 이런 말이 입 밖으로

나오지 않았다.

매사 발끈 잘하는 요다 여사도 마찬가지였다. 윗니로 아랫입술을 지그시 누르는 모습이 할 말이 많은데 참는 듯했다. 소파 위에 놔두었던 숄더백을 집어 챙겼다.

“원장님 말씀이 맞습니다. 궁금증이 풀렸으니 만족합니다. 병도 생기지 않을 거고. 가택침입이니 그런 문제도 그렇고. 유쾌하지 않은 소동 정도로 기억하겠습니다. 비밀로 묻어야죠. 다만, 한 가지 조건이 있습니다.”

양 원장이 고개를 까딱했다. 다만 그 조건이 무엇인지 묻지는 않았다.

사건을 이렇게 정리해도 되는가 싶었는데 보스 생각은 다른 모양이다. 일을 키우고 싶지 않아서일까, 증명이 어려워서일까, 아니면 사연에 공감해서일까. 그 무엇이든 간에.

가볍게 묵례를 건네고 진료실을 나서는 우리를 양 원장이 불러세웠다. 갑자기 격해진 목소리에 분노가 실렸다. 두 손가락으로 자기 눈을 찌르는 시늉까지 했다.

“이 두 눈으로 똑똑히 확인했습니다! 30년 전 텅 빈 교실에서 누가 복희 가방을 뒤져 워크맨을 훔쳤는지! 창틈으로 다 지켜봤으면서도 선생님께 이를 순 없었죠! 그땐 어리고 비겁한 겁쟁이라서! 갑생이 형이 이번 일을 억울해할 이유가 하나도 없는 겁니다. 과정이야 어쨌든 진범이 맞는 거니까. 그래서 인생은 자업자득인 거고."

서로 어색한 침묵이 잠시 흘렀는데 그 시간이 꽤 길게 느껴졌다.

"아 참… 제가 지어드린 한약, 좋은 재료만 듬뿍 넣어서 다린 겁니다. 꾸준히 챙겨 드십시오. 부족하면 언제든 연락 주시고. 제가 배려심 깊은 분들에게는 정성을 다하는 성격이라."

양 원장이 다시 선한 웃음을 지닌 사람으로 돌아와 정중히 90도로 고개를 숙였다.

읍내에서 차를 몰고 마리하우스로 돌아오는 길이 착잡했다. 뒷자리의 요다 여사는 넋 놓고 차창 밖 먼 하늘만 바라봤다. 산봉우리 너머 하늘에 검붉은 낙조가 걸려 있었다.

"조 코치, 저번에 물었지. 왜 하필 자작나무 숲으로 둘러싸인 이곳이냐고. 지금 대답해 줄게. 조금 전 30년을 벌렀다는 한의사 말을 듣는 순간, 나 그대로 굳어버렸다. 말문이 딱 막히더라. 비난하려던 마음이 이해심으로 바뀌더라고. 내게도 이 땅에서 해결해야 할 주어진 사명이 있거든. 그게 선이든, 악이든."

이 땅의 주어진 사명. 역시 현실에 와닿지 않는 드라마

속 대사 같았다.

하지만 요다 여사가 진짜 속내를 처음으로 내비쳤다. 나에 대한 신뢰라고 믿어도 될까. 이 땅에 주어진 사명이라…. 운전대를 꽉 잡고 입안에서 되뇌어 보았다. 배경 정보 없이는 도저히 이해할 수 없는 말.

마리하우스 생활이 길어지고, 험해지리라는 예감이다. 오늘 밤은 무명이가 외롭지 않게 부속실에서 재워야겠다.

클리셰

: 확장자들

초판 1쇄 발행 2025년 3월 18일

지은이 김아직 박하익 송시우 정명섭 최혁곤
펴낸이 안병현 김상훈
본부장 이승은 **총괄** 박동욱
책임편집 박윤희 **디자인** 용석재
마케팅 신대섭 배태욱 김수연 김하은 김영조 **제작** 조화연

펴낸곳 주식회사 교보문고
등록 제406-2008-000090호(2008년 12월 5일)
주소 경기도 파주시 문발로 249
전화 대표전화 1544-1900 **주문** 02)3156-3665 **팩스** 0502)987-5725

ISBN 979-11-7061-233-9 (03810)

- 책값은 표지에 있습니다.

- 잘못된 책은 구입하신 곳에서 바꾸어 드립니다.
- '북다'는 기존 질서에 얽매임 없이 다양하게 변주된 책을 만드는 종합 출판 브랜드입니다.